文春文庫

テロルの決算

沢木耕太郎

文藝春秋

目次

テロルの決算

序章　伝説

人間機関車と呼ばれ、演説百姓とも囃《はや》されたひとりの政治家が、一本の短刀によってその命を奪われた。

それは、立会演説会における演説の最中という、公衆の面前での一瞬の出来事であった。

凶器は鎌倉時代の刀匠「来国俊《らいくにとし》」を模した贋作《がんさく》だったが、短刀というより脇差といった方がふさわしい実質を備えていた。全長一尺六寸、刃渡一尺一寸、幅八分。鍔《つば》はなく、白木の鞘《さや》に収められていた。

その日、昭和三十五年十月十二日、日比谷公会堂の演壇に立った浅沼稲次郎《あさぬまいねじろう》には、機関車になぞらえられるいつもの覇気がなかった。右翼の野次を圧する声量がなかった。右翼の妨害に立往生する浅沼の顔からは、深い疲労だけが滲《にじ》み出ていた。委員長になって以来、さらに激しくなった政治行脚《あんぎゃ》を、もうその肉体は支え切れなくなっているのかもしれなかった。しばらくの中断の後、浅沼は再び演説を始めた。

「……選挙のさいは国民に評判の悪いものは全部捨てておいて、選挙で多数を占むると」

そこで声を励まし、さらに、

「どんな無茶なことでも……」

と語りかけようとした時、右側通路からひとりの少年が駆け上がった。

両手に短刀を握り、激しい足音を響かせながら、そのまま浅沼に向かって体当たりを喰《く》らわせた。

浅沼の動きは緩慢だった。ほんのわずかすら体をかわすこともせず、少し顔を向け、訝《いぶか》し気な表情を浮かべたまま、左脇腹でその短刀を受けてしまった。短刀は浅沼の厚い脂肪を突き破り、背骨前の大動脈まで達した。

少年はさらに第二撃を加えたが、切先《きっさき》が狂い左胸に浅く刺さったにすぎないと察知すると、第三の攻撃を加えるべく短刀を水平に構えた。

浅沼は驚きだけを表わした顔を少年に向け、両手を前に泳がせた。そして、四歩、五歩よろめくと、舞台に倒れた。

少年は、一瞬の空白の後で懸命に飛び出してきた十数人の私服刑事と係員に、凄《すさま》じい勢いで取り押さえられた。

浅沼はすでに意識がなく、間もなく絶命した。血はあまり流れなかったが、それは脂肪が傷口を塞《ふさ》いだだけのことで、死因は出血多量だった。流れ出なかった血は体内で凝《ぎょう》固《こ》し、その重さは千五百グラムもあった。

浅沼刺殺の犯人が十七歳の元大日本愛国党員だということが明らかになった時、マスコミに積極的に登場した「識者」のほとんどが、少年は「使嗾《しそう》されたにすぎない」とみなした。

右翼研究で知られる大学教授は、翌日の朝刊で「こんどの事件は犯行の巧みさをみても十七歳の少年の思いつきとは考えられない。背後であやつっているものが必ずいるはずだ。五月の愛国党からの脱党も今日あるを考えに入れてのことだろう」という意見を述べた。

使嗾されたはずだとみなす論者は、犯人が十七歳にすぎないこと、あまりにもうまくいきすぎたこと、といった曖昧《あいまい》な「感じ」以上にその根拠を挙げることはできなかった。使嗾されたはずというのは推測にすぎなかった。

しかし、その推測を多くの文化人たちが妥当なものとして受け入れた根底には、右翼に対する蔑視《べっし》があった。右翼団体に入るような少年に、ひとりで考え、ひとりで計画を練り、ひとりで決行しうる能力があるわけはない、という危険な断定があった。あるいは、猿回しの「猿」であってほしいという願望があった。ひとりの悩める若者がその全存在を賭《か》けて「右翼」の道を選びとり、テロリストたらんと欲することがある、などということを信じたくなかったのだ。

山口二矢《やまぐちおとや》があやつり人形に似た「殺人機械」だったとしたら、いったい誰がその背後から糸を引いていたというのであろうか。

その日、事件現場に姿を現わし、党員に激しい野次を飛ばさせたことにより、その背後の人物として第一に疑われたのは大日本愛国党総裁赤尾敏《あかおびん》だった。彼らの引き起こした騒ぎが、警備の眼をひきつけることになったため、陽動作戦をとったとみなされたのだ。しかし、赤尾敏は一貫して「私が使嗾したのではありません。誰も使嗾などしやしなかった」と主張し、それは十五年が過ぎても変わることがなかった。今や、それが殺人教唆《きょうさ》の罪から逃れるための虚言でなかったことは明らかである。事件が時効になっている以上、嘘をつく必要がなくなったから、というだけがその理由ではない。

二矢はいま、右翼の中では神に近い扱いを受けている。その少年に強い影響を与え、使嗾しうるほどの関係性を築けた人物がいたとしたら、それは右翼の中でも圧倒的な尊崇を受けることになる。二矢と関わりのあったすべての右翼が、実は自分がやらせたのだといいたい思いを持っている。それは赤尾とても同様である。しかし、誰もいえない。それをいえば、他のすべての右翼に、自分は嘘つきだと公言することになってしまうからだ。

事件後しばらくして、右翼の間にひとつの説が流布《るふ》されるようになった。それは、テロルの、最後の瞬間にまつわるものだった。

山口二矢は浅沼稲次郎を一度、二度と刺し、もう一突きしようと身構えた時、何人もの刑事や係員に飛びかかられ、後から羽交《はが》い締めにされた。その瞬間、ひとりの刑事が二矢の構えた短刀を、刃の上から素手で把《つか》んだ。二矢は、浅沼を刺したあと、返す刃で自らを刺し、その場で自決する覚悟を持っていた。しかし、その刃を握られてしまった。自決するためには刃を抜き取らなくてはならない。思いきり引けばその手から抜けないこともない。しかし、そうすれば、その男の手はバラバラになってしまうだろう。二矢は、一瞬、正対した刑事の顔を見つめた。そして、ついに、自決することを断念し、刀の柄《つか》から静かに手を離した……。

あまりにも挿話として見事にできすぎているような印象はあるが、この「二矢伝説」とでもいうべきものを通じて、初めて写真以外の山口二矢の貌《かお》が見えてくる。右翼の大物に使嗾された哀れな小羊、という以外の二矢が姿を現わす。一瞬の迷いの中に、テロリストの心情が透けてくる。それは帝政ロシア末期のテロリストたち、たとえばサヴィンコフの伝えるカリャーエフなどに共通の心情である。セルゲイ大公の馬車に幼児が乗っていたため手榴弾《てりゆうだん》を投擲《とうてき》できなかったカリャーエフの心情と、それは少しも変わらない。

しかし、この「二矢伝説」は真実なのか。あるいは、二矢を神格化するための、文字通り「伝説」にすぎないのだろうか。

事実が「伝説」の伝える通りであるとすれば、二矢という人間の個性と浅沼暗殺事件の全体を考える上に、極めて重要な意味を持つことになる。

山口二矢は自立したテロリストだったのではあるまいか。

もし、そうでないとしたら、浅沼は文字通り「狂犬」に嚙《か》まれて死んだ、ただ運の悪い人というだけの存在になってしまう。自立したテロリストに命を狙《ねら》われたという事実にこそ、社会主義者浅沼稲次郎の栄光は存在し、なぜ狙われなければならなかったのかという、まさにその理由にこそ浅沼稲次郎の生涯のドラマが存在したはずなのだ。

浅沼が山口二矢に刺された翌日、社会党の臨時大会が開かれた。委員長が死亡したからというのではなかった。総選挙を目前にして、党の運動方針案を討議するためその以前から準備されていた大会だった。しかし、浅沼の死の衝撃と憤りから、大会は追悼集会、抗議集会に変化してしまった。闘争方針も執行部原案が論議も経ず可決された。党員たちは浅沼の死にすっかり眼を奪われていた。

だが、この時、執行部の提出した運動方針案には、今までの社会党の在り方を本質的に変化させていこうという、実に劇的な構想が盛り込まれていたのである。本来なら、それが問題なく社会党員全体に承認されるなどということはありえない、まったく新しい考え方が含まれていた。のちに構造改革論と呼ばれるその構想は、委員長のしかばねを乗りこえて、という全党をおおったヒロイックな気分の中で、空虚な認知をされる。それは、構革論者ばかりでなく、社会党にとっても不幸なことであった。やがて、それは党を二つに分断する派閥抗争の最大の火種になっていく。

それから一週間後の十月二十日、浅沼稲次郎の社会党葬は、冷たい秋の雨の降る中を、二千六百人もの参列者を得て、盛大に行なわれた。場所は、浅沼が斃《たお》れた、まさにその日比谷公会堂だった。会場には、浅沼の遺影と共に、「浅沼委員長の死をのりこえて」という文字が大きく掲げられていた。

弔辞を読んだのは、委員長を代行することになった書記長であった。

「浅沼委員長、わたしたちはあなたのしかばねをこえて進みます。あとに残ったわたしたちの使命は、国民諸階層をますます党のまわりに結集して、社会進歩の道を切り開き、浅沼委員長のいちばん好きだった『人間解放』の日に一日も早く近づくことだと思います。これが永遠に生きる浅沼委員長に対する社会党の誓いであります」

しかし、その後の社会党は、浅沼のしかばねを礎《いしずえ》に「国民諸階層をますます党のまわりに結集」することはできなかった。内部の抗争が激化し、国民の支持を少しずつ失い、衰退の流れを自ら早めていった。

浅沼の遺影に向かって「党の道を切り開く」と誓った書記長は、その十七年後、昭和五十二年には逆に党を追い出されることになる。そしてその書記長、構造改革派の「輝けるリーダー」だった江田三郎は、浅沼と同じように「人間解放」のとば口にすら立つことなく、急逝する。

社会党葬において、文化人を代表した青野季吉は、「浅沼委員長の死は、やがて安保体制の死滅を告げる晩鐘であり、日本人民の平和と幸福を告げる暁の鐘の音のように聞こえてなりません」と霊前に語りかけた。

だが、浅沼の死は、平和と幸福を告げる「暁の鐘」であるより、社会党というひとつの政党の「弔鐘」そのものだったのではなかったか。それ以後、八点鐘の最後のひとつが打ち鳴らされるその刻《とき》に向かって、「弔鐘」はゆっくりと鳴りつづけているのではないだろうか。

とすれば、その鐘の最初のひとつを、暗く低く鋭く打ち鳴らしたのは、「来国俊」の贋刀を手に、日比谷公会堂の舞台を突っ走った十七歳の少年、山口二矢ということになる。

第一章　十月の朝

1

その日、十月十二日、山口二矢が中野本町の自宅で眼を覚ましたのは、午前七時を少し過ぎた頃だった。

父親の晋平《しんぺい》はすでに起きていた。早朝五時四十分から始まるNHKラジオの語学講座を聞くため、異例の早起きをしていたのだ。それは一年あまりも家を離れ久し振りに戻ってきた息子への、父親としての密《ひそ》かな愛情から出た行為だった。

二矢は十六歳になって間もなく、わずかな身の回りの品を持って家を出た。「愛国運動に挺身する」といい、浅草にある大日本愛国党の本部で寝泊りするようになった。やがて高校も中退し、右翼の政治活動に没頭していった。愛国党の党員として十七歳の誕生日を迎え、家を出て一年が過ぎた。

それがどういう風の吹きまわしか、一カ月ほど前から家に戻り、大学に入って通学するようになっていた。

「他人の飯を一年あまり食ってみて、親の家に寝泊りし、親から学資を出してもらって通学するのが、いかにいい条件であるかということがわかったに違いない」

晋平はそのように理解し、いわば黙って「白旗」を掲げて帰ってきた息子に、理由などを深く訊《たず》ねようとはしなかった。

二矢は大東文化大学に一年生として編入されることになった。高校を中退し、十七歳と年齢も足りないはずの二矢が、大学に入学できるということは奇異なことだったが、すべては家に帰ってくる以前に二矢自身が決めており、晋平はただそれを追認するだけだった。しかし、いずれにしても、父親にとっては、息子が右翼の運動に熱中するより、やはり学校で落ち着いて勉強してくれる方がはるかに嬉《うれ》しいことであった。

中国文学科に編入学したのが九月、息をつく間もなく前期の試験の時期が近づいてきた。講義に出るようになって日も浅い、まだ試験どころではないのかもしれない。少し心配になって、ある晩、晋平は二矢に訊ねた。

「試験は何とかなりそうか」

「国語、漢文、法律、経済は大丈夫だと思う。数学は試験がないから平気だけど、どうも中国語が駄目なような気がする」

二矢は明るい声で答えた。そして、

「でも、教科書に書いてある中国語と日本語を対訳的に丸暗記しようと思っている」

と付け加えた。

「範囲はわかっているのか」

晋平が訊ねると、教科書を持ってきた。二矢が教科書で示した試験範囲は、頁《ページ》数としても大した分量ではなかった。しかし発音がわからないのでは心細いだろう。そう考えた晋平は、それから数日後、ラジオ講座のテキストを買って帰った。NHKの第二放送で流している中国語講座のテキストだった。二矢に中国語の正確な発音を聞かせたいと思ったのだ。

晋平がラジオで語学を勉強させようとしたのは、これが初めてではなかった。二矢が中学二年の頃、晋平はやはりラジオの語学講座を勧めたことがあった。小学生の時代から二矢の得意な学科は社会や国語といった人文系の科目に偏《かたよ》り、中学生になってからは理数系の科目以外に英語が不得意科目の仲間に入ってきていた。ある時、晋平が「ラジオで英語を勉強してみたらどうか」というと、二矢は嫌な顔もせず父親の言葉に従い、一年間というもの忠実にラジオの英語講座を聴講しつづけた。

大学生になった息子に再びラジオの語学講座を勧めようとしたのは、晋平にその当時の二矢の従順さが強く記憶に残っていたからである。

晋平はテキストを渡しながらいった。

「これで発音の練習をするといい。朝五時半だから早起きしなければならんが、どうだひとつやってみないか。今晩か明日にでも一度ゆっくりテキストを読んでごらん」

すると二矢は素直に頷《うなず》き、

「うん、やってみようかな」

と返事した。

それが十月十一日の夜のことだった。翌朝、晋平がいつになく早起きをしたのは、自分が勧めた責任上、その放送がどの程度のものか確かめておきたかったのだ。しかし、その日、中国語講座は放送されなかった。その時間帯は中国語とスペイン語を隔日に放送しており、十二日はスペイン語の放送日に当たっていたのだ。

明日の朝は七時に起きるといって寝た二矢が、実際に兄の朔生《さくお》と共用の子供部屋から起きて茶の間に入ってきたのは七時十五分頃だった。意志の強い二矢には珍しいことだった。だから、いつものように襟章《えりしょう》に二本の線と三つの桜がついた一等陸佐の制服に着換え、七時二十分に家を出て六本木の防衛庁に向かう晋平とは、五分足らずしか顔を合わせる時間がなかった。

出かける間際に、晋平はいった。

「どうだ二矢、明日の朝は中国語の番だが、五時半に起きて一緒に聞いてみないか」

すると、二矢は嬉しそうに笑いながら、

「うん、起きる、起きる」

といった。その笑い顔からは、どのような翳《かげ》も見出すことができなかった。晋平は明るい気持で家を出た。

兄の朔生は中央大学の工学部で土木を学ぶ大学生だった。二矢の通う大東文化大学より早く、すでに前期の試験が始まっていた。その日は一科目も試験がなかったので、一日みっちりと試験勉強をするつもりだった。朔生はその日一日をどのように勉強するかということで頭がいっぱいだったが、父と弟の和《なご》やかな会話を耳にはさみ、山口家にも久し振りに家庭的な雰囲気が戻ってきたなと、ふと思った。

二矢は朝食をとったあとも茶の間に坐り、ゆっくりと新聞を読んだ。

二矢が新聞を読みはじめると、いつも小一時間はかかった。いったいどこにそれほど読むところがあるのか、と家族の者が不思議がるほど丹念に読む。

新聞は読売だった。山口家では、別にこれといった理由もなしに、ながく朝日か毎日を購読しつづけていた。ところが、拡張員に強引に勧誘されて以来、その数カ月前から読売を取るようになっていたのだ。しかしこの日、十月十二日、二矢の読んでいた新聞が読売新聞の朝刊であったということは、それから八時間後に日本を震撼《しんかん》させることになるひとつの事件にとって、極めて重要な意味を持っていた。

十月十二日の読売新聞朝刊の第一面には、明十三日に開かれる予定の社会党臨時大会についての大きな記事が載っていた。

二矢は新聞を拡げ、ゆっくりと頁を繰っていった。第二面にはソ連から亡命した船員が「フルシチョフは暴君で第二のヒトラーだ」と語っている記事があった。スポーツ欄は、大毎と大洋の日本シリーズ第一戦が「三原魔術による大洋の一点勝ち」であったことを大きく伝えていた。社会面には、日教組のＩＬＯへの提訴、千葉銀行の労働争議、松川公判、入会権闘争《いりあいけん》、それに大量の選挙違反などという記事がひしめき合っていた。
最後まで読み通し、もう一度、第一面に眼を向けると、コラムと広告に挟まれたわずかな隙間《すきま》に、「十二日の会議」という小さな欄があった。十行足らずのその欄は、日々開催される公的な会議や集会の場所と時間が記載されている、単なる告知欄にすぎなかった。
《衆院▽大蔵委（前十時半）
参院▽建設委（前十時）
社会党▽全国支部連合会代表者会議（前十一時、党本部）》
だが、それらと並んで掲げられていた次の一行に、二矢の視線は吸い寄せられた。
《三党首演説会（後二時、日比谷公会堂）》
もしその新聞が読売でなかったらという仮定が意味を持つのは、まさにここにおいてである。なぜなら、毎日新聞には「今日の会議」といった欄はなく、朝日新聞の「きょうの予定」欄には、他のすべての会合が載っているにもかかわらず、ただひとつ「三党首演説会」だけは載っていなかったからだ。
二矢は、その日「三党首演説会」が催されるということを、このとき新聞で初めて知った。

2

その日、十月十二日、浅沼稲次郎は三十年近くも住みつづけた同潤会アパートの自宅で朝を迎えた。

日頃から、妻の享子《きょうこ》が「家庭は人間機関車が一時停車する停車場にすぎない」と嘆いていたように、浅沼にとって自宅で迎える朝がさほど多くあるわけではなかった。とりわけ、安保闘争が収束して初めての総選挙を目前に控え、社会党最大のスターである浅沼は全国を駆けめぐらなければならなかった。十月に入ってからも山梨、山形、大阪、栃木といった地方へあいついで遊説に出かけていた。だがその日、浅沼が深川白河町の自宅で朝を迎えることになったのは、午後二時から日比谷公会堂で開かれるはずの、三党首立会演説会に出席する予定があったからだ。その演説会は、彼の社会党委員長就任以来、最高の晴れ舞台になるはずのものだった。

浅沼はいつものように朝刊が投げ込まれる六時半頃に目を覚ました。しかし、床から離れた浅沼は、いつもに比べて少し緊張しているようだった。朝食もとらないで、その日演説するための草稿に眼を通しはじめた。草稿はすでに完成していたが、まだ気になっているようだった。何人もの人の意見に耳を傾け、容《い》れられるものは容れ、訂正に訂正を重ねても、まだ完璧《かんぺき》とは思えなかったのだ。そのことは、彼のこの演説会にかける意気込みのようなものを表わしてもいた。

やがて、一家総出で草稿の清書を始めた。清書というより、字を大きく書き直す作業が主だった。前日「夜討ち」に来た記者の忠告を容れ、演説草稿を読みやすくするため、できるだけ大きな字にしておこうとしたのだ。妻の享子と娘の衣江《きぬえ》、途中からは秘書の壬生《みぶ》啓も加わって、四人は衆議院の刻印が打たれた縦罫《たてけい》の便箋《びんせん》に、太い黒のマジックで書き写していった。


前夜、日本経済新聞の政治部記者石田智彦が浅沼の家を訪れたのは、十時を少し過ぎた頃だった。浅沼は三多摩の遊説からまだ帰っていなかったが、享子に勧められるままに酒を呑み、しばらく待つことにした。

石田は昭和三十年に社会党を担当するようになって以来、数限りないほど浅沼の家を訪問していた。主がいなくとも、その夫人と話をして時間をつぶすくらいの親密さは、すでに獲得していた。自分の住んでいる新小岩が浅沼の家に近かったということもあるが、社会党の担当をはずされても浅沼の家だけはよく訪れた。浅沼は口が固く、決して特種《とくだね》をくれはしなかったが、その家はどこか居心地がよかったのだ。

それは石田ばかりでなく、社会党を担当するどの記者にも共通の思いだった。浅沼は誰に対しても口が固かった。機関決定に従う、というのが彼の基本的な態度だった。党の重要事項を洩《も》らすなどということは決してしなかった。誰にも特種をプレゼントしなかったが、誰からも好かれた。少なくとも怨《うら》まれることはなかった。

石田は酒を呑みながら浅沼を待ったが、十一時になってもまだ帰らない。十一時半を過ぎてもまだ戻ってこない。柱時計が何度も大きな音を立てて鳴った。それは、あまり長い「夜討ち」をかけて浅沼の体を消耗させないようにという自戒の意をこめて、石田をも含む新聞記者たちが十五分おきに鳴るように細工して贈った還暦祝いの品だった。いつもの石田なら柱時計の音に追い立てられてもう腰を上げている頃だった。それが帰るまで待とうと思ったのは、やはり新聞記者の「勘」だったのかもしれない。

もちろん石田も漠然と浅沼に会おうとしたのではない。久しく顔を見ていないからという理由のほかに、会って話しておきたいことがひとつあった。それは安保に関する事柄だった。岸が退陣し、池田が登場するとともに、あれほどの闘争の波がまたたく間に引いてしまった。池田の所得倍増論が安保に倦《う》んだ国民に歓迎されつつあるという情勢の中で、社会党の議員たちは選挙の争点として安保を採り上げることを避け出した。安保は票にならない、という読みがあったのだ。ところが、浅沼はひとり一貫して安保を主題にした演説をしつづけた。地方の社会党員の中には、それを迷惑がる者も少なくなかった。浅沼の安保演説は票を減らすだけだ、と露骨にいう者さえいた。石田もまた、演説をもう少し変えた方がいい、と忠告したひとりだった。しかし、そうは忠告したものの、考えをゆっくり煮詰めていくと、あれほどの大きな闘争を素通りして次の時代に行こうとするのは誤りではないのか、という思いが強くなってきた。安保の成果を摘み取ることもできないようでは何もできはしない、浅沼は今まで通り安保演説を続けるべきではないか、と思い直すようになった。石田はそのことをどうしても浅沼に伝えたかったのだ。

やがて午前零時になろうかという頃、ようやく浅沼が帰って来た。三多摩から立候補する中村高一《たかいち》の応援に廻っていたのだ。浅沼は、民社党との分裂時に子飼いともいうべき多くの党員が脱党したことを、強く気に懸けていた。とりわけ膝元《ひざもと》である東京都連が大分裂を起こしていたため、少なくとも東京の候補だけでも全員当選させてみせると公言していた。しかも中村は早稲田大学時代からの友人である。深夜まで応援に走り廻ることに不思議はなかった。石田も、また享子も、その夜浅沼の帰りが遅かった理由を訊ねようともしなかった。

浅沼の死後、かなりの時が過ぎたある日、享子は国会づきのひとりの運転手から打ち明け話をされる。その夜、浅沼の車を運転していたのが国会から派遣されていたベテラン運転手の彼だったのだ。三多摩で中村の演説会を終えての帰途、ベテランのはずの彼が道を間違えてしまった。ありえないことだった。しかも、迷いに迷ったあげく、さまよいこんだ場所が多磨霊園だった……。その翌日の凶変、そして遺骨が多磨霊園に納められるという信じられないような符合に際会して、つい今まで喋《しゃべ》ることができなかった。運転手は享子にそう告白した。

一方、石田は、その夜の浅沼が中村高一の選挙応援のために駆け廻っていたのだということを、人間の運命の不思議とでもいうべきものへの畏《おそ》れとともに、後になって何度も思い起こすことになる。それまで普通選挙法が施行されて三十余年の歴史の中で、テロルによって斃《たお》れた無産党の代議士は山本宣治ひとりしかいなかった。その山宣が神田表神保町で七生義団の黒田保久二に刺殺されたのも、やはり中村高一の応援演説から帰った直後のことだったからだ。

その夜、帰ってきた浅沼に、疲れたでしょうと石田がねぎらうと、

「たいしたことあねえ」

といつもの調子で答えた。疲れていなかったはずはない。しかし、翌日の三党首立会演説会への興奮《こうふん》からか、いつになく上機嫌だった。石田が安保演説についての考えの変化を述べると、浅沼はそれを嬉しそうに聞いていた。やがて、これが明日の演説だといって草稿を読みはじめた。安保問題に関するくだりだけのはずが興にのり、ついには演説を終りまでやってみせた。

翌日の演説会が浅沼にとっての晴れ舞台だったとすれば、それは何よりもテレビを通じ、一党を代表し、全国民にじっくり語りかけることのできる初めての機会だったからだ。

委員長になってまだ七カ月足らずであった。その間に安保闘争があった。闘争においては彼は一党の委員長というより、ひとつの陣営のシンボルのような立場にあった。野

党第一党の委員長としての真価が問われるのは、間近に迫った総選挙という修羅場であるはずだった。安保闘争の成果がどれほどのものであったか、そして彼が委員長であるということがどのような意味を持つのか、それは総選挙の結果が示してくれるに違いなかった。テレビを通じての三党首演説会こそ、彼と彼の党を国民に理解してもらう絶好の機会だった。

石田はその草稿を聞き、遠慮なく批判し、また注文をつけた。浅沼は熱心に耳を傾けた。

「まあ呑め」

石田のグラスにウイスキーを注ぎ、享子が見ていないと番茶の入っている自分の茶碗にもそっと流し込んだ。浅沼には糖尿の気があった。そのため享子から酒を厳しく制限されていたが、眼を盗んではそのようなお茶割りウイスキーを密かに呑むのが常だった。

そのうちに午前一時の鐘が鳴り出した。それからしばらくして石田は浅沼の家を辞去した。それが浅沼と交わした最後の言葉になってしまったのだが、帰り際に石田はひとつの忠告をした。

「この原稿はいままでにない傑作だと思いますよ。ただ沼さんが原稿を持たない時はいい演説をするけれど、原稿を持ってやるといかにも読みづらそうにつっかえるから、原稿はもっと大きな字で書いたらどうでしょう」

浅沼は肥満体の人の常として大変な汗かきだった。演説中は大量の汗をかく。彼が途中でつかえるひとつの原因は、その湯気が彼のトレード・マークとなった黒縁の眼鏡のレンズを曇らせるためであった。しかし、字を大きくしたらという石田の忠告ももっともなことだった。

翌朝、家族全員で草稿を書き写した。朝食は娘の衣江が用意した。学校の試験が終り、その日から試験休みに入っていた。浅沼は好物の茄子《なす》の漬物をあまさず食べた。

清書が終った原稿をもう一度だけ読み下し、浅沼は演説しやすいように赤鉛筆で傍線などを付した。そして、笑いながら誰にともなくいった。

「党本部へ行ってね、みんなの前でこれを読んで、学生みたいに試験を受けなければならないんだよ」

洋服に着換える時、彼はいつもと同じネクタイをしめようとした。すると衣江が、せっかくのテレビ出演なのだからといって、新しいネクタイをしめさせた。背広もいつもの着古したものとは違う、いくらか新しいものを着た。

後に、これも家族のひとつの後悔の種になる。浅沼は常にメモを取ることで有名だった。どのような場合でも、会議での決定事項や連絡事項を手帳に記すことを忘れなかった。この几帳面《きちようめん》さが、彼をしてながく書記長の座につかせていたともいえる。彼はいつも手帳、名刺、プリントの類いを背広のポケット一杯に溢《あふ》れ返らせていた。浅沼がその日いつもの背広を着ていたら——後悔はその一点である。なぜなら、彼が三党首演説会の壇上で錆《さ》びた短刀に刺し貫かれるのは、いつもは硬い表紙の手帳が入っている内ポケットの、まさにその部分だったからである。

午前九時、浅沼稲次郎は秘書を伴い、深川白河町の家を出た。夫の後に従って妻の享子も玄関を出た。いつもなら見送りは玄関までであった。しかし、その日は、ふと門の外まで出てみようと思い立ち、車に乗り込み走り去っていく夫の姿を最後まで見送った。だが、その日いつにない特別の見送り方をしたからといって、この時の享子に夫の六時間後の凶変を予知できていたわけではない。遠ざかる夫の車を見送りながら、享子の考えていたことといえば「今晩は珍しく家で食事をとるといっていたから、早目にマーケットに行ってお父さんの好物の柔かい牛肉でも買っておいてあげよう」ということにすぎなかった。

第二章　天子、剣をとる

山口二矢を大日本愛国党に入党させる最も強力な引金になったのは、兄の逮捕という突然の出来事だった。昭和三十四年、兄の朔生が高校三年、弟の二矢が高校二年の時のことである。

1

五月一日、激しい雨をついて催された戦後十四回目のメーデーの日、兄が検挙された。この日は全国的な雨模様となり、東京の神宮外苑広場も、降りしきる雨のためになかば泥沼と化した。しかし、三十万近い労働者とその家族たちは、手に手に「最低賃金制確立」、あるいは「岸内閣打倒」といったスローガンを掲げ、中央メーデー会場の神宮外苑広場に参集した。

プラカードに描かれた似顔絵は圧倒的に岸信介のものが多かった。「ＩＣＢＭ戦犯号」にまたがる岸、アメリカ兵に頭を椅子がわりにされている岸、そして「月光仮面」にねじ伏せられている岸、と悪役としての岸信介の絵柄は豊富だった。

やがて中央メーデーは集会から三つのコースに分かれてのデモ行進に移ったが、ここでも参加者は雨にたたられ、雨具も用をなさないほどのずぶ濡《ぬ》れとなった。

だが、雨のために被害をこうむったのはメーデー参加者ばかりではなかった。愛国党をはじめとしたいくつかの右翼団体が共催する「亡国メーデー反対国民集会」は、午後一時から新橋駅前ステージで開かれるはずだったが、雨のため聴衆が集まらずついに中止せざるをえなかった。

メーデー参加者によるデモの隊列と集会を断念した右翼の一隊が、新橋駅付近で遭遇することになったのはそのためだった。

《一日午後二時四十分ごろ新橋コースのデモ隊の最後尾が新橋ガード下にさしかかったとき、この日集会を中止した大日本愛国党員が宣伝カーに乗り、デモ隊にビラまきをはじめたので、警戒中の荒川署員が同党員八人を道路交通取締法違反容疑で逮捕した》（朝日新聞五月一日夕刊）

その愛国党の八人の中に兄の朔生が含まれていた。

朔生は愛国党の本格的な党員というのではなかった。浅草の党本部に出入りするようになっていたが、他の党員のように住み込みで運動に専念するというまでには至っていなかった。何か事が起こりそうな時は自分から本部に電話し、必要な場合は行動に加わりビラまきを手伝う、といった程度だったので、朔生が右翼団体に関係していることは家族の誰もが気づいていなかった。しかし、この日の逮捕で、一挙に露見してしまった。

確かに、旧日本軍やナチス関係の資料や写真などを集めてはいた。しかしそれは趣味であり、せいぜい反左翼的な発想を持っているというにすぎないと思われていた朔生が、意外にも右翼の実践活動をしていた。そのことは両親を困惑させただけでなく、弟の二矢に深い衝撃を与えた。しかもその衝撃は二重だった。

二矢にとって、学齢が一年しか離れていない兄の朔生は、格好の喧嘩《けんか》相手であると共に、無意識のうちの競争相手でもあった。その朔生が愛国党で実践活動をしていた。自分の気づかぬうちにひとりで未知の大海に漕《こ》ぎ出してしまっていた。先を越されたという衝撃があった。

だがもう一方で、これまで曖昧で不分明だったものが、ひとつの具体的な形をともなって眼の前に提示されたことにも、二矢は衝撃を覚えていた。

「右翼の団体に参加して左翼と対決する……」

学園で深い孤立感を味わいつつあった二矢に、そのことはかつてないほど魅力的なものと映った。そしてその時、多くの右翼団体のひとつといった程度の印象しかなかった愛国党が、二矢の意識の中に大きな存在として強く残ることになった。

朔生がいくつもの右翼団体の中からなぜ愛国党を選んだのかという理由は、ごく単純なものだった。

当時、街頭でみかける右翼の中で、愛国党は最も派手な存在だった。

昭和三十二年、岸内閣の成立を契機に、戦後右翼の活動はそれ以前には見られなかったほどの活発さを示すようになった。

占領下の追放と解散令により終戦直後には息の根を止められたかに見えた右翼が、再び明確にその存在を誇示しはじめたのは二十七年の講和条約発効後のことだった。三十年には、中国を訪れた日本学術代表団の南原繁や大内兵衛に対し、周恩来首相が次のように述べるまでになった。

「日本の左翼運動にはあまり注意していないが、右翼の動向には関心を抱いている」

これは日本の左翼陣営への痛烈な皮肉であると共に、国際的な見地においてはすでに日本の右翼が政治勢力として認知されていることを示すものであった。

だが、右翼の行動がさらに過激になり、しかもその過激な行動が頻発《ひんぱつ》するようになったのは、明らかに岸内閣成立以後のことである。あたかも岸内閣とそれを支える領袖《りょうしゅう》たちによってようやく国内的にも認知されたのだとでもいうかのように、右翼は公然と事件を起こすようになった。

やがて、安保改定を目前とした三十四年には、反安保勢力との対決を主要な課題とする、右翼の統一的な組織の形成が図られることになる。この意図によって結成されたのが全日本愛国者団体会議であった。

第一回の大会を前に、全日本愛国者団体会議は、その名において、次のような檄《げき》を全国の右翼団体と活動家のもとへ飛ばした。

《檄

暗雲がいっぱいにたちこめている。

赤い怒濤《どとう》が北から西から一呑みにせんと迫っている。

国の護りは薄く李承晩の恫喝《どうかつ》すら本当にははじき返されないのである。

共産党、社会党、総評、日教組、全学連及び文化人と自称する赤い愚連隊共が第五列的陰謀を策してしきりに蠢《うごめ》いている。

政治的腐りはそこ、ここに大きく破れてウミを流し、悪臭を国中に放っている。

これが今日の日本の偽らざる現実である。

誰が愛国の至情を吐露するか
日本！　危いぞ　≫

その結果、全日本愛国者団体会議には、松葉会や国粋会といった「任俠《にんきょう》右翼」、愛国党や生産党といった「街頭右翼」など三十以上の行動右翼を中心に、全国で百以上の団体が加盟することになった。

戦後右翼が昭和三十四年にここまでの勢力を伸張できたのは、三十年代の前半に「勤評」と「警職法改定」問題へ積極的に介入することで闘争を持続しえたからである。

日教組の勤務評定反対闘争が激化するに従って、愛国党、護国団、国粋会などの反日教組キャンペーンも激しさを増した。「教育の砂川」といわれるほどの激しい反勤評闘争が組織された和歌山は、日教組に対する右翼の主戦場となり、三十二年における日教組全国大会への赤尾敏らの右翼統一戦線による妨害に始まり、三十三年には勤評反対のデモ隊に対して右翼が人糞三桶《おけ》をぶちまけるという事件が起きる。それは、やがてその数カ月後の、デモ隊と右翼宣伝カーの激突とそれによる流血事件へとエスカレートしていった。その時の重傷者は二十人とも三十人ともいわれ、負傷者は双方で百人を超えた。三十三年から四年にかけては、警職法改定反対運動に対する闘争が、右翼の最も重要な活動になった。

愛国党はそのいずれの活動も派手に行ない、それ以外でも一般の耳目を集める事件には、必ずといってよいほど何らかの形で関与していた。

三十三年九月には党員が、日比谷野外音楽堂で催されていた「勤務評定反対集会」に憤激し、小林武日教組委員長の乗用車に放火しようとしたが目的の車を発見できず、たまたま眼についた社会党の宣伝カーに火をつけたり、十月には演説会場において党参与の浅沼美知雄が、「長崎の中共国旗引下ろし事件で謝罪使をよこせという中共は無礼きわまる。私はいま中共のこの態度に回答する」といいながら、ライターで中国国旗を焼いたりした。また同じ月、警職法に関する自民、社会両党の立会演説会で党員たちがビラをまき、社会党黒田寿男の演説を妨害した。党総裁赤尾敏はそれらの行動により、その「品位」に問題ありとされ、彼が持っていた衆議院の「前議員待遇」を停止されるほどだった。前議員待遇とは、ただ単に前議員バッジを交付され、国会内を自由に出入りできるというにすぎなかったが、その待遇を停止されたのは赤尾が初めてであった。

外から右翼の活動を見守っている若者にとって、その過激さが華々しい存在に映ったとしても不思議ではないほど、愛国党は眼に立つ動きをしていた。

朔生が愛国党を選んだ理由はもうひとつあった。街の電柱によく貼《は》られている愛国党のビラやポスターには、党本部へ至る地図が刷り込まれてあった。些細《ささい》なことだったが、実はそれが決定的だった。


朔生の逮捕という事件からちょうど一週間が過ぎた五月八日、偶然、二矢は新宿で赤尾敏を見かけた。玉川学園からの帰り道だった。小田急線を新宿で降り、中野坂上の自宅へ向かう都電に乗ろうとした時、駅前の広場で、大日本愛国党と大書され、日の丸を掲げたトラックを見かけたのだ。その荷台の上で赤尾敏は白いものの混りはじめた髪を乱し、熱っぽく聴衆に語りかけていた。

二矢にとって、それは生まれて初めての、心に喰い入ってくるような、圧倒的な演説だった。二矢はこの時の赤尾の演説を長く記憶しつづけた。

「……ソ連、中共は日本を赤化しようとしているんですよ。共産主義は共産党という形で現われているばかりではない。社会党、労働組合、全学連、原水協、母親大会といった形でも存在している。彼らはソ連、中共の第五列ですぞ。共産主義者は平和を語るが、自由については口を閉ざす。それは赤の国に自由がないからです。資本主義を打倒することは悪いことではない。むしろ良いことだ。しかし、共産主義で倒してはなりません。日本には日本のやり方があるんです。にもかかわらず左翼は勤評闘争とか警職法闘争とかいっては大衆をデモやストライキに駆り立てようとする。法を無視し集団暴力を揮《ふる》っているのに警察は取り締まることすらできない。マスコミは左傾し、政府は私利私欲に走っている。皆さん、この日本をどうするんですか！」

赤尾はいつも喋っていることをこの時も繰り返していたにすぎない。しかし二矢にはこの上もなく新鮮な話だった。今まで、適切な言葉で表現できなかった自分自身の苛立《いらだ》ちや憤りを、赤尾はわかりやすく簡明な言葉で代弁してくれていた。

そして最後に、

「最早《もはや》、日本は革命前夜の状況にあるといっても過言ではありません。青年は、今すぐ起《た》って左翼と対決しなければならない！」

と赤尾が鋭くいった時、二矢は自分の体の奥深いところから震えはじめていることに気がついた。

二矢はもっと赤尾の演説を聞きたいと思った。思うとすぐ行動に移した。演説が終り、次の場所に移動しようとしていたトラックに飛び乗り、次の場所まで連れて行ってくれと頼んだ。後に赤尾が「あの少年の行動力には恐いようなところがあった」と思わざるをえない、その直線的な行動力をはじめから発揮したのだ。

その日はトラックに乗せてもらい。新宿付近を何カ所も廻った。そして、赤尾の話に聞き惚れた。

別れ際に、ひとりの党員が、「いつか本部の方にでも遊びに来るといい」と優しくいいってくれた。それが、やがて党内でも最も親しいひとりになる、機関紙局長の中堂利夫だった。

その時、二矢は行こうと決心する。「遊びに」ではなく、「入党」するために……。

2

二矢と書いて「おとや」と読む。そう読ませるには無理なところもあるが、父親はそれを承知であえてつけた。

長男に続いて二人目の息子が生まれた時、父親はその子のために芳正という名を用意していた。ところが親しい友人から「それは考えた方がいい」と忠告を受けた。長男には朔生と書いて「さくお」と読ませるような凝《こ》った名をつけておいて、次男には芳正といったごく平凡な名をつけると「成長してからひがむかもしれないな」というのだった。それも一理あった。

二番目の男児であるその子は、二月二十二日に生まれた。二という数字とこれほどまでに縁が深いのなら、というところから二矢と名づけられた。

偶然の一致にすぎないとも言い得たが、確かに二矢の一生は最後まで二という数字を引き摺《ず》りつづけることになる。不意に歴史の表舞台に駆け登り一本の短刀によって世を震撼させたのが十二日であり、自ら命を絶つことでその舞台から足早に去っていったのが二日だった。

二矢という名は、占いの手ほどきを受けたことのある父親が、姓名判断をした上でつけた名である。確かに姿も美しく響きもよい。誰にとっても口にしやすい名前らしく、学校でも「おとや、おとや」と呼ばれた。生徒ばかりでなく教師たちも姓より名を呼ぶことの方が多かった。姓名判断では完璧な名だった。しかし、後に日本易学連合会の席上で易学の大御所のひとりは、あれほどの名を持った少年が、なぜあのような運命を辿《たど》らなければならないのか、「姓名学では完全な名前の山口二矢が、なぜこのたびのような事件を起こしたかと考えると、姓名学はまだまだ研究の余地があると思います」と嘆かなければならなかった。

二矢は戦時中に生まれ、戦後の最も食糧事情の悪い時代に幼児期をすごした不運もあって、体がごく弱かった。呼吸器系統の病気を持ち、小学校に上がっても、百日咳《ひゃくにちぜき》で三カ月あまりも休まなくてはならないといったことが続いた。体つきも小さく、背丈もクラスの中で二、三番目に低かった。

幼い頃から二矢はターザン映画が好きだった。ターザンの映画が近くの映画館にかかると、父親にねだって必ず連れて行ってもらった。病弱でひよわな体の少年にとって、勇壮なターザンは永く憧れでありつづけた。

兄の朔生は、二矢が大柄な子供たちに苛《いじ》められている姿を何度か見かけることがあった。父親の晋平は、その子らに飛びかかり二矢を助けようとしている兄を目撃したことがある。

病弱で小柄な少年が仲間に苛められる。しかし、そのようなことは二矢をいじけた弱々しい性格の子にはしなかった。むしろ、横暴なもの、不公正なものに対する鋭い反《はん》撥《ぱつ》心と、潔癖すぎるほどの正義感を育《はぐく》むことになった。

後に二矢は、そういった幼い自分を、次のように説明することになる。

《小さい時から、人が左といえば右、といった反撥心を持っていましたが、この頃から特に強いもの流行するものに対し、ことの善悪を自分なりに考えて、反撥する気持が強くなり、学校などで弱い者だとか、少数の者の立場にたち、争うようになりました》

二矢は昭和二十四年、小学校に入学した。この頃はまだ戦争の混乱が尾を引き、物資が不足し、学校の教材も施設も充分ではなかった。

ある日、勤めから帰った晋平に、二矢が嬉しそうに語ったことがあった。学校で遊んでいる時、窓のガラスを割ってしまった。そこに担任の女教師が現われ、誰が割ったのか、と遊んでいた児童たちに訊ねた。二矢が素直に名乗り出ると、その女教師はまったく叱らず、よく正直に出てくる勇気があったと逆にほめてくれた。そのことが小学校低学年の二矢には嬉しくてならなかったのだ。その時の誇らし気な表情を、晋平は忘れることができない。

二矢の正義感、反撥心は自分の身の回りのことに限定されていた。それが、やがて社会的なものへと広がっていったのは、ひとつに彼が幼い頃から字が読めたということと無関係ではなかった。記事のすべてを読んでいたわけではなかったが、見出しのいくつかに眼を止め、時には父親にその意味を訊ねるような小学生であったことは確かであった。

「オホーツク海は日本に近いの、それともソ連の方に近いの」

と晋平に訊ねたことがある。どうしてそんな質問をするのか逆に訊ねると、日本の漁師がオホーツク海に行って魚をとることができないのはとてもかわいそうだから、というのだった。

「それはそうだが、オホーツク海はソ連に近いかもしれないな」

晋平がいうと、

「口惜しいなあ」

と、本当に口惜しそうにいった。

だが、この頃の二矢の正義感や反撥心は、どちらかといえば受け身のものであり、それが何らかの行動を伴うということはなかった。それが、一挙に攻撃的なものに転化していくのは、父親が自衛隊に入ってからのことである。

二矢の父晋平は東京の会社員の子として生まれ、牛込で育った。家が近かったというだけのことから草創期の成城学園に通うようになった。中学から高校へ進み、旧制成城高校の第一期生となった。同級生には大岡昇平や富永次郎がおり、下級生には中村哲や森雅之がいた。小原国芳を中心とする成城自由主義教育は、もちろん晋平にも大きな影響を与えた。彼が芝居に熱中し、生涯の夢を芝居の中に求めるようになったのも、成城時代の「自由への鑽仰《さんぎょう》」という空気と無縁ではなかった。成城での学生芝居に飽き足らず、東北帝大の経済に進んでも、六代目菊五郎が主宰する日本俳優学校に籍を置いたりした。

卒業後、しばらく保険会社に勤めたが、やはり芝居への執着が絶ちがたく、あっさりとやめてしまった。

「日本の新劇は俺がつくりだしてやろう」という気負いすらあった。素人《しろうと》に毛が生えたような役者を集めて芝居を打ったり、学生劇団の座長になったり、児童向けの芝居に台本を書いたり、実にさまざまなことをしたが、ついに晋平は演劇界で大成することはなかった。それは才能の問題である以前に、運・鈍・根という時の「鈍」なるものが彼に欠落していたためであるようだった。

晋平は子供の頃から大事に育てられた。兄弟はいたが早くに死んでしまったためひとり息子同然の扱いを受けたのだ。小さい頃から「お山の大将」でいることに慣れていた。自らの能力を恃《たの》むところが多く、自尊心が強かった。成城の自由教育もその性質をさらに強めただけだった。芝居という人間関係をまず大切にしなければならない世界にあって、その性格は邪魔以外の何物でもなかった。彼は、都会育ちからくる淡泊さと自身への強烈な自負から、ゆっくりと何かを成し遂げるということができなかった。たとえば、意見を異にする相手を何日もかけて説得するより、その相手をやめさせるか、それができないのなら自分がやめるというのが、晋平の基本的な行動様式だった。曖昧を許容する図太さがなかった。

彼の母の口癖は、「思ったり、したりはできないんだよ」というものだった。誰かが病気になったとする。見舞いに行こうと思ったが都合で行けなかった。そんな場合、彼の母はこういった。

「結局、行かなかったんだから思わなかったも同じことだよ。思ったけどできなかったというのは言い訳にならない。思ったらすればいい。できなかったら、思ったなんてことを口に出すんじゃない」

この生き方の根本に関わるような母親の処世訓を、晋平は息子たちに祖母の遺《のこ》した言葉として何度も語った。そして、この極めて男性的な潔癖主義は、晋平を経由しながら息子たちに決定的な影響を与えることになる。

晋平はやがて芝居で食べていくことを断念しなくてはならなかった。昭和十年、彼が二十六歳の頃、「都市劇場」という名のおでん屋を始めたがうまくいくはずもなく、一年ほどで店を閉め、再び勤め人になった。昭和鉱業に入社し、朝鮮に赴任した。

二十九歳の時、占いの手ほどきを受けた田口二州に見合いを勧められる。相手の名は村上君子、かつて一世を風靡《ふうび》した大衆作家村上浪六《なみろく》の三女だった。

見合いに同席した浪六は、晋平に酒は呑むかと訊ねた。子供の頃から酒に親しんでいた晋平は、呑めば二升ぐらいは呑むことができた。しかし、彼は、たかが二升ほどで呑むなどと答えると、浪六に笑われそうに思った。『当世五人男』などを書いている浪六は、底知れぬ大酒呑みのような印象があったからだ。

「ほんのわずか、嗜《たしな》む程度です」

「酒も少しなら結構だ」

それで話はまとまった。浪六は猪口《ちょこ》で二杯も呑むと参ってしまう、徹底的な下戸《げこ》だったのだ。

君子は、正月以外にはほとんど酒を見たことがないという家に育ったため、晩酌ばかりでなく何かあると昼間からでも酒を呑みつづける晋平に、結婚をしてから愕然《がくぜん》とさせられる。一方、晋平も、燗《かん》をつけろと命じると、「せっかく冷たいものを暖めたりすると腐らないでしょうか」と真顔で訊ねる妻に愕然とすることになる。

初めての女児を幼くして結核で失ったが、昭和十六年に長男の朔生、十八年に次男の二矢を得ることができた。しかし、二矢が一歳の誕生日を迎えた直後に、晋平は陸軍の通訳として南方に赴く。君子は乳飲み子を二人も抱えてひとり苦労をしなければならなかった。

昭和二十一年、インドネシアから日本に帰ってきたが、二人の息子たちは晋平を見て

「おじさん、おじさん」といった。スマトラのパレンバン司令部にいた時、「二矢が箪笥《たんす》の上においてある貴方《あなた》の写真をくれ、といって、自分の枕の隣において眠りました」という手紙を君子から受け取ったことがあった。息子たちにとっては仏壇の前の写真だけが「おとうさん」だったのだ。晋平が家に戻った初めての夜、子供たちはいった。

「おじさん、今夜とまっていくの？」

長男はすぐにおとうさんというようになったが、次男だけはしばらくおじさんといいつづけた。

戦後も晋平はいくつかの職業を転々とする。古本を大道で売る露天商もやったし、手相見の看板を掲げていたこともある。やがて知人の紹介から、農地改革協議会の禄を食《は》むようになる。仕事は農地改革の宣伝を、映画・演劇・人形芝居・紙芝居・舞踊といった娯楽の中に盛り込み、それを持って農村を巡業するというものだった。かつて演劇をやっていた経験が買われた。次に証券処理調整協議会に移り、同じような仕事をした。農村に芸能一座を連れて行き、その合間に、「産業の民主化のために株を買いましょう」とやるのだ。晋平は座付作者であり演出家でありプロデューサーであり、時には役者でもあった。息子たちも巡業に連れて歩き、子役をやらせた。

昭和二十四年に国税庁の広報へ入ることができた。翌年、課長職の試験を受けると意外なほど簡単に合格し、人事院の報道課長になった。ところが、二年しないうちに人事院の機構が縮小されることになった。どこかの役所に横すべりしなくてはならない。晋平の自由な意志に委《ゆだ》ねられている選択肢はいくつかあった。迷った末に、自分で易を立ててみた。晋平はその結果を、警察予備隊に入ることをよしとしている、と読み取った。

もちろん、予備隊に入ろうとした理由はそればかりではない。自分たちの手で国は守るべきだと信じていたし、また旧軍のような過ちを繰り返させないためにも、積極的に参画しそのチェック機能をわずかであっても果たすべきだと考えたのだ。

晋平は予備隊で、監察官から中央会計隊長という枢要なポストにつき一佐にまでなったが、それ以上に登りつめることはできなかった。保安隊から自衛隊へと整備されていく過程で、晋平のアクの強い個性は次第に組織の枠からはずれていき、やがて「余計者」に近い扱いを受ける。札幌へ二年ほど出たあと再び防衛庁に戻ってくるが、そこでの仕事は自衛隊陸上幕僚監部で隊員の懇親雑誌「修親」を編集するというものだった。

しかし、自衛隊に入るという決断をうながすことになった易を立ててから八年ほど過ぎた昭和三十五年、その時に出た卦《け》はもしかしたら自衛隊に入れというのではない、もっと別のことを意味していたのではないかと思い至ることになる。

卦には、

「天子、剣をとる」

と出ていた。

それが天の子か地の子かは別としても、晋平が自衛隊に入ることで、間違いなくひとりの子が剣をとることになってしまったからである。

二矢は動物が好きだった。幼い頃、叔父の村上信彦の家で猫の子が生まれると、それを貰《もら》い受け、自分で世話をし、大切に育てた。学校に通うようになってからも、二矢の動物好きは変わらなかった。中学では山羊、高校では鶏を、それぞれ学校で熱心に飼育した。二矢がターザンに憧れた理由は、ターザンの持つたくましい肉体と勇敢な行動力だけでなく、動物たちと自由に意思を通じ合うことができるというその能力に惹《ひ》かれたからでもあった。

しかし、二矢の優しさは単に動物に向けられていたばかりではない。二矢は祖母と同居していたが、その祖母をとりわけ大切にしていた。次第に衰えてきた祖母が散歩からなかなか戻ってこなかったりする時、心配して必死で町中を探し歩くのはいつでも二矢だった。

村上信彦は、法事のあとで親類の者と将棋を指していると、「冷えるから」といって背中から半纏《はんてん》を羽織らせてくれるような二矢を、可愛い甥《おい》と思っていた。

二矢のかなり年長の従姉にあたる尾関佐保子には、母が肩を叩《たた》いてと頼むと素直に背中に回る二矢の印象が強く残っている。彼女にとって、二矢は礼儀正しく気持の素直な、やはり可愛い従弟だった。彼女の眼を通した山口家はどこにでもある普通の家庭だった。しかし、時として、朔生と二矢の兄弟が父親に対して過敏すぎるかもしれないと思わないこともなかった。「ピリピリしている」ような気がしたのだ。

晋平は子供たちに対して厳しかった。朔生の記憶の中には、父親に殴られている幼児時代の自分たちの姿がいくつもある。多くの場合、それは礼儀に関するものだった。

晋平はしつけということに関してひとつの強固な信念を持っていた。自由主義、あるいは個人主義を自分は好む。だが、それらの主義の意味するところは、自分の自由を尊重してもらうと同時に、他人の自由をも尊重するということだ。他人を不快にしないよう、少なくとも礼儀作法を守るということは自由主義、個人主義の第一歩であるはずだ。だから、たとえば、子供たちが老人に向かって「じじい」とか「ばばあ」などと無礼な言葉を投げかけたりすると、晋平は容赦なく彼らの尻をむいてピシリとやることにしていた。

しかし、晋平にとっていかに理にかなった行為でも、幼い者にとってそれは単なる暴力にすぎない場合もありえた。兄弟は、父親に圧《おさ》えつけられているという意識を、微《かす》かながら持つようになる。

だが、同じ兄弟でも、朔生と二矢ではその重圧の感じ方はかなり違っていた。二矢は、父よりもむしろ兄の朔生の圧迫を強く感じていたからだ。

外では弟を守るために闘う兄でも、家の中では喧嘩のたびに泣かせてしまう「圧制者」ということになってしまうのは仕方がなかった。年が近いということがさらに喧嘩の回数を多くした。敏感な兄は、二矢がどうして弟という役割はこんなに損なのだろうと常に思っていることを、感じ取っていた。父親は近親者の中に兄弟相争って財産を奪い合うという醜い姿を見て、自分には残せる財産とてないが、息子たちをそのような兄弟にはしたくないと考えていた。そこで、どんな時でもひとつの物を二つに分ける場合、ひとりが二つに分け他のひとりが先に取るという習慣を持たせた。だが、いつしか分けるのが弟、先に取るのが兄と固定化するようになった。ひとつの物をまったく均等に分けることなど不可能に近い。分けられているものを先に取る権利を持つ方が遥《はる》かに有利だった。いくら父親には合理的な分配方法と見えようとも、二矢には兄という存在によって不利な立場に追い込まれているように思えてならなかった。些細なことだが、一事が万事だった。兄弟を平等に扱おうとする父親の育て方は、必然的に年下の二矢を不利にした。

二矢にとって、兄はただ圧迫するだけの存在ではなかった。朔生は軍隊への強い関心から、少年時代すでに右翼的な思考方法を取るようになっていたが、知らず知らずのうちにそれは二矢にも浸透していった。父親は兄弟が政治的な議論を家ですること、とりわけ食事中にすることを許さなかった。しかし、それでも時に二人が言い合いをすることがあった。朔生が右翼的な発言をすると、二矢はその反対の立場から論駁《ろんばく》しようとした。それを小耳にはさんで、父親は「兄は右で、弟は左か」と密かに苦笑せざるをえなかった。だが、弟は兄の見えざる圧迫をはね返すためだけに反対の立場を取っていたにすぎなかった。いくら反論しても兄に論破されてしまう。兄に対する敵愾《てきがい》心だけは残っても、いつしかその論理自体は二矢の体の奥深くまで染みわたっていたのだ。

山口家は、父親の職が変わるたびに転居を繰り返さなくてはならなかった。二矢が小学校に入ってからでさえ、八軒の家に移り住み、小学校を二校、中学校を三校、高校を二校という具合に転校しなければならなかった。

高校二年で中退するまで、二矢が通った学校は、新宿区立落合第二小学校、渋谷区立西原小学校、渋谷区立代々木中学校、杉並区立和田中学校、札幌市立柏中学校、光星学園高等部、玉川学園高等部の七校に及ぶ。

あるいは、転校をしなければ、二矢は役者への道を歩んでいたかもしれない。その可能性もないではなかった。

晋平のかつての芝居仲間に劇団「こまどり」の主宰者がいた。ある夏、NHKのラジオ放送に使う子役を探して、晋平のもとにやってきた。目当ては朔生だったが、生憎《あいにく》、ツベルクリン反応が陽転したので夏休みの間だけ箱根にやっていた。夫婦ともに胸を病んだことがあるため大事を取ったのだ。

晋平は、証券処理調整協議会の宣伝のための芝居に、息子たちを子役に使ったことがあった。しかし、二人のうちでもより役者としての素質がうかがえるのは次男の二矢の方だ、とその当時から感じていた。そこで、朔生の代わりに二矢を貸すと、これが予期しないほどの大好評を博した。それは二矢の十歳の頃であったが、文字を読む能力に優れ、理解力も豊かであるにもかかわらず、どこか白痴的なところのある可愛い子役を演じることができたからだ。ミキサー室では局員が「利口そうな子だね。学校はできるんだろうが、ああいう役をうまくやるね」と噂《うわさ》したりした。以後、NHKラジオの「犯人は誰だ」というミステリー・シリーズの子役は、ほとんど二矢が演じることになった。

やがて二矢も、大きくなったら役者になりたいといい出すようになる。晋平はそれもいいだろうと思った。自分の果たせなかったことを、この子がやり遂げてくれるかもしれないという思いもあった。彼は二矢にオルガンとバレエを習わせようとした。これからはリズム感の豊かな体の柔かい、踊りの素養のある役者でなければ一流にはなれない、という考えがあったからだ。しかしバレエになかなかいい先生がいない。さほど豊かではない自衛官の生活である。高い月謝は払えない。ようやく幼稚園で教えているという良い先生がみつかった。黒いタイツを買い、いよいよ明日から習わせるという日になって、晋平に札幌赴任の命が下る。それが昭和三十一年のことである。

札幌に移ってからも先生を探したが、やっと見つかった頃には、二矢はバレエを習うことを拒否するようになった。

「もう十五年もたてば、男も大勢バレエをやるようになるよ。そうすると、男同士の競争があるが、今なら競争相手がいないんだから、やっていきさえすれば王子様の役はみんな君のものだ」

晋平はそういって説得したが、二矢はいやだといい張った。中学二年ともなると女ばかりの中でバレエなどをするのが恥ずかしいのだろう、と晋平は推察しそれ以上は勧めなかった。

しかし、兄の朔生の眼には朧気《おぼろげ》ながら、二矢が役者の道を拒絶するようになったのは、あらかじめ父親によって自分の生きる道が決定されてしまうことへの鋭い反撥が生じはじめたからだ、と映っていた。自分がそうであるように、二矢もまた父親の引力圏から脱したいと思うようになったのだ、と。

転居は、二矢を芝居の世界から遠ざけたばかりではなかった。彼に、親友と呼びうる友人を持たせなかった。

同年齢の者に親しい友人はいなかったが、年長者には愛されることが多かった。きわめて礼儀正しかったからだ。言葉づかい、礼儀作法、人に接する態度、そのどれもが年長者に好まれる折目正しいものだった。

中学時代の級友である森吉丈夫は、一度だけ二矢を家に招いたことがあった。二矢が帰ったあとで、給仕をしていた女中が、感に堪えないというような調子で森吉にいった。

「今どきあんな礼儀正しい子を見たことがない。あなたも少し見習ったらどう」

もっとも、それから三年後には、

「あの子がこんな事件を起こすなんて、人は見かけによらないものね。子供は子供らしい方がいいかもしれない。今考えると、あの礼儀正しさは不自然だったような気がする」

というようになる。

しかし、二矢が常に陰気な、非行動的な少年だったというのではない。小学校の時の級友は、物真似《ものまね》などをしてよく人を笑わせていた二矢の姿を印象深く覚えている。中学の級友も、むしろ快活だったという印象を強く持っている。

彼が級友にもひとりぼっちの寂しい様子を見せはじめるのは、札幌に移り住んで二年目の、柏中学三年の頃である。

クラス担任を二年つづけた石田伸一にとって、二矢は「オトヤと呼ぶとニコニコ笑って返事する小さくてめんこい子」であった。

だが、この頃、級友は、学校の近くを流れる川の土手で、授業をさぼり、寝そべりながらぼんやりと考え込んでいる二矢をよく見かけるようになった。

二矢が好んだのは、学級で飼っている山羊の世話をすることだった。ある日、ホーム・ルームの時間に山羊を飼うことが提案された。ひとりが「どうせ飽きて放りっぱなしになるのだから、はじめから飼わない方がいい」と反対した。すると二矢が立ち、その意見に反論を加えた。

「やってみなければわからないじゃないか。どうせこうなるんだからと最初から決めつけても仕方がない。そうならないようにすればいい」

二矢はその言葉に責任を持ち、暇さえあれば根気よく山羊の面倒を見た。

しかし、沈みがちな少年という印象はますます強くなっていった。それが果たして青春特有の暗さなのか、あるいは二矢に固有の何かが内面に兆《きざ》しはじめていたのかは教師にも級友にもわからなかった。

転校を繰り返すことで深まっていた学校に対する違和感は、父親の防衛庁入りによって社会全体に対してまで拡大され、さらに深まった。学校への違和感は教師に対する反撥という形で表現されていた。だが、社会に対する違和の感情は、暗い苛立《いらだ》ちとなって沈潜していった。

この頃、二矢は、「社会党、共産党、労働組合、新聞などは、戦争中は軍隊が悪いとか天皇が悪いなどとひとことも触れないでいて、戦争が終って左翼的な社会になると、その頃のことを頬《ほお》かむりして後になって自分の国を卑しめるとはまったく怪《け》しからん連中だ」と思うようになり、あるいは新選組に関する本を読んで、徳川幕府の恩顧を受けた多くの武士が時代の波に流されて腰くだけになったのに、最後まで官軍と闘いつづけた人がいることを知り、「悪いといわれる者の中にも、日本古来からある恩義を尊ぶというか、信義ある人がたくさんいるんだ」と考えるようになった。

やがて二矢の暗い苛立ちは「反共」の装いをもつに至る。それは、昭和三十年代前半という、日本全体が一種の「政治の季節」の到来に浮き足立つようになっていたことと無関係ではなかった。

中学時代のことだ。社会科の教師があまりソ連を礼讃するので、

「ソ連には自由がなく、反対する人は殺されることがあるらしい」

と二矢が反駁すると、教師は、

「いや、ソ連にも自由はある」

と強圧的にいった。

そこで激しい言い合いになったが、ついに、「あるといったら、あるんだ！」と怒鳴ることで、その教師は論議を終らせようとした。

そのようなことは、他の学校の他の教師にも、よくあることだった。親しい教師であった石田伸一ですら、デモのため教室を出ていこうとする背に「生徒をおいて、どうして先生が授業を放棄するんですか」という二矢に、「うるさい！」といい、戸を思い切り閉めて出ていったことがある。石田はそのことを綺麗《きれい》に忘れ去ってしまったが、二矢は忘れなかった。屁《へ》理屈とも受け取られかねない二矢の「正論」に、しかし、真正面から応じてやる教師はいなかった。二矢にとって、とりわけ左翼的な発想をする教師は横暴な「強者」であった。

彼には「強いもの、流行するもの」に対する反撥心が強かった。彼にとっては左翼こそが強者であり、流行に便乗するもの、と映っていく。

それらのものに対する反撥心は父親が自衛隊に勤めている、ということの負い目をはね返すために、さらに屈折した鋭いものになっていった。

柏中学では、近くに自衛隊の真駒内《まこまない》基地があった。時折、川の対岸を戦車が走る。そのような時、何気なく教師が呟《つぶや》く「うるさいな、勉強ができやしない」という言葉によってさえ、二矢の心が傷ついた可能性がある、と石田伸一は二矢が事件を起こして初めて思い至る。しかし、父の職業を否定される子供の屈辱といったものに、多くの教師は少しも神経を配ろうとしなかった。

学校の社会科などで、教師が自衛隊否定論などを吐くと、二矢は徹底的に喰い下がり、許さないようになった。

自衛隊を批判する人、それを二矢は左翼と見なしたが、彼らは強者だった。自分が少しも傷つかぬ位置から自衛隊を否定し、父親を否定し、だから一家を否定していると思えた。深い被害者意識が、逆に攻撃的なものに転化した。

中学三年の冬、卒業後の進路を決めるために担任の石田は、二矢と面談した。当然高校へ進学するものと思い、どこへ行くかと訊ねると、二矢はほとんど意想外の言葉を口にした。

「ブラジルへ行く」

高校へは行かず、移民としてブラジルへ行きたいというのだった。

「行ってどうする」

石田は訊ねた。すると二矢は、

「仕事を自分ひとりでしてみたい」

と答えた。

二矢は中学生になってもごく体が小さく、クラスでも前から二番目という背丈だった。そんな体で南米に行っても何もできはしないに違いない、高校を卒業して技術を身につけてから行った方が有利だ、といいきかせた。しかし、二矢は翻意しなかった。

これには家族もあわて、父親をまじえて、何度か強く説得した。高校を卒業してからでも遅くはないという二人がかりの説得に、二矢はようやく高校へ進学することを受け入れた。

転居は高校進学に際してもマイナスに働いた。内申書がよくなかったこともあり、公立の学校は落ちてしまう。

二矢は札幌市の私立学校である光星学園高等部に入学した。

光星学園はミッション系の学校だったが、二矢には、矛盾だらけの学校と映る。あれをしてはならない、これをするなと制約を設けてばかりいる。学校の名を傷つけた者は退学に処するという教師に対して、一度は、

「そのような悪い人間こそ、良くするのがキリスト教ではないか」

と喧嘩をふっかけたこともあった。

高校一年の時、晋平が東京へ転属になり、再び東京に戻ることになる。二矢は、晋平の恩師である小原国芳が学長をする玉川学園に編入学した。

昭和三十三年の二学期から玉川学園に通うことになった。始業式から帰った二矢は、

晋平に感激した様子で語った。

「小原先生の話を聞いていて、終って時計を見たら三時間かかっていた。終ったら、体がこわばって痛かったけど、聞いている間は全然気がつかなかった」

小原国芳の人柄に惹かれたこともあって、今までの学校の中で最も気持に合っている、と感じていた時期もあったが、二矢はやがて急速に学校への興味を失っていった。

玉川学園の高等部の場合、中等部から上がっていった者と外から入って来た者との間の溝は深く、それを埋め両者を融合させるにはかなり時間を必要とする。悪いことに、二矢はその融合がある程度までなされたあとの、学年半ばで入らざるをえなかった。しかも、二矢は「地方」からの転校生だった。級友と容易に馴染《なじ》むことができなかった。

二矢は玉川学園でも養鶏部に入り、黙々と動物の世話をすることを好んだ。休み時間にはよく鶏の世話をしている二矢の姿が見られた。

だが、二矢が玉川学園にも違和感を覚えざるをえなかった最大の理由は、やはり彼の右翼的言動に対する周囲の視線であった。それはかなり冷たいものだった。学校での二矢のあだ名は「右翼野郎」というのであった。

ふだんはおとなしく目立たない二矢が、政治的な話になると一歩も退《ひ》かなかった。友人に対して、というばかりではなかった。むしろ教師に対して、より強硬だった。それは、あまり親しくなかった同級生のひとり石川勲にとっても「一本筋が通っている」と思えるほど、論理的なものだった。

しかし、教師たちにとっては、小生意気な右翼野郎にすぎなかった。とりわけ担任の若い教師は二矢に好意を持っていなかった。事件後、その若い教師は新聞記者に、
「山口の父親は赤尾氏の大のひいきで、母親はいまでも軍歌のレコードを聞きながらゾウキンがけをするような特殊な家庭環境のようで、いわば親たちのこういう態度にも責任があったと思う。また山口は在学中に失恋をし、その劣等感も右翼に走らせる機会を早めたのではないか」
と述べた。ここには事実の誤認もあるが、それ以上に、彼の右翼野郎への嫌悪感が際立っている。

そのような冷笑と嫌悪の視線に対し、二矢はさらに頑《かたく》なになり、昂然と右翼野郎たることを示すようになる。「再軍備賛成論」をぶち、「警職法改定擁護論」を展開した。左翼的な思考に慣れた教師たちは、彼の問いかけを常に強圧的に批判するか、あるいは無視するだけだった。少なくとも二矢にはそう受け取れた。この日本において、今や左翼は圧倒的強者であり、だからこそ、その強者と闘わなくてはならないという信念は、左翼的な教師が自分にとって横暴な強者であるという実感によっても強固なものになっていった。

三十三年の秋、警職法改定案が国会に提出され、それに対する反対運動も社共両党と総評、全学連を中心に活発に展開された。この頃のある日、授業が終って新宿駅まで帰ってくると、小田急の改札口の近くで女子美術大学の学生五、六人が「警職法改定反

対」のための署名を集めているところに出くわした。

「なぜ改定に反対するのか」

と突っかかると、その中のひとりが喫茶店に行って話そうといった。二矢はその喫茶店で二時間も激論を闘わせた。

「警職法を改定しなければこの日本を守ることができないではないか」

二矢がいうと、女子大生は反論した。

「警職法が改定されたら、暗黒の、独裁の世の中になって、戦前のようになってしまう」

「いや、今度の改定は国民を弾圧するためのものではない。左翼は表面上憲法擁護と叫びながら、大衆行動と称してデモ、集会など違法行為を積み重ね、日本の革命を謀《はか》っている。君たちは何も知らないでその手先となっているのだ」

もちろん、どれだけ議論を重ねても、どちらかが説き伏せられるということはなかった。

二矢には朧気ながら敵が見えはじめていた。あとは明確にその敵を名ざしてくれる誰かがいればよかった。二矢は無意識のうちに指導者を欲するようになる。それは彼の「反共」に意味を付与してくれる人物でなくてはならなかった。もちろんその誰かは父親ではなかった。二矢は父親を極めて冷静に見つめていた。

《父は気が短く、上役と意見が合わないとすぐ喧嘩して辞めてしまうような気質で、若い頃から何回も職業が変わっております。

……父から、夜、寝ながら戦国時代などの昔の戦の話をしてもらい、面白いのでせがんでよく話してもらったことを記憶しております。父は、こういうような話をして、どちらが正しいかということは、私たちに自由に判断させるような話し方でした。

……父が防衛庁に入ったいきさつは知りませんが、家族の者に日本の国を守らなければいけないとか愛国心などの政治の話はしませんし、どちらかといえば自由主義的で職業軍人でもない人ですから、そういう国を守るといった堅い決意で入ったのではなく、生活するための職業として選んだものと私は思っております。

なお、父は人事院広報課長の時、著書『白い役人』、『人生飄飄《ひようひよう》』を出版しました。この本の内容は役人でない者が役人となって感じたことや学生時代の話や戦時中のことが書かれてありますが、政治的臭いのする著書ではありません》

二矢が欲していたのは、「どちらが正しいか」自由に判断させてくれるような人物ではなかった。暗い苛立ちの流出口を見つけ、鋭い反撥心に的確な方向性を与えてくれる人物こそ、必要だった。

二矢が赤尾敏に遭遇したのは、まさにその時期だった。

3

初めて赤尾の演説を聞いてからまだ二日しかたっていない日曜日、二矢はもう愛国党の本部を訪れている。

赤尾は、朝早く自分に会うため本部にやってきた少年を見た時、意外な思いがした。普通、愛国党の本部に初めてくる者は、右翼の根城ということで怯《おび》え、玄関の所で内部をうかがったり、周囲を見回したりしてから、やっと入ってくるものなのだが、その少年にはそれがなかった。気圧《けお》された風もなく、自然に入ってきた。

そして、山口二矢という名を告げると、赤尾にいきなり入党させてくれといった。

「先生の話を聞いて、日本は非常な時であるということが強く感じられました。もうぐずぐずしてはいられない。今から運動に加わりたいのです」

年齢を訊ねるとまだ十六だという。高校に在学中だともいった。

「それなら卒業してからの方がいい。未成年の君をまるで誘拐するようにして運動に引き込むことはできない。親も心配するし、親に心配をかけるのは人の子として取る道ではない」

赤尾がそう諭すと、二矢はしばらく沈黙した。

「愛国運動に挺身するためには、ちょっとした気紛《きまぐ》れだけでは到底やりつづけられない。

もっと広い知識と修養が必要だ。高校を卒業したまえ。運動は今で終るわけではない。大学へ行ってからでも遅くはない」

　すると憤然として二矢はいった。

「どうしてですか。先生の先日のお話によれば、共産勢力によって今日明日にも日本が潰《つぶ》されそうにおっしゃっていたではないですか。学校にいて勉強など、どうしてできますか。そんな暇はありません」

　今度は赤尾が沈黙する番だった。この少年が、幼いながらに、強い意志と激しすぎるほど激しい情熱を持っていることに、赤尾はようやく気がつきはじめた。だがやはりこのまま入党させるわけにはいかなかった。

「たとえば、いくら哀れに思う気持があっても知識がなければ医者は患者を助けることができないだろう。医学を究《きわ》めて、初めて医者として患者を救うことができるのだ。もしそれをお父さんやお母さんが望んでおられるなら、大学くらいは行った方がいい。その内、思慮も深くなるし、正しい判断もつくようになるから……」

　だが、二矢は納得しなかった。思いつめたような口調でこう訊ねた。

「大学を出ていなければ、こういう運動はできないのでしょうか」

　赤尾は狼狽《ろうばい》した。

「いや、私も大学は出ていないし、古今の賢人も大学なんぞ出ていない。太閤秀吉《たいこう》だって草履《ぞうり》とりから実践活動を通じて多くを学んだ。大学を出ていなければ運動できないということはない」

「それならいいではないですか」

もう赤尾には返す言葉がなかった。

「しかし、君は人の子だから、お父さんお母さんの承諾を受けてからにしなさい」

というのが精一杯だった。

その日、二矢は一日中宣伝カーに乗り、党員たちと共に東京都内を廻った。夜、本部に泊り込み、翌日、父母の承諾を得るため家に帰って行った。

家には母親の君子だけしかいなかった。二矢が愛国党に入ると告げると、君子は強く反対した。せめて高校を卒業してからにしなさいといった。しかし、二矢はどうしても入りたいと主張し、そのまま家を出て党本部に泊り込みにいってしまった。それは母親思いの少年にしては珍しい拒絶の態度だった。

それから三日ほど愛国党に泊り込み、活動の真似事を続けていたが、やはり父母の承諾を取らなければならないと思った二矢は、再び家に帰った。

母親がいくら反対をしようと、父親を説き伏せることができれば、問題ではない。最終的な決定権は父親にある。母親は黙ってそれに従うばかりだということを、二矢は幼い頃から何となく察するようになっていた。しかも、二矢は父親の性格をよく呑み込んでいた。父親にどのようにいえば納得し、承諾が得られるか、ということをよく知っていた。

父親は「理」を好む。「理」に訴えれば、感情的に納得できなくとも、「理」に殉じて許してくれるに違いない。

夜、勤めから帰ってきた晋平に二矢はいった。

「お父さんは前から、どんな思想を持つのも自由だけど行動に移すのは自分で飯が食えるようになってからにしろ、といっていたでしょう」

うん、そうだと晋平は頷いた。それは彼の常にいっている台詞《せりふ》だったからだ。

「今度、ぼくは赤尾先生の愛国党で運動をやろうと思うんだけど、自分で飯を食えばいいかな？」

意外な申し出だった。晋平は、二矢を兄より「左」の思想を持っている子と理解していた。その二矢が兄よりもさらに激しい方法で「右」に加担しようとしている。晋平は驚かざるをえなかった。

「だけどね、自分で飯を食うといっても、学校はやめた、赤尾さんの所へ行ったが、月給はくれない、家に食費を入れない、だからってお父さんたちが飯を食って君にだけ食わさんというわけにはいかないんだぞ」

「家を出て、赤尾先生の所に行けばいいでしょう？」

自由主義者をもって任じている父親が、未成年だからいかん、といわないことを、二矢はよく知っていたのだ。

それ以上の反対はできなかった。晋平は二矢に、こういって送り出すより仕方がなかった。

「自分が正しいと思ったことはやれ。しかしこういう運動をするのなら、親に面倒をみてもらうという考えは捨てろ。やるんだったら自分が独立してやれ。破廉恥罪は絶対に犯してはならないぞ」

そして、最後にひとことだけ付け加えた。

「月給取りになったつもりで何年間か家を離れてみるがいい。月に一度や二度は親の家に帰ってくるのは当然だが、ずるずるべったり家に帰って住みつくというのは無しだぞ。そのかわり、君がもし考え方を変えて、勉強が必要だと思ったら帰ってきたまえ、学校に入る時は面倒をみるから」

母親の君子は黙っていた。もちろん心配しなかったわけではない。しかし、いつの頃からか父と子の間に入って黙って心配するのだけが、彼女の役割になっていた。

承諾はしたものの、晋平にも心配は残った。二矢が荷物をまとめて、党本部に移っていってから何日かして、晋平は赤尾に面会を求めた。

浅草の本部に行くと、道場のような部屋に通された。壁の一方に高さ一間ほどの明治天皇の肖像画が掲げられてあり、その真正面にキリストの絵が掲げられていた。それには晋平も少し驚いた。しかし、赤尾は予想外に物腰の柔かい人物だった。

晋平は、十六歳の少年が政治活動に入るのはやはりまだ早すぎるから、高校を卒業するまで学校を続けるよう息子にいいきかせてくれないか、と赤尾に頼んだ。

「私もそう思う。高等学校までは出ておかないと将来困ると思うから、私からも学校へ帰るようによく勧めましょう。しかし、お宅の息子さんがどうしてもここに残りたいといって、お父さんも私に任せて下さるなら、坊やは私の方の道で一人前にしてみせます」

赤尾はそういった。

「息子さんが家に来たからといって、無理に煽動《せんどう》し、身をあやまらせるようなことは絶対にしません。そういう時は、私も私の子供も死ぬ時です。私にもお宅の坊やと同じ年頃の息子が二人いますが、他人様の子だけを死地におとしいれるようなことだけはいたしません」

そういいながら、赤尾は二矢のことを誉《ほ》めた。自分が演説をしている途中に掛け声をかけるのだが、その掛け声の筋がいい、あれは教えてできるものではない。お宅の息子さんは顔が見えるなと思っているうちに、二、三日すると、もう本部に寝泊りしていた。あれならどこへ行っても食べてゆける。しかし、そんなことを誉められても父親は少しも嬉しくなかった。

最後に赤尾は「御心配には及びません」といった。そこまでいわれれば「お任せいたします」というより仕方なかった。晋平は、二矢の意志を尊重してみよう、と思い決めた。

4

二矢が入党したのは、参議院選挙の真只中だった。愛国党からは東京地方区に赤尾敏、全国区に参与の浅沼美知雄が立候補していた。新しい世界に戸惑う暇も与えられず、一気に二矢は運動の波に巻き込まれていった。

赤尾は、立会演説会でも街頭でも、意外なほど人気があった。感情的な反撥を示す人もかなりの数にのぼったが、年配の人を中心に共鳴者も少なくなかった。二矢はそのような人を発見するたびに、赤尾を誇らしく思い、愛国党に入ってよかったと思った。入って二週間も過ぎていない頃だった。赤尾の選挙用ポスターを有楽町付近に貼ろうとして、丸の内署員に公職選挙法違反の現行犯で逮捕された。それが生まれて初めての逮捕だったが、しかし二矢は少しも恥ずべきことだとは思わなかった。

他の候補に比べた時の赤尾の奇妙な人気は、十六歳の少年をして、もしかしたら当選するのではないかと錯覚させるほどのものがあった。六月二日の投票の結果、赤尾も浅沼も落選したが、赤尾は三万六千票を獲得し、二十三人の候補者中の十二位という健闘を示した。

落選したものの、そのことは二矢を落胆させはしなかった。むしろ愛国党における運動の未来に希望が持てるような気さえした。

愛国党の日課は午前七時の起床に始まる。太鼓が打ち鳴らされると、隊員たちは「お堂」と呼ばれている聖堂に集合する。

聖堂は十畳ほどの広さの板の間で、その正面の祭壇には天皇と皇后の写真が掲げられてある。その両脇に「赤旗共産革命反対」と「政界粛正愛国維新政権仰望」と書かれた紙が垂れ下がっている。壁には、明治天皇、キリスト、釈迦《しやか》の大きな肖像画がいっぱいに掲げられ、そして「信条」と記された貼り紙もある。

《一　天皇、キリスト、釈迦、マホメット等の教は一なる事を信じ人道主義の理念により社会の改革を期す

一　教育勅語を以て我等の指導原理となす

一　宗教道徳に反する共産主義に反対し、資本主義の是正を期す》

聖堂に隊員が集まり、全員が正坐すると朝礼が始まる。赤尾を中心に祭壇に向かって礼拝し、次に教育勅語を奉読する。『君が代』を斉唱し、朝の勤めが終る。

それから全員で朝食をとるのだが、食事の中身は麦飯に一汁一菜だった。八時半から九時には朝食を切り上げ、それ以後は、各自の分担に従って運動に出る。運動の主たるものは、赤尾の街頭演説に随行することと、愛国党のビラを町の至る所に貼りめぐらすことである。党首や党幹部による講話や訓話といったものはほとんどなかった。赤尾と

共に街頭に「出撃」し、そこで話される赤尾の演説から、隊員たちもまた学びとるのだということになっていた。演説の随行やビラ貼りから帰った隊員たちは十時近くになって床に就く。

二矢は赤尾の演説を聞くのが好きだった。赤尾の話はいつでも、「信条」を中心に展開されていたが、それをスローガン化してしまえば次のようなことでしかなかった。

「保守勢力の分裂離間を策する赤の政治謀略に乗るな！
資本主義を是正して日本主義愛国維新を断行しろ！
全自由国家群と協力して、中ソの赤色帝国主義に備えよ！」

しかし、その紋切り型の主張が、赤尾の口から出てくると、わかりやすい比喩《ひゆ》と共に快く耳から入ってくる。赤尾の主張は最も純化された形で二矢の内部に蓄積されていった。

二矢は赤尾の演説の邪魔をする者を決して許さなかった。宣伝カーの上に直立の姿勢で乗っていても、口汚く野次を飛ばす者を見つけると、車を飛び降り猛烈な勢いで殴りかかっていった。

当時、愛国党の党員は、本部に寝泊りしている者だけで十人以上はいた。昭和三十四年に印刷された、荒原朴水監修の『右翼左翼』には、十二人の名が挙げられている。

「総裁・赤尾敏　参与・浅沼美知雄
青年隊・岡田尚平、石川忠一、鷺信次、中堂利夫、加藤一夫、中村芳彦、吉村法俊、渡辺伸、山田十衛、福田進、山口二矢、村岡照章」

福田進は別に防共挺身隊を率いる一国一城の主だったが、同時に大日本愛国党城南支部の看板も掲げていた。

党員たちは無給だった。寝具と食事の心配はなかったが、金にはいつも不自由していた。小遣いという名目で月三千円ほど支給されていたが、充分ではなかった。

暇をもてあまし、党員同士で議論することもあった。「右翼が二人集まればテロの話になる」と右翼人自身が自嘲《じちょう》するように、そこでも必ず最後にはテロの話が出た。「あいつを生かしてはおけない」とか「やるなら今だ」とか、常に過激な言葉が飛び交っていた。だが、もちろん、誰も本当に決行しようとは思っていなかった。二矢は熱心に耳を傾けていた。しかし、真剣に考えていればいるほど、むしろ公の席で喋れるものではないということに思い至るには、十六歳の年齢は若すぎた。ただ過激な言葉だけが快く耳に残った。

二矢には風体《ふうてい》に凝るというところがあった。羽織、袴《はかま》に朴歯《ほおば》をはき、腰に浅草の古道具屋で買い求めた瓢簞《ひょうたん》をぶらさげて町を歩く、などということを好んだ。あるいは軍服に長靴をはいて党の活動に参加したりした。それは、小柄で体力のない少年が何らかの方法で自己主張するために、なかば自然と身についた彼特有のお洒落《しゃれ》であった。柏中学時代にも、ほとんどの男子生徒が坊主にしているのに髪を伸ばし、上級学年になってみながら皮製の手さげ鞄を持つようになっても布製の肩掛け鞄を変えようとしなかったことがある。

しかし、だからといって、二矢が、常に自分の姿に酔い、過大な幻影を抱いているというタイプの少年でないことは確かであった。たとえば、札幌の光星学園高等部に入ってすぐの学期末試験で、六十六名中の五番目という好成績をとったことがあったが、二矢はそれについて後に「これはその学校の程度が低いため五位になったもので、自分はあまり勉強は好きでなく、従って勉強がよくできると思ったこともなく、東京の玉川学園に入ればやはり普通の成績でした」という感想を述べるほど、充分に自己に対する冷静な眼を持ちつづけていた。

二矢は党員の中でも際立っておとなしく、礼儀正しい少年だった。年長者を立て、敬語を正確に使った。細いくらいに痩《や》せており、整った顔立ちがさらにひ弱な印象を与えた。

宣伝局長の岡田尚平は、二矢の様子があまりにも幼すぎるので、いったいどこまで右翼というもの、愛国運動というものを理解して入党してきたのか、疑問に感じていた。

ある時、岡田は二矢のアルバムを見せてもらったことがある。二矢は玉川学園時代の写真を広げながら、玉川は森繁久弥のような金持ちの息子が多く自分はあまり好きではなかった、しかし学長の小原先生は尊敬しているなどといい、二、三の友人について熱心に語った。岡田はふと思いつきその中のひとりの美少女を指さし、

「好きだったんじゃないのか」

と冷やかした。すると二矢はひとこともいわずただ顔を赤らめた。

いつしか党員たちは二矢のことを「坊や」と呼ぶようになった。二矢は名を呼ばれることがほとんどなくなった。党外にも「愛国党の坊や」で通るようになっていた。

やがて同志として共に愛国党を脱党することになる機関紙局長の中堂利夫は、当初、この「坊や」にほとんど興味を抱いていなかった。党に突然転がり込み、しばらく運動をしたあと、飽きて出ていってしまう若者たちを、何十人となく見てきたからだ。二矢もそんなひとりだろうと思っていた。

しばらくして、中堂が二矢に興味を惹かれるようになったのは、その「坊や」の中に自分と同類の匂いを嗅《か》ぎつけたからだった。中堂は本を読むことが好きだった。バンカラを装い、大言壮語して恥じない右翼を、心の奥深いところでは軽蔑していた。文学を軟弱と断じ、武道がすべてと信じている右翼を嫌悪していた。だが、本部の中でゆっくり本を読むというわけにはいかなかった。小説などを読むということは何か恥ずべきものという空気すらあった。中堂にもそれに抗するだけの自信はなかった。だから、ビラ貼りに出かける時など、密かに文庫本をポケットに突っ込み、往復の乗物の中で貪《むさぼ》るように読んだ。そして、党の本部に近づくとまたポケットに慌《あわ》ててしまい込むのだ。そうまでして、求めていたのは、何か絶対的な「道」のようなものだった。本を読めば読むほど「道」は見えなくなり、年を取るにしたがって右翼としての垢《あか》にまみれてきたが、その求道の精神だけは持ちつづけてきたつもりだった。

二矢には、それが最も純粋なまま息づいているように思えた。中堂が二矢に興味を惹かれた理由はもうひとつあった。おとなしくひ弱そうな少年が、街頭に出ると怖ろしいほどの激しさを見せることだった。赤尾の演説に野次を飛ばす男に殴りかかっていく時の二矢は、狂暴ですらあった。

二矢の街頭での行動は、他の誰よりも過激だった。検挙されることに何の痛痒《つうよう》も感じていないようだった。五月に初めて逮捕されて以来、月に一度か二度は警察の厄介《やっかい》になった。

六月下旬、上野駅近くでビラを貼っていると、清掃係が貼るそばからはがしているのを見つけ、糊《のり》の入ったバケツを投げつけ殴りかかった。仲裁に入った巡査が勢いあまって二矢を殴ると、二矢も殴り返し、糊だらけになりながら乱闘した。この時は暴行と公務執行妨害で逮捕される。

二矢は昭和三十四年五月からの半年間に、十回以上も検挙され釈放されまた検挙されるということを繰り返した。

二矢の行動に深い危惧《きぐ》の念を抱いていたのは、誰よりもまず母親の君子だった。

君子は、早く二矢を右翼の世界から引き離さなければ、取り返しがつかない深みにはまってしまうかもしれないと感じていた。君子は二矢のことを夫には内緒で弟の村上信彦に相談した。できることなら家に帰り、学校を続けるように説き伏せてほしかった。晋平にそのことを告げれば「人間がこれと決めて選んだ道を他人がどうこういって変えられるものではないし、また変えられてしまうようならつまらぬものでしかない」といって水を差すに違いなかった。

村上信彦は浪六の三男として生まれ、やはり文筆を業とするようになっていた。文化史に関する評論を中心に多くの著訳書を持っていた。新日本文学会に所属し、いわゆる進歩派と目されてもいた。

ある日、八王子にある信彦の家に二矢が訪ねてきた。久し振りに愛国党の本部から帰った二矢に君子が用事をいいつけたのだ。二矢の手には、かつて信彦が君子に貸した本があった。君子は、その本を返却しに行かせることで、二矢を信彦のもとに送り込もうとしたのである。姉の期待に応《こた》えるべく、信彦は二矢と二人だけで膝を交えた。

信彦にも、教師も親も世間も警察も怖れず、生命を捨てることさえ恐くなかった十代の日々があった。たとえそれがアナキズムであり二矢の国粋主義とは異なっていても、同じ種類の狂熱の時期を共有した先輩として、二矢を説得できるかもしれないという思いが信彦にはあった。だが、一時間もしないうちに、それが甘い感傷にすぎなかったことを思い知らされる。

二矢はただひとこと、「国を愛することがどうしていけないんです」といっただけで、後は口を噤《つぐ》んだ。

信彦は、二矢にまず、国を愛するとはどういうことなのか、と話すことから始めた。国を愛するとは、まさか山や川などの風景だけを愛することではないはずだ。日本を愛するとは、日本に生きている人を愛することだ。その幸福を願うことだ。かりに今の日本が、一部の者が富み多くの者が一日の生活にさえ困窮しているとしたら、国を愛するとはどういうことになるのか。国を愛するとは、必ずしもあるがままの日本を肯定することではない……。

しかし、二矢は無言だった。信彦の前に正坐し、膝の上に両手を置き、肱《ひじ》を張り、俯《うつむ》いたまま微動だにしなかった。全身で拒絶の意志を表わしていた。

信彦はこうもいった。政治運動をしたければそれもいい。止めようとは思わない。しかし、君はまだ若すぎる、せめてあと一年勉強するべきだ。その上で結論をつかみ、信ずる道に突進していったらどうか……。

反論をしたり口答えをするくらいならまだ望みはあった。しかし、頑なに沈黙しつづける二矢に信彦は説得を断念するより仕方なかった。二矢はひとことも発せず帰っていった。

一晩が過ぎ、信彦は二矢のファナティックな様子が気に懸かりはじめた。もう一度だけ試みてみようと思い、今度は自ら山口家に足を運んだ。二矢の部屋に入って驚いた。部屋中に旧軍関係の小物が陳列されてあり、赤尾敏の肖像写真や国粋主義的なスローガンを書いた紙などが至る所に貼られていた。そこで二矢と再び膝を交えたが、やはり無駄だった。聞く耳を持たぬという風だった。

信彦は、二回にわたる二矢のこの頑なな態度に、父親である晋平の影を見ていた。晋平もまた意見を異にする相手との議論を好まぬところがあった。ひとつの境界線を引き、そこからは一歩も他人の意見に踏み込まなかったが、同時に他人にも踏み込ませようとしなかった。信彦は、晋平と話していて議論が白熱しかかると「もうそこまで」と手を上げて制せられる経験を持っていた。

信彦が二矢に対する説得の結果を告げると、君子は「あなたがいって駄目ならもう仕方がないわね」と哀しそうにいった。

数週間後、新宿駅頭で愛国党のトラックの上に乗り、ナチ親衛隊まがいの制服を身につけ、直立不動の姿勢をとっている二矢を偶然に見かけて、信彦は心底あきらめざるをえなかった。

だが、心配していたのは母親ばかりではなかった。父親に不安がなかったわけではない。二矢が暴れ、それが新聞紙上に愛国党のA少年、あるいはY少年と出るようになって、このままいけば何かとんでもないことをしでかし、学校の名を傷つけてしまうのではないかと心配した。

五月に家を出て愛国党に走ってからしばらくの間は二矢の退学届を出さずにおいた。晋平はほとんど希望を持っていなかったが、もし再び二矢が学校に通いたいと望んだ時に、困るかもしれないと思ったのだ。そこで晋平は学校には欠席届を出しておくことにした。

その届を出す時、晋平は自らの恩師でもある小原国芳に挨拶《あいさつ》をした。すると小原は「二矢君に会って、一度ゆっくり話をしてみたい」といってくれた。

さっそく二矢に連絡し、呼び寄せ、父は子と共通の師である小原の自宅に赴いた。小原は夫人と共に一時間半にもわたって学校へ戻るよう説得した。だが、二矢は黙って聞くばかりだった。そして最後にひとことだけいうとそのまま愛国党の本部に帰ってしまった。

「先生がどうしても、先生の教育を受けろとおっしゃるなら、講話の時間だけ行きます。あとは時間がありません」

小原は怒りもしなかったが、この時、晋平は退学させようと思う。しかし、学園側はなかなか退学届を受理してくれなかった。

「当人が勉強したいと思わないのに、親が無理して学校へやることは意味がありません。いったんやめさせて、当人が自分から勉強したいと思った時に学校へ入れて頂いた方がいいと思います」

晋平が主張すると、小原はこう諭した。

「そりゃ、そうだがね、子供というものはいったん学校をやめると、再び学校をやり直すということはできないものだよ」

小原の意見は半世紀に及ぶ経験からきた貴重な忠告だった。それはわかっていたが、二矢が「大きな事故」を起こしてしまうことを怖れた晋平は、退学させてもらえないと月謝を払うのが大変だ、と「妙な因縁」をつけて八月末にようやく退学を認めてもらった。学園側は条件つきでそれを認めた。

「退学届は受理することにしますが、将来学校に帰りたいという時は一番はじめに玉川に相談して下さい。その条件で退学を認めます」

というのだった。

二矢と学園との関係はここで終ったが、小原国芳との縁はまだ切れていなかった。小原への敬愛の念は残っていた。年末に家に戻ってきた二矢に、晋平が、「明日の朝、玉川に行って、小原先生の元旦の講堂訓話を聞かないか」というと、素直に頷いた。

元旦、二人は玉川学園で師の話に耳を傾けた。

5

二矢の行動はますます過激になっていった。日比谷公園で安保反対の集会に殴り込んだり、立会演説会に抗議しに行くなどして、何度も検挙、釈放を繰り返す。

その頃の心情を、二矢は後にこう語ることになる。

《私は赤尾先生の指導を信頼していたし、自分も左翼をたおすことは、国のためになることと固く信じていましたから、警察に検挙されても全然恥とは思いませんでした》

その年の八月、毎年広島で開かれる原水爆禁止世界平和大会を粉砕するため、中堂らと共に宣伝カーで広島に行った。平和記念公園における原水協の大会に、宣伝カーを突っ込み、激しく暴れた。二矢には、この運動が「共産勢力の政治プログラムの一環」だと捉《とら》えられていた。この時、愛国党の党員は暴力行為、傷害罪で全員検挙された。また九月、石橋湛山《たんざん》の私邸を数人で訪れ、ビラをまき警察官に暴行して、検挙された……。

このようなことを繰り返しているうちに、ついに昭和三十四年十二月、二矢は東京家庭裁判所で保護観察四年に処せられることになる。

家に遊びに帰った際、その処分について両親に報告すると、晋平がいった。

「運動するのは構わないが、暴力を振うようなことをするんじゃない」

二矢の過激さには、赤尾も不安を覚えるようになっていた。検挙の回数があまりにも多く、しかも急速だったので、ついに担当検事から内々の通達がきた。本来ならば、どうしても少年院へ入れなくてはならないが、今の山口は少年院へ行ったからといってどうなるものでもないだろう。純粋な気持を持った少年を、わざわざ汚すようなことになってしまうかもしれない。だから、とその検事は赤尾にいった。あまり派手に運動をさせないでくれ。

赤尾はそれを二矢に告げ、「つかまるばかりが運動ではないのだから」といいきかせた。しかし、ほうっておくと、愛国党の演説会で野次をとばす者に殴りかかり、警察官と平気で争った。そのために赤尾は苦心し、街頭に出る時にはトラックの上で旗を持たせて、少しのことでは飛び降りられないようにするなどという配慮をした。

しかしそれが仇になってしまった、と後になって赤尾は考える。「もっとやりたいという気持を、赤尾に押さえつけられたと二矢は思ってしまったのだろう」と。だが、二矢にはもっと根本的な疑問が芽生えつつあったのだ。果たしてこのような愛国党の戦術によって、激しく押し寄せる赤化の波を防げるのだろうか。それは同時に、右翼としての赤尾敏に対する疑問でもあった。

たとえば、日教組の大会を粉砕しに行く。宣伝カーで入口まで乗りつけ、組合員と激しくもみあう。トラックの上から、赤尾が巧みなアジテーションを繰り返す。そこに警察官が割って入り、党員は車に乗って引き揚げる。だが、それからもう一度突っ込もうではないか、と二矢のような若い者が思っても、赤尾は決して許さなかった。運動は一発勝負ではない。そのたびごとに兵隊が少なくなっていっては困る、という考えが赤尾にはあった。

だがそれは二矢のような張りつめた精神を持った少年には、妥協的な態度と受け取れたのだ。

時はあたかも安保闘争が爆発する寸前である。右翼内の危機感は強くなった。二矢の危機感はそれに輪をかけた、切羽つまったものになっていった。

日米安保条約の改定に関して、赤尾敏は「反対だが賛成せざるをえない」という意見を持っていた。彼は常に日米安保条約体制の強化こそ日本を守る最良の方途だと頑迷なくらいに主張してきた。街頭での宣伝活動を行なう時でも、必ず日章旗と共に星条旗を掲げていた。「反共親米」の右翼などあるかという嘲弄《ちょうろう》に対し、彼は「そんな批判は右翼小児病にすぎない」と問題にしなかった。確かに、反ソ反共産主義であり反米反自由主義であることは、右翼としての一貫性からいっても純粋性から見ても、格好はいい。しかし、中ソを敵に回し、なおアメリカまでも敵にしたら、孤立無援の日本はどうやって国体を護持できるのか。

「日本に中立ということはありえないのです。敗戦によって軍隊が解体され、裸にされてしまった。国内外の共産主義から日本を守り、アメリカを利用して倒すためにも、日米安保条約は必要です。現行条約の方がより安全ではありますが、ひとたび改定に踏み切った以上、われわれがこれに反対すれば左翼の思う壺《つぼ》に嵌《はま》ってしまう。改定を阻止され、次には廃棄に持ち込まれ、さらには日本赤化を謀《はか》るに違いありません。改定に不満ではありますが、それを防ぐためにも岸政府を支持し、いかなる障害をも排除して改定させなければなりません」

赤尾は、彼が主催した安保改定促進国民大会でいつでもそのように演説した。

愛国党の運動方法に対する疑念は別にして、二矢の安保観もこの赤尾の理解の仕方から大きく逸脱することはなかった。

昭和三十五年一月、岸信介は米国に渡り、安保改定のための地ならしを行なったが、それを阻止しようという全学連と総評のデモ隊に、二矢は福田進の率いる防共挺身隊と共に立ち向かっていった。

だがその時、左翼勢力の圧倒的な力を見せつけられ、危機の意識はますます強くなる。

本当に恐いのは左翼の指導者ではなく、一般国民が熱狂した時だと二矢は思い至るようになる。マスコミはそれをあおり、警察は左翼の集団暴力を取り締まろうとしない。そしてこの大事な時に、保守党は派閥争いに明け暮れ、私利私欲に走り、何ら手を打とうとしない。しかし、愛国党は無力であり、世論をリードすることはできない。マスコミも自分たちの行動を無視し、報告すらしない。言論による方法で、右翼に何が可能か。左翼の勢力を阻止するには、どうしたら良いのだろうか……。

少なくともそれは、愛国党の採っている方法ではなさそうだった。

《運動方法については、赤尾先生がいつも「今日は新聞に書かれているものを相手に運動しろ。左翼とぶつかったら、警察官を利用してあまり深入りしないでよいところで引き揚げ、犠牲者を出すな」といっており、軽い事件を起こし新聞に書かれることは推賞していましたが、大きな犠牲者を出すことは嫌っていました。

……私は一、二月頃から、愛国党が一生懸命運動しても、左翼は増大するばかりで、運動しようにも少数の右翼では検挙されてしまい、マスコミが暴力団と批判してその効果が少なく、果たして愛国党の運動方針で左翼勢力を阻止できるか、と疑問を抱くようになりました》

しかしその時、二矢に何ひとつ具体的な考えがまとまっていたわけではなかった。ただ、安保反対のデモの群れに、愛国党や防共挺身隊の仲間と共に、殴り込むことだけを繰り返していた。

少なくとも、二矢には明瞭《めいりょう》な敵を発見しえた喜びがあった。彼の眼には、左翼というものが、絶対的に強大なものと映っていた。彼の正義感は、その強大なものの横暴から日本を守るという、公への奉仕の快感を伴うことによって、強固に、更に純一なものになっていった。敵はデモ隊という、はっきりした姿で眼の前に存在していた。

二矢はますます狂暴になっていった。さすがの福田進が、もうそのくらいでやめておけというほどだった。そういうと、二矢は笑いながら、

「もう一人二人、頭をぶち割ってきます」

といって樫《かし》の棒を持ち、デモ隊に突撃していった。

しかし、絶望感がしだいに心を浸しはじめる。この怒濤のような赤化の波と、いったいどのように闘い得るというのだろうか。

ある日、池袋を行進中の反安保のデモ隊に、たったひとりで少年が突っ込んできたことがあった。それが防衛庁の記者連の興味をひいたのは、その少年がたまたま間違えて、東京新聞の記者を殴りつけてしまい、逮捕されて、父親の職業を自衛隊の一佐だと述べたことによっていた。本当に山口という一佐がいるのだろうか。防衛庁の記者クラブに照会があった。確かに山口一佐は存在した。

一佐の息子に強暴な右翼がいる。そのことが記者たちの間に広まった。

安保闘争は三月から四月に入り、更に深刻化した。二矢は絶望的な思いに駆られながら、しかし、だからこそ激しく闘った。

社会党の宣伝カーを叩きこわし、何度も樫の棒を持ってデモ隊に突っ込んだ。

しかし、安保反対に結集する群衆の前には、彼ら右翼は一握りの砂でしかなかった。

この大波を、どのように喰い止めるか。それには二つの方法しかない、と二矢は考えた。ひとつは、クーデターによって政権を奪取し、左翼勢力を一掃する。それが一番良い方法だが、自分のように金も組織もない者には、実現不可能な方途であることは明らかである。

残された方法はひとつだ、と彼は思った。

彼はしだいに愛国党を脱党し、武器を手に入れ、左翼の指導者をテロルによって倒そうと考えるようになっていった。

≪左翼指導者を倒せば左翼勢力はすぐ阻止できるなどとは考えていませんでしたが、これらの指導者が現在までやってきた罪悪は許すことができなく、一人を倒すことによって今後左翼指導者の行動が制限され、煽動者の甘言によって付和雷同している一般の国民が、一人でも多く覚醒《かくせい》してくれればそれでよいと思いました。

また、私利私欲にばかり走っている政府自民党に対し反省を求めることもできるのではないかと考えました。

左翼の指導者を倒すには一人でやるよりも信頼できる同志と共に決行したいと考えていましたが、自分の決意を打ち明けられるような人はなく、愛国党についていては自由な行動は許されず、また赤尾先生も口では「左翼の指導者を倒さなければならない」などといってはいますが、実際は軽い事件を起こしてマスコミを利用した運動方法であり、私が実行したいといえば阻止することは明らかであり、私が起ってやれば党に迷惑がかかり、警察の視察を常に受けており、武器の入手もできないので脱党してアルバイトでもして武器を手に入れ決行しようと思いました。

武器については拳銃が一番よいのですが、手に入れる伝手《つて》がありませんので、浅草や銀座地下鉄の古物屋に売っている短刀でも手に入れてやろうと思いました》

二矢は、赤尾に相談すれば阻止されるに違いないといい切れる確固たる根拠を持っていた。

ある日、日課のようになっているビラ貼り用の糊を炊きながら、二矢がひとり言のように呟いたことがある。

「やるなら思い切ったことをやらなくては……悪い奴を……ぶっ殺す……」

それを耳にした赤尾は不安に思い、注意した。

「やるなら大きいことをやるというが、人を殺せばいいというものではないぞ。行為というものは、実際に犯してみれば頭で考えていたこととはどこか狂ってしまうものなのだ。君のような考えをレーニンは小児病といった。人を殺せば、親兄弟も嘆くのだぞ」

二矢は黙って聞いていたが、やがてこのような党首のもとでテロルを決行することは不可能だと考えるようになっていった。

しかし、ひとりで脱党すれば不審に思われ、警察からマークされる可能性がある。彼は脱党のタイミングを狙《ねら》いはじめた。

ちょうどその頃、愛国党でひとつの事件が起きた。

赤尾敏と吉村法俊、中堂利夫の二人が鋭く対立し、脱党するという騒ぎが起きたのだ。発端はビラ貼りだった。

愛国党における大きな仕事のひとつは、街頭における宣伝のビラ貼りである。糊を炊き、それをバケツに入れ、市街地の電柱にポスターやビラを貼る。

隊員たちが、月々貰っている小遣いは三千円だが、ビラを貼ると、交通費の他に百枚につき百円の金が与えられる。だから金のない隊員たちは、歩くことで交通費を浮かし、たばこ銭をつくる。情熱に燃えているうちはいいが、それを何年も繰り返しているうちに、相もかわらぬビラ貼りに嫌気がさしてくる。あるいは、こんなことをしていて何になるのかという思いが強まってくる。二矢にもその疑念があった。

些細なことから、二矢と宣伝局長の岡田が争い、二矢に吉村と中堂が加勢し、争いが大きくなった。ついには、赤尾が出てこざるをえなくなった。赤尾は宣伝局長の肩を持った。争いは赤尾と吉村のものとなってしまった。

「かりに宣伝局長にどんな悪い点があったとしても、命令系統というものを無視しては組織は成り立たない。宣伝局長は赤尾が任命したのであるから、それは赤尾への反逆である。入党する時には、どんなことでもやると約束しておきながら、少しわかってくるともう命令をないがしろにする」

赤尾も感情的になり、吉村と激しくいい争った。そして結局、出ていけ、出ていきます、ということになった。

吉村はその以前から党の運営に不満をもっていた。脱党して新しい団体を作りたいと、二矢に洩らしていたこともある。赤尾と決裂した日、吉村は親しい党員たちにいった。

「俺は出るが、みんなはここに残った方がいい」

しかし、中堂と二矢は出ることにした。吉村と二矢は共に三十四年に入党して以来、必ずといってよいほど一緒に行動していた。

初めて顔をあわせた時、二人は荒川のほとりを散歩し、さまざまなことを話した。どういうきっかけからか、文学の話になり、吉村が、

「俺の好きな本は、村上浪六の『当世五人男』のような男らしい小説だ」

というと、二矢はパッと顔を輝かせた。

「浪六は、ぼくのおじいさんです」

吉村はそのことを知るはずもなかったが、二矢にはそのことがとても嬉しかったらしく、以後、浪人タイプの典型のような吉村のあとにつき従うことが多かった。だから二矢が行動を共にするといった時、多くの者が、吉村を慕ってのことであろうと思ったと

しても無理はなかった。

だが二矢には計算があった。言論戦によってこそ運動すべきだという穏健派の吉村と脱党すれば、とりわけ公安にマークされることはないだろう、脱党する良いチャンスだ。二矢はそう判断した。


その夜、中堂、二矢らは吉村と共にオートバイにリヤカーをつけ、荷物をつんで、愛国党を出た。そして彼らは、田無の杉本広義を頼っていった。

杉本は、嶽南義塾という私塾をひらく民族主義者で、妹の治子が愛国党に出入りしていたところから、逆に吉村もこの杉本宅に遊びにくるようになっていた。

深夜、突然、杉本の家に吉村の一隊がオートバイにリヤカーをくりつけ、荷物を満載してやってきた。玄関を入るや否や、吉村がいった。

「二矢がつかまってしまいました」

杉本が事情を訊くと、三人で脱党し荷物をまとめて田無に向かったのだが、その途中、田無署で不審尋問を受けた、という。リヤカーにハーケン・クロイツをなびかせ、荷台には軍服長靴といったスタイルの二矢が坐っている。田無署の署員は、ハーケン・クロイツを赤旗と錯覚し、近隣の紡績工場に争議の支援に行く労組員と間違えたのだ。誤解だということは明らかになったが、横柄な口調で尋問する署員に腹を立てた二矢がいきなり殴りかかり、そのまま留置場に放り込まれてしまった、というのである。

杉本は、彼らの脱党の理由を訊ねる前に、まず二矢の身柄を田無署にもらい下げに行かなくてはならなかった。

しかし、この脱党者たちに転がり込まれ、杉本はその処置に困惑することになる。普通であれば舞い込んできた窮鳥は快く迎えてやらなくてはならない。だが、つい数日前、妹の治子が赤尾敏の義弟と結婚式を挙げたばかりだったのだ。つまり赤尾家とは姻戚《いんせき》関係に入っていた。

杉本は、元の鞘におさめようと努力をしたが、赤尾側は帰ってくるなといい、三人も帰りたくないという。しかも赤尾には、姻戚関係にありながら、自分の手勢を引き抜いたという誤解があるようだった。杉本もその誤解をとかなくてはならなかった。

その空気を知った三人は、やがて防共挺身隊の福田進の家に移り住む。福田が赤尾の家に電話すると、妻のふみが電話に出て、

「あの人たちはもういらない」

といった。それならばと福田は、三人を別棟の二階に泊めることにした。

三人が出ていく時、杉本は特に二矢に向かっていった。

「もっと勉強をした方がいい。小さなことに憤慨してそのたびごとに突撃していたら、体がいくつあっても足らんじゃないか。怒りはぼくにだってある。あるいは君以上にね。とにかく一般的な教養を身につけなさい」

そして、いったん家に帰った方がいい、と話した。だが、二矢は家に帰ろうとしなか

った。他の二人と行動を共にした。

二矢の口から愛国党を脱党したということを聞き、父親の晋平は即座に赤尾に電話した。

「何か失礼なことはなかったでしょうか」

「いや。坊やには残ってほしかったのですが……」

赤尾は残念そうに答えた。

確かに、赤尾には二矢への憎しみはなかった。彼にとって憎むべきは吉村であり、中堂であった。彼は今度の脱党事件を二人が「一旗あげよう」として意識的に起こしたものだと考えていた。吉村は壮士風で押しが強く金集めがうまい。中堂は文章がうまく天才的な頭脳を持っている。この二人が組めば一商売できると思ったのだろう。しかし二矢は違う。二人に誘われて仕方なく加わっただけなのだ。あの二人と同じ部屋に一緒に寝かせておいたことが失敗だった……。

赤尾は晋平にこう続けた。

「坊やは悪いことをして出て行ったわけではないんです。二人に連れ出されただけですから。しかし、坊やを二人と一緒にしておくと、今に運動に行きづまって何をするかわかりませんよ。吉村と金取りに歩いて、坊やが脅かしたりする役目をやらされているという噂も流れています。当人が帰った時、そんなことをしないようにいっておいてください」

それからしばらくして、二矢が愛国党の本部に赤尾を訪ねてきた。格別の用件はなく、脱党のけじめをつけるための訪問のようだった。

話の途中で、新たに作られるはずの組織について、二矢は背伸びをするような口調で、

「今度は中心を特別に置かず、三人が平等にやるつもりです」

といった。それに対して赤尾が、

「それは駄目だ。物事には中心というものが絶対に必要なのだ。失敗するぞ」

というと、二矢は少し不安そうな表情を浮かべた。

帰り際に、赤尾は優しくいった。

「いつでも戻ってきていいぞ」

すると、二矢は硬い声でこう答えた。

「いや、三人で血盟をしているので、ひとりだけ戻ってくるわけにはいきません」

それを聞いて、赤尾は二矢が愛国党に戻りたいと望んでいるのではないかと思い込む。脱党はしたけれど運動には未来がなく、二人と心理的に離れていく中で、愛国党に戻りたいが意地があって戻れないのではないか、と赤尾は思った。

「いいから戻ってこい」

赤尾は家出した息子を諭すようにもう一度「赦《ゆる》し」の台詞を繰り返した。

しかし二矢が愛国党に戻りたいに違いないというのは、赤尾の家父長的な「願望」に

すぎなかった。

二矢はかつて敬愛したと同じだけの深さで赤尾に絶望していた。愛国党を見限っていた。この時の訪問に際しても、出された日本茶と茶請けのふかし芋には、一口も触れなかった。

だが、確かに二矢たちは活動資金につまっていた。吉村に連れ歩かれるうちに知り合った大日本国民党の荒原朴水の家に、二矢がひとりで遊びに行った折のことだ。二矢は荒原に金がなくて困っていると洩らした。荒原は妻ともども、孫のような年頃の二矢を「坊、坊」と呼び、家に出入りする若者の中でもとりわけ可愛がっていた。遊びにくるたびにできるだけの歓待をしてやっていた。だが、金となると話は別だった。困窮しているのは荒原とて同じだったからだ。しかし、そのまま帰らせるには忍びないと荒原は思い、彼の著書である『右翼左翼』という本を三十冊ほど二矢に与えた。

「どこでもいいから丸の内の会社に行って、荒原がこの本を千円で買ってくれといっていた、と売ってくるがいい」

そういう形で荒原は二矢に金を与えようとしたのである。

福田の家に仮の宿をさだめた吉村と中堂は、彼ら自身の組織を作るために奔走しはじめた。事務所は銀座四丁目の鳩居堂《きゅうきょどう》ビル二階に置くことができた。そこはもと富士機械という会社の営業所だったが、倒産したあと、元特高幹部、宮川清澄が債権者ということで乗りこみ、押さえてしまったものだった。吉村はその宮川と交際があった。

二人は資金づくり、組織づくりに奔走していたが、二矢には決まった仕事もなく、ただ電話番だけをするという日々が続いた。

6

安保闘争は、五月から六月にかけて最大の盛り上がりを見せた。事務所の前の銀座通りを、大群衆がデモ行進をしながら通りすぎる。

それを見ながら二階の事務所で、二矢は本当に「キュッと胃が痛くなる」ような思いになることがあった。

六月十日、ハガチーの来日に対する全学連の闘いをテレビや新聞で見ながら、狂おしいほどの怒りを覚える。二矢はしだいにひとつの「思い」を「決意」にまでたかめていった。

そして、その思いが決定的になったのは、六月十五日、全学連と警官が激突し、樺美智子が死んだ日だった。

その日、二矢は防共挺身隊の隊員と共に、特許庁付近に出動し、暴れまわった後、隊の本部に戻ってきた。

するとラジオが、全学連を中心とした学生の、国会構内への乱入事件を放送していた。

ただいま警察の三台目のトラックに火が放たれました、国会にどんどん入っていきます、死者が出たもようです、交番がおそわれました、などという生々しい言葉が、二矢の耳に突き刺さってきた。

「……たった今でございますが、このFMカーのございます地点からものの十メートルと離れていない地点で、警官隊が何かふりまわしておりますんで、よくそれを見てみましたところ、これは携帯用の、なんていうんでしょうか、マイクロホンの拡声器ですね、携帯用のスピーカーをふりまわしまして、学生あるいは労組の人々をムチャクチャに殴りつけていた風景が見られたところでございました。

いずれにしましても、何かまったく、わけがわからなくなったというような表現が、いちばんピッタリするのではないかと思われますが、とにかく、見さかいがなくなりまして、警官以外のものには片っ端から襲いかかると、そういった状況でございます。このすぐ前で、とにかく、ザッと重さにして、そうですね二貫匁《かんめ》ぐらいございましょうか、鋼鉄製でございますが、そのスピーカーをふりまわしまして、まず警官は、労組あるいは学生に襲いかかっていたところが、今すぐこの目の前で見られたところでございました。

一方正門の方にまわってみますと、正門の方はさきほどのニュースでもお伝えしましたように、ほとんど装甲車はひきずり倒されまして、火をつけられ、満足なのは一台もないといったような、そういった情況がみられておりまして、そのあと一面に警官隊がデモ隊を追いはらう意味と、それから炎上いたします車に消火せんという、そういった両方をかねまして、はげしく水がまかれておりまして、デモ隊がちょっとたじろいだところも見られておりました」

ラジオ関東のアナウンサーが憑《つ》かれたように実況中継をしていた。

「……しかし、いずれにしましても、もうもうたる煙、そして流れました油につきました火がはげしくグレンの炎をまき散らすさまはまさに、その胸にムカムカくるような匂いとともに、ちょうど本当に暴動を思わせるような、そういったマザマザしい情況がみせつけられた国会の正門付近でございました。なお、国会正門のところでは、これは確かな情報ではございませんが、右翼が何か動きはじめるというような情報が流れておりまして、全学連、ならびに労組、それから一般の参加いたしました労働者がすっかりイキリ立っておりまして、これに立ち向かおうとそういった気勢を大いにあげていたところでございました。さきほどからチャペル・センターの方に移動しておりました学生・労組の連中も、首相官邸の方に再び集ってまいりまして、さらにはげしく、皆様のお耳にも、今おそらくサイレンの音がおそらくお伝えされていると思いますが、はげしく鳴りひびくサイレンとともに、ますますその数を増やしします警官隊、完全武装いたしました警官隊を山のように乗せました装甲車が次から次へと、この総理大臣邸の前、FMカーのすぐ十メートルと離れていない地点にぞくぞくと集ってまいります。……まだまだ警官隊の数は増えていく模様でございます」

これは大変なことになった、と二矢は思った。ついに左翼が大衆の集団暴力を背景に、自信をもって革命を始めた。韓国の学生が李承晩を倒したように、岸は倒され、日本には赤色革命が起きるのではないか、と二矢は真剣に怖れた。

居ても立ってもいられない思いのところに、続々と隊員たちが本部に集まってきた。そして午前二時、福田らと共に国会周辺の状況を見に行くことにした。彼らが国会についた頃、すでに暴動状況は収まっていたが、まだ激しかった闘いの余燼《よじん》がくすぶっていた。

警察の車が横転させられ燃えていた。デモ隊に突っ込んだ護国団の車も無残な姿になっていた。あたりにはまだ催涙ガスが煙り、石、レンガの破片、丸太、プラカードなどが散乱し、その激しさを物語っていた。

催涙ガスに涙を流しながら、彼はひとり、心の中で決意する。

《私はこの現場を見て、政府や警察はもう頼りにはならない。いよいよ自分が左翼の指導者を倒す以外に方法がないと思い、殺害の決意を固めました》

それからわずか二日後の六月十七日、二矢に強い刺激を与えるひとつの事件が起きた。国会で請願を受けつけていた社会党の河上丈太郎が、突然、戸潤《とま》真三郎という工員にナイフで刺されるという事件が起きたのだ。戸潤は、まったく右翼団体とは関係を持っていなかったが、左翼の安保闘争に強い反感を抱いていた。

二矢は、この戸潤という人物を立派だと認めた上で、しかし自分がやる時には、傷をつけるという程度ではなく、完璧に殺すといった、徹底した方法でやらなくてはならないと思い決める。

だが、果たして誰を倒せばいいのか。彼は考え、やがて六人の政治家をリスト・アップする。日教組委員長小林武、共産党議長野坂参三、社会党委員長浅沼稲次郎、自民党容共派河野一郎、同じく石橋湛山、社会党左派松本治一郎。そして何らかの「反省」を求める相手として、三笠宮崇仁《たかひと》の名もリストに挙げられた。

しかし、愛国党から離れてもなお、二矢のこれらの人物の選定の仕方、その理由などには、赤尾の圧倒的な影響が依然として残っていた。

ところで、何故、このようなリストに浅沼が挙がってこなければならなかったのか。それは、二、三年前には考えられないことであった。社会党右派として、またその人柄によって右翼からも親近感を持たれていたはずだからだ。

《社会党に対する日本人の考え方は、共産党には警戒しているが社会党には日本の革命政党として安心している者が多いが、実質は日本をソ連中共に売り渡す一段階として日本の中立化、再軍備反対などを主張して、警職法、勤評、安保闘争などで見られるように、何も知らない労働者、学生などを煽動《せんどう》し国会へ乱入するなどの集団暴力を揮《ふる》い、マスコミを利用して、輿論《よろん》と称し着実な日本の赤化を図っており、共産党と何ら変わるところがなく、第二のケレンスキー内閣を目指す団体で、それ以上に悪質なものである。

その指導者である浅沼稲次郎委員長は、戦前左翼であったが弾圧されると右翼的な組織を作り、戦後左翼的風潮になると恥ずかしくもなく、また左翼に走り便乗した日和見主義者で、昨年春以前は右派であったが、中共を訪問して『米国は日中共同の敵である』など、暴言をなし、その共産党的な体質を暴露し、その頃からますます左傾し一昨年暮には警職法闘争で自ら大衆を煽動し、国会乱入を図り、党委員長に就任後は、左翼の実質的最高指導者として安保闘争など一連の闘争を指導するなど、その責任からしても生かして置く訳にはいかない男で、浅沼をそのままにしておけば個人的人気もあるところからますます勢力を伸ばし、彼が身を挺して日本を暴力革命に持っていこうとすることは疑いない……》

　と二矢は浅沼を見ていた。

　浅沼が日本の全右翼を憤激させてしまったのは、第二回訪中の際の「米帝国主義は日中人民共同の敵」という発言に原因があった。

　それまで好意を抱かれていた分だけ、余計に怒りを買うことになった。「中共に媚《こ》びる売国奴！」というのである。二矢が浅沼を許せないと感じたとすれば、そこには、浅沼が安保闘争で果たしていた役割への憎悪と同じくらい、その時の発言への軽蔑があった。

　しかし、浅沼がなぜその発言をするに至ったかを右翼が理解しているわけではなかった。それを理解するには、実は、彼の生涯を辿らなくてはならない。彼の生涯のひとつの決算として、中国でのその発言があったからだ。浅沼稲次郎という存在が悲劇的なものになるのは、彼が生涯の中で最も昂揚した気分の中で発した、まさにその言葉によって命を狙われるという「因果」によってである。

ある意味で哀しすぎるほど哀しい浅沼の一生を、二矢は「戦前左翼であったが弾圧されると右翼的な組織を作り、戦後左翼的風潮になると恥ずかしくもなく、また左翼に走り便乗した日和見主義者」のそれとしか見ようとしなかった。彼の指摘の中には、浅沼の軌跡の不思議さの、その一端を突いている部分が確かにある。だが、それは、あくまでも「一端」にすぎなかった……。

第三章　巡礼の果て

1

万年書記長ともマアマア居士《こじ》とも人間機関車とも呼ばれた浅沼稲次郎が、その政治家としての生涯において終生かわることなく冠せられたのは、「庶民的な」という形容詞だった。

彼は、ラジオ・ドラマ化されたディズニーの『わんわん物語』に出演し、ブルドッグの役を引き受け、報知新聞にスポーツ時評欄を持ち、相撲の朝潮やプロレスリングの力道山について心優しい文章を書いた。

死ぬまで住みつづけた白河町のアパートは、すでに買い取りを終え賃貸ではなかったが、政治家の住いとしては例がないほど狭いものだった。

人から頼まれるとどんなことでも引き受けた。政治部の記者の間には、「ハコ種」と呼ばれる政界ゴシップの素材が見当たらない時は浅沼を探せばいい、という共通の了解事項があった。「ハコ種」を創作するために、釣に行ってくれないか、風呂に五回入ってくれないかなどという記者の乱暴な注文にも、浅沼だけは怒ることもなく応じてくれたからだ。

浅沼の、この飾るところのない、構えることのない自在さを、人は「庶民的な」と形容した。

戦後の政治家の中で、浅沼ほど声帯模写がしやすく似顔漫画の描きやすい人物は、そう多くはない。徳川夢声は「あれは浅沼の声だと人びとに聞き分けられるようになれば大したものだ」といい、那須良輔は「漫画家にとって浅沼さんほどありがたい顔はない」といった。

漫画になった浅沼の顔は誰の筆にかかっても「底抜けに善良な沼さん」というイメージを増幅させるようなものばかりだった。しかし、印画紙に焼きつけられた浅沼の肖像写真を仔細に眺めてみると、そこには「底抜けに善良な沼さん」ではないもうひとりの浅沼稲次郎が透けて見えてくる。眼鏡の奥の細く小さな眼には、その風貌《ふうぼう》から受けるユーモラスな印象とは異なる、鋭く昏《くら》い光が漂っている。

浅沼が自分自身について語った文章はそう多くない。主として演説を集めた『わが言論斗争録』を除けば、まとまった著作としては『私の履歴書』が、ほとんど唯一のものである。昭和三十一年に日本経済新聞に九回にわたって連載され、三十二年に単行本に収められたその文章には、しかし、よく知られた浅沼像以外のものはまったく書き込まれていない。

日本経済新聞の看板記事だった「私の履歴書」は、その人の談話をもとに記者がまとめるというのが普通だった。だが、浅沼の場合は違っていた。極めて例外的なことだったが、浅沼は自分の半生を記した大部の原稿を記者に手渡したのである。その時の担当記者は石田智彦だったが、彼はそれを要約し不明な点を質《ただ》せばよかった。

しかし、浅沼のこの「履歴書」には、彼の生涯において決定的な意味を持ったはずの三つの事柄が抜け落ちている。

その三つの事柄とは、第一に彼が「庶子」であったということ、第二に彼にとってかけがえのない人物であるはずの「麻生久」についてのこと、第三に彼の二度にわたる「発狂」についてのことである。

浅沼がこれらのことを「履歴書」から省いたのには、それなりの理由があったはずである。その「理由」を導きの糸として、彼の生涯を辿《たど》り直すと、まったく関係の無さそうなその三つの事柄がひとつの有機的なつながりを持っていることに気がつく。そしてそこに、「底抜けに善良な沼さん」像とは別の、もうひとつの浅沼像が浮かび上がってくる。

おそらく、その二つの像を重ね合わせてこそ、人間としての浅沼稲次郎が初めて明瞭に見えてくるはずなのだ。浅沼の不思議な「昏さ」を無視しては、彼の死に至る道程はついに理解できないとさえいえる。

浅沼稲次郎は、明治三十一年十二月二十七日、東京府三宅島三宅村神着《かみつき》に生まれた。父は浅沼半次郎、母は浅岡よし。父母の姓が異なるのは、父が母を籍に入れなかったからである。子供を二人もうけながら、半次郎がよしを入籍しなかった理由は明らかではない。正妻は若くして死んでいたから、入籍がまったく不可能というわけではなかった。

半次郎は八丈島からの移住者で笹本重兵衛という下級武士の息子だった。重兵衛の代に三宅島に渡り、神着で七軒百姓と呼ばれる浅沼家の株を買い取り、それ以後は浅沼姓を名乗り定住するようになった。浅沼家の生業は農業だったが、半次郎は若い頃から村役場に入り書記を務め、やがて神着の名主をするまでになった。独学の人であったが書をよくし、小さな村をまとめ上げる能力と村人の暮しを少しでもよくしようという情熱を持っていた。

「たとえムシロの上に坐ることになっても、おまえは人の世話をしろ」

九十一歳で死ぬまで身近の者に口癖のようにいっていた。事実、半次郎はそのような精神で村に尽した。しかし、その使命感が逆に彼を苦境に陥れることとなる。

神着には明治四十年代に入ってもなお、医者というものが存在していなかった。東京から医者を連れてくるということが村人の永年の宿願であった。半次郎はそれにようやく成功し、村人の圧倒的な尊崇を集めたが、やがてその医師が衛生兵あがりの無資格の喰《く》わせ者だったことが露見するに及んで、名主を辞め、島を出て行かざるをえなくなる。

浅岡よしは、女手ひとつで、姉の春江と弟の稲次郎の二人の子供を育てなければならなかった。

だが、島での母と姉との生活は、幼年期の浅沼にとって必ずしも不幸せなものではなかった。島の生活は豊かではなかったが、遊ぶ場所に不足はなかった。山があり海があった。浅沼は、餓鬼大将にはなれなくとも、その体格によって子供たちの間で一目おかれていた。遊び相手だった従弟の井口知一には、快活で自己の主張をはっきりと押し通す稲次郎の印象が強く残っている。

そのような浅沼の性格が微妙に変化したのは、彼が小学校六年生の時に三宅島の母の許《もと》から東京の父の家へ引き取られていったことと深く関わっていた。

贋《にせ》医者の責任を取り、単身で東京に出た半次郎は、葛飾郡砂村で牧場を始めた。当時の砂村は、人家も少ない湿地帯で、八丈島の出身者が経営するいくつかの牧場が点在するだけの寂しい村だった。半次郎はたった一枚残った着物、それは浅沼家の紋付であったが、その袂《たもと》を切り落とし筒袖にして作業着とし、それを着て荷車を曳《ひ》くところから牧場作りを開始した。その誠実さを同じ三宅島出身の京橋の黄楊《つげ》商に見込まれ援助されるという幸運も手伝い、半次郎はわずか二頭の牧場から出発し四十頭ちかい牛を持つに至った。近郊の病院と牛乳屋にミルクを卸すことが主たる業務の小さな牧場だったが、半次郎はそれなりの成功を収めた。

やがて半次郎は、仲に立つ人を得て、深川の牛乳屋の娘と再婚することになった。嫁いできたその娘ひさは、しばらくして三宅島に子供がいることを初めて知らされる。ひさは子供を哀れに思い、認知して戸籍に入れ、三宅島から砂村に呼び寄せることにする。浅岡よしも子供の将来を思って手放すことを承諾した。

三宅島における幼年期の浅沼には、挿話らしい挿話が残されていない。唯一の例外は、従弟井口知一と行なった胆試《きもだめ》しにまつわる一部始終である。

当時、水の便の悪い三宅島では山から清水を引くために崖《がけ》と崖の間に原木を三角にえぐった樋《とい》をかけておくことが多かった。ある時、磯で遊んだ帰り道に、深さ二、三十メートル、幅が十メートルもありそうな谷にかかっている樋を渡ろうということになった。はじめに知一が渡ってしまったために浅沼も渡らざるをえなくなる。彼は負けん気を発揮し、渡る途中でしゃがんで見せ、その上に樋の中にあった小石を拾って遠くへ投げ捨てるという芸当までした。ところが、意気揚々と家に帰ってみると、どこから耳にしたのか畑仕事から帰ってきた母が凄《すさま》じい勢いで叱《しか》りつけた。生まれて初めてというほどの母の怒りに、彼は恐れをなして外に逃げ出し、暗くなって家に戻ってきてからも内には入れず納屋の俵の中に隠れていた。

この挿話は、三宅島の人びとの間では、浅沼稲次郎にも存在した「豪放さ」のひとつの証拠として語り継がれてきた。しかし、浅沼自身がとりわけこの挿話を愛したのは、それを口にすることで、そのたびに母の強い愛情が確認できたからである。

後に、衆議院議員選挙に初当選した浅沼は、まず三宅島に戻り、それまでなかった母の墓を作った。浅沼家の墓地に隣接する、浅岡家の墓地の片隅に「浅岡よしの碑」と彫った小さな御影石《みかげいし》を埋め込んだ。そしてその裏に「昭和十一年九月　稲次郎　建立」と記した。彼が稲次郎とだけ刻んだことの中に、ついに浅沼姓を名乗れなかった母への深い思いがこめられている。

砂村に引き取られてからの、父と義母との生活は、浅沼にとって決して明るいものではなかった。新しい母と上手に折り合いをつけることができなかった。彼には三宅島に残してきた母を哀れに思う気持が強くあった。

浅沼家によく出入りしていた近所の少年たちの幼い眼にも、子供たちと共にカルタ取りなどをして遊びに加わってくれるにもかかわらず、若く美しいひさは浅沼とは生《な》さぬ仲なのだろうと映った。砂村での浅沼の少年時代は「人前に出ても満足に挨拶もできない、内気でほとんど友達もできない」少年としてのそれであった。

明治四十四年、浅沼は砂村小学校から府立三中に進んだ。小学校の成績は悪くなかった。同じ小学校から三中を受験した者は七名いたが、合格したのは浅沼ひとりだった。府立三中は本所江東橋にあり、久保田万太郎、河合栄治郎、芥川龍之介などを輩出した下町の名門校だった。名校長といわれた八田三喜の方針により進歩的な空気が強かった。

八田は修身を受け持っていたが、彼はその授業内容をいわゆる修身にしたくなかった。

国家の機構あるいは経済の構造などを講義することで社会への眼を養おうとした。あるいは、視野を拡げさせるために、高田早苗、志賀重昂《しげたか》、鎌田栄吉といった知名人を招き、講演を依頼した。

とりわけ浅沼には、赤チョッキというあだ名を持つ蔵原惟郭《これひろ》の演説が印象的だった。蔵原は東京選出の立憲政友会の代議士であった。浅沼はすぐに演説内容を忘れてしまったが、政治家の放つ熱のようなものに激しく感応することになった。

三中時代の浅沼は平凡で目立たぬ生徒だった。相撲部に入っていたが強いというほどではなかった。彼がいくらかでも同窓生の記憶に残っているとすれば、その巨大な体軀《たいく》と中学四、五年の時の弁論部の活動によってである。しかし、それもその雄弁によって頭角をあらわすというほどのものではなかった。

大正五年、浅沼は府立三中を卒業することになる。ところが、進学をめぐって彼は父親と鋭く対立してしまう。半次郎は浅沼が医者になることを望んだ。慶応の医科に進めと命じた。半次郎には、息子を医者にして、贋医者を三宅島に連れていってしまった汚名を返上したい、という願望があった。しかし、浅沼は頑強に拒絶した。半次郎は同じ三宅島から東京に移り住んでいる知人の家に行ってはそのことを嘆いた。

「医者にしたいんだが、どうもあまり賛成しないようだ。それに学校の前の文房具屋の二階をクラブのようにして友達とよく寝とまりするようだ。家へ帰らぬ時が多い。家にいると朝から晩まで、隅から隅まで新聞だけはよく読む」

浅沼には早稲田に進んで政治家になってみたいという淡い夢のようなものが生じはじめていた。それをいうと半次郎は「政治家というものは財産をすり減らして家をつぶすのがオチだ」と反対した。

浅沼は陸軍士官学校を受けることにした。軍縮の時代で軍人の人気は低かったが、体は丈夫だし、どうせ一度は徴兵で行かなければならないのだから先にやっておこう、というのが陸士を選んだ表向きの理由だった。しかし同時に、もうひとつの理由として、亀裂を決定的なものにすることを回避しようという両者の暗黙のうちの妥協が背後にあったことも確かである。だが浅沼は陸士に合格しなかった。翌年再び陸士を受験、さらにその次の年には海軍兵学校を受験したが、いずれも落とされた。

軍人が駄目で医者がいやなら慶応の理財に行って実業家にでもなれ、と半次郎はいった。しかし、浅沼はこの申し出もはねつけた。浅沼は父と決裂することを覚悟で密《ひそ》かに早稲田の予科に編入学してしまった。それを知った半次郎は激怒し、許そうとしなかった。浅沼は家を飛び出し、自活の道を歩むようになる。

後に、浅沼は「私の青春は反抗だった」と述べることになるが、彼にとっての「反抗」は、まず父親への反抗から始まった。その反抗に、彼が庶子であったことの影を見取ることは不可能ではない。

浅沼が陸士と海兵を落とされつづけた理由を、彼にとっては腹違いの妹になる登志は、戸籍が「庶子」となっていたためではないかと理解していた。とすれば、浅沼がそれを意識しなかったはずはない。事実、早稲田の同窓生である河野一郎に、「陸軍士官学校は合格したようで、家庭まで調査に来たんだが、庶子であるため入れなかったんだ」と語ったこともある。

しかし、彼は庶子であることの暗さを他人に見せようとしなかった。三中時代の友人のひとりが回想するように、他人の眼から見れば「穏健で、平凡で、善良」な若者にすぎなかった。だが、その巨体に似合わぬ繊細すぎるほど繊細な神経は、少年期に母の手を離れまったく新しい環境に投げ込まれることで、ひとり外界と折り合いをつけねばならなかった者だけが持つ独特の内部の闇《やみ》によって、危ういほどに細く研《と》ぎ澄まされたに違いなかった。

2

なぜ社会主義だったのか。浅沼が学生運動から無産運動に突き進み、やがて社会主義の未来を信じる運動家になっていくプロセスは、ほとんどわかっていない。少なくとも、彼の心理的な推移についてはまったくといってよいほど明らかになっていない。もちろん、彼の細やかな神経と心配りの優しさからくる、一種の人道主義は確かにあっただろう。

「世の中を変えたい。幾分でもいい世の中にしたい、自分がどうなるかはしりません、目的はいい世の中にしたいという……」

死の一週間前に、花森安治を相手に学生時代の自分の心境を説明しようとして、浅沼はそう語った。

しかし、この正義感が社会主義へ結びついていくまでには、いくつかの媒介項を必要としたはずである。同じ早稲田の友人として、同じ無産運動の戦友として、また同じ社会党の党員として、ながく浅沼と同じ道を歩んだ三宅正一は、「時流」と「友人」にその媒介項を求める。そして、それは建設者同盟に結集することになる多くの若者に共通のことだった。たとえば、三宅の少年時代の志は「海外雄飛」を果たすことだった。その志がやがて無産者のために闘うという志に変形していったのは、ひとつには「時流」に無関心ではいられなかったからだ。

何よりも衝撃的だったのは、大正六年のロシア革命の成功であった。さらに、第一次世界大戦後の日本資本主義の発展は大量の労働者を創出し、その結果として労働運動を激化させることになった。社会的な混乱は都市部ばかりでなく農村にも広がり、地主と小作人との争いも急増していった。このような激動期に、政治的な関心を持った若者たちが時代の影響を受けないわけがない。ヒューマニズムとソシアリズムとデモクラシーが渾然《こんぜん》一体となって若者たちに浸透していった。

大正七年に東京帝大の学生によって新人会が組織されると、少し遅れて早大に民人同盟が創立された。新人会は「吾徒は世界の文化的大勢たる人類解放の新気運に協調し之《これ》が促進に努む」という綱領を掲げ、さらに「吾徒は現代日本の正当なる改造運動に従う」と宣言した。一方、民人同盟はデモクラシーの普及と徹底のために活動することを目的とし、やはり「新時代の陣頭に立つ」ことをその綱領で約した。

民人同盟には高津正道と和田巌を中心として、佐々木修一郎、渥美鉄三、稲村隆一、三宅正一らが参加した。浅沼もまた、早稲田の予科に入学して半年しかたっていなかったが、創立と同時に加わった。それには雄弁会で知り合うことになった稲村や三宅の影響が大きかった。

浅沼が早稲田に入りたいと思ったのは、曖昧《あいまい》ではあったが政治家にある種の魅力を感じたからである。中学で弁論部に入り演説の上達をはかろうとしたのも、潜在的にはそのような願望があったからだ。しかし、その時の「政治家」のイメージは、無産運動に専心する者としてのそれではなかった。早稲田に入り、ためらうことなく雄弁会に入った時も、その弁舌を無産者のために役立てようとは思ってもいなかった。だが雄弁会は早稲田の中でも最も政治的に尖鋭な学生が集まる場所だった。弁論大会用の単なる「弁論のための弁論」をするためであっても、社会に対する意識は鋭敏にならざるをえなかった。雄弁会は政治的に覚醒した学生たちの一大牙城《がじょう》になりつつあった。彼らの発する熱気に、浅沼もまた巻き込まれていった。

やがて、民人同盟は高津と和田の思想対立によって分裂し、和田はその当時まだ三十代前半の少壮教官だった北沢新次郎を顧問に迎えて、建設者同盟を創立した。

メンバーは稲村、浅沼、三宅をはじめとして、中村高一、田所輝明、平野力三、武内五郎、川俣清音《せいおん》、古田大次郎らが参加した。

建設者同盟は、民人同盟に残った高津らを急進派とすれば、現実派とでもいうべき特性を持っていた。それはマクドナルドやコールを講じた北沢の影響というより、和田の個性によるところが大きい。唯一の綱領は「本同盟は最も合理的な新社会の建設を期す」というものだったが、和田によって方向性を与えられた建設者同盟は、正にそれ以上でも以下でもない運動を展開することになる。

和田は若くして老成し、友人たちが次々と共産党に接近し、過激になるのを横目に見ながら、平然とその社会民主主義的な立場を堅持しつづけた。早くから労働総同盟や日本農民組合など無産運動の現場に接近し、建設者同盟のメンバーに強烈な影響を与えた。和田は夭折《ようせつ》するが、浅沼や三宅らの学生運動家から無産運動家としての第一歩は、まず彼が地ならしした地点に印《しる》されたといえる。

しかし、初期の頃のメンバーに、和田と同じような確固たる思想があったわけではない。

「社会主義なんてものがどんなものか少しもわからず、ただワァーワァーとはねまわっていたようなものだ。三年革命説というのがあって、三年たつと革命が起きて、俺たちの天下になるなんてことを真剣に信じていたような時代だった。あと三年、あと三年といっているうちに半世紀が過ぎてしまった」

　こうした三宅の事情は浅沼においてもさほど変わっていなかった。怜悧《れいり》な頭脳を持ち、文筆の冴《さ》えもあり、やがて麻生久の懐刀のような存在になる田所輝明は、「浅沼は大衆的というより大勢的だ。人が集まっていさえすれば喜んでいる」と愛情と皮肉をこめて批評したことがある。青年期の浅沼の、無意識に人の温もりを求めて行動するという極めて特徴的な性質を、正確に言い当てていた。

　建設者同盟は、やがて池袋の北沢宅の隣に家を借り、そこを合宿所を兼ねた本部とした。北沢の「君たちはてんでんばらばらに生活していては駄目だ。共同生活をして、その考え方をひとつにしなければならない」という忠告に従ったのだ。二つの家を隔てる垣根を取り払い、互いに自由に出入りできるようにした。常時六、七人が寝泊りし、深夜二時近くまで読書会などを続けた。大学の講義は欠席がちだった同盟員も、ここで行なわれるコールやラスキなどの原書による研究会には、熱心に参加した。

　武蔵野の面影を残していたその周辺には、広い空地や田畑がいくらでもあった。空地で新人会の東大生を招いて野球に興じたり、畑からは炊飯用の野菜を無断で持ってきたりしていた。北沢のもとへは畑の主から、再三、抗議が寄せられた。この梁山泊《りょうざんぱく》で、やがて日本の無産運動の闘士となる若者たちは、日夜、酒を呑み、議論し、高唱して飽かなかった。そのすぐ横隣には西条八十《やそ》が住んでいた。美人の訪問者が絶えず、二階の書斎に二人の影が映ると、西条家に向かって放尿し、「歌を忘れたカナリヤは　野球のバットでぶっ殺せ」などと大声で合唱したりした。

建設者同盟の規約には「本同盟本部を東京市外池袋九三〇番地に置き、校内事務所を早稲田大学雄弁会事務所内に置く」という一項があった。同盟員で雄弁会の主流を握ることができたため、校内本部を雄弁会内に置けるようになったのだ。彼らは池袋の本部から校内本部へ行くことが日課となっていた。その道筋にあたる目白に、穴仙人と呼ばれるアナキストが穴を掘って住んでいた。横穴の前には「人生は棺桶《かんおけ》なり」と書いた棺桶が据えられており、そこで無政府主義の立場からするアジテーションを毎日のように行なっていた。建設者同盟のメンバーたちは次第にそこで穴仙人と共に演説をするアナキストたちと親しくなり、相互の交流が始まった。やがて、同盟員の中から古田大次郎のようにアナキズムに傾斜し、刑死する者も出るようになる。

浅沼はさほど目立つ存在ではなかった。味噌汁《みそしる》に入れる実がないので近くの畑まで五、六本の大根を盗みに行きマントに隠して持ってこようとしたが、派出所の前で一本落としたために巡査につかまってしまうなどという間の抜けたことを繰り返していた。彼にとっては、ただ、大勢の中にいることで満足だったのだ。

しかし、浅沼のことをよく知らない者にとっては、建設者同盟にいる彼の姿は場違いなものと映ることがあった。平野学などは「彼の大学時代における所属はむしろ相撲部」と認識していた。確かに、浅沼は建設者同盟のメンバーの中でも異質な存在だった。浅沼は、早稲田に入学した時、雄弁会に入会すると共に、相撲部にも入部した。あるいはボートを漕《こ》ぎ、各科対抗レースに出場しては優勝し、大隈《おおくま》重信に「いい体だなあ」と肩を叩かれ、讃《ほ》められたりした。

これだけなら、大学によくいる運動部系の右派学生と何ら変わるところがない。いや、風体からいっても、右派学生そのものだった。彼は、紺絣《こんがすり》の着物に袴《はかま》をはき、草履《ぞうり》をつっかけ、ノートを懐に無造作に入れ、いわゆる典型的早稲田マンのスタイルで大学に通っていた。やがて、浅沼を学生運動のヒーローにすることになる軍研事件で、学内の右派学生に最もひどいリンチを受けたのが彼だったのは「相撲部に属していながら赤の手先になりやがって」という反感を買ったためである。それは、四十年後に彼の中国での発言をめぐって右翼に狙《ねら》われる状況と、寸分たがわぬ構図を持っていた。

浅沼は建設者同盟の中でリーダーシップを取り率先して動くというタイプの存在ではなかった。しかし決められたことは守り、分担された仕事は律儀に処理した。ポスター貼《は》りなどの人の嫌がる仕事を黙々と引き受けた。新人会に比べる時、建設者同盟が良くも悪くも「行動の人」の集団であることは同盟員みずからが認識していた。「年中ポスター貼りをしている」というぼやきがよく口にされた。しかし、浅沼は誰にも増して骨身を惜しまず愚痴をこぼすということがなかった。仲間の誰彼が「煙草買ってこいよ」といいつけても、「よおし」といって怒るふうもなく気軽に引き受けた。それを見て、むしろ他の仲間が断わればいいのにと憤慨するほどだった。そのうちに、相変わらず目立つ存在ではなかったが、僚友たちの間で一定の位置を占めるようになる。「昼行灯《ひるあんどん》」という軽侮が、「沼さん」という親愛の情に変化していった。

建設者同盟の活動は多岐に及んでいた。週二回の研究会とは別に、東京やその他の地方で講習会や講演会を精力的に開催した。たとえば、大正十年春には、大山郁夫「民衆文化に就《つい》て」、山川均「アナーキズム」、山川菊栄「婦人問題」、佐野学「農村問題」、北沢新次郎「ギルドソシアリズム」といった演目が並ぶ研究会を主催し、五月には、堺利彦、石川三四郎、麻生久などを招いての文化講演会、夏には、長谷川如是閑《にょぜかん》、末弘厳太郎《いずたろう》、平林初之輔らを加えての夏期講習会を行なったりした。さらにその講習会の内容の一部を『社会思潮十講』と題して出版し、一円五十銭で販売するというようなこともした。

だが、建設者同盟の活動はこのような文化と社会主義の啓蒙に限定されるものではなかった。

ロシア革命に端を発し、それへの干渉を意図した寺内正毅《まさたけ》内閣のシベリア出兵は、ニコラエフスクでのパルチザンによる日本人居留民虐殺という悲劇をもたらした。大正九年、この事件に憤激した建設者同盟のメンバーは、九段に殉難記念碑を建立《こんりゅう》するための募金と、シベリア出兵反対、ロシアへの不干渉を訴えるために、大隈重信を会長にした会をでっちあげ、三班に分かれて全国を遊説した。

浅沼は中村高一や田原春次と共に東北を担当した。青森では大相撲の巡業中だった常ノ花や栃木山にチャンコ料理を食べさせてもらうなどして愉《たの》しく過ごしたが、盛岡では危うく袋叩きに会いそうになった。盛岡は、時の総理大臣原敬の出身地であった。郷土の誇りとして原敬が神に近い扱いを受けているのが癇《かん》にさわった三人は、盛岡公会堂で満員の聴衆を前に徹底的な原内閣攻撃を行なった。中村と田原の演説ですでに場内は騒然としかけていたが、最後に浅沼が登壇して野太い声で批判を始めると、ついに聴衆のひとりが場内の電気のスイッチを切り、数十人が「殺してしまえ」と演壇に押し寄せてきた。三人は逆に暗闇に乗じて脱け出すことができたが、演説会はそのまま流れてしまった。後日、東京に帰った三人が大隈のもとへ報告に行くと、盛岡市長から大隈宛に届いた長文の抗議の手紙を見せられた。三人は恐縮したが、大隈は「やったなあ」といい、笑っただけだった。

ロシア革命後のソヴィエト・ロシアは南部の大飢饉《ききん》によって危機的な状況に見舞われた。これに対し、建設者同盟は「露西亜《ロシア》飢饉救済会」を結成し、浅草で沢田正二郎の『国定忠治』の慈善興行を催し、その純益をロシアに送ったりもした。

大正九年十二月、社会主義者ならびに社会主義的団体の結集を目的として、日本社会主義同盟が結成された。荒畑寒村、山川均、堺利彦、大杉栄、麻生久、加藤勘十らの社会主義者、無政府主義者、労働者代表に伍して、建設者同盟からは和田巌が発起人として参画した。

浅沼は友人たちに引っぱられるという形で学生活動家としての道を歩んできたが、雄弁会の幹事に選ばれる大正十年頃から次第に自覚的な活動家に変貌していった。その彼が、無産運動家としての自分を意識的に選択する最大の契機となったのは、大正十二年に起きた軍研事件であった。

この大正十二年は、浅沼個人にとっても、建設者同盟自体にとっても、いくつもの大きな出来事が連続的に生起する重要な年となった。

この年、建設者同盟の中心的存在だった和田が、岡山の農場争議に参加し退去命令を受けて帰京した直後、チフスに感染し急死した。これと前後して建設者同盟は組織変更を余儀なくされた。それは和田の死が直接の原因ではなかった。浅沼、稲村、三宅、中村、平野といった主要メンバーが一挙に卒業することになり、建設者同盟を学生たちによる学内団体にとどめておくか、さらに社会に出た者による社会主義的団体にするか、という岐路に立たされたのだ。彼らは総会を開き、後者の道を選ぶことを決議する。

≪建設者同盟結盟宣言

建設者同盟は、従来、学生の団体として、ブルジョアの大学のうちに、その翼に守られて育った。だが、今ここに解体し、学生団体としては、更《あらた》めて文化同盟と称して生れ、新しき建設者同盟は、全国に於ける志を同じうする士の同盟として生るるに至った。新建設者同盟は無産階級運動に従う者の◯◯《ママ》的結合により、無産階級による政権の獲得、

経済的搾取の廃止、並に無産階級の絶対的解放を実現せんとする戦闘機関にして、兼ねて、思想的教化宣伝の機関である》

雄弁会の幹事でもある浅沼は、卒業を目前にして後継者選びをしなくてはならなかった。その第一の候補とされたのが戸叶《とかの》武だった。

ある日、戸叶は浅沼に神楽坂上のチョコレート・ショップに呼び出される。浅沼はソーダ水を飲みながらいった。

「ぼくたち建設者の一党は間もなく早稲田を卒業し、大挙して社会運動に身を投ずるのだ。そこでぼくたちはぼくたちの後継者として君を雄弁会の幹事に推薦した」

弁論に自信のなかった戸叶が固辞すると、浅沼は熱心に説得した。

「早稲田大学の雄弁会は、大隈の智囊であり、早稲田建学の祖である小野梓《あずさ》東洋先生の遺訓を奉じ、大山郁夫、永井柳太郎、田淵豊吉等の諸先輩が、軍閥官僚と闘いながら民主主義を発展させてきた名誉ある歴史を持っている。いまぼくたちはこの雄弁会を根城として社会主義運動発達のため戦っているのだ。君は大隈党の戸叶薫雄《しげお》代議士の息子ではないか。この大任が果たせないということがあるか。君のテーブル・スピーチを学連の発会式で聞いた。必ずものになるからやってくれ」

ついに戸叶は断わり切れず承諾することになる。雑司ヶ谷墓地で半年あまりも演説の指導を受けた戸叶は、大正十二年のメーデーには浅沼と共に足尾銅山に乗り込むまでになった。早稲田で軍研事件が起きたのは、そのメーデーから十日あまりしかたっていない五月十二日のことである。

事件は単純なものだった。軍縮によって職を失った職業軍人を救済するために、大学に軍事教練を持ち込もうとした軍部と、それに呼応した右派学生が、乗馬団を軍事研究団に改組して、まず早稲田に楔《くさび》を打ちこもうとした。発会式には第一師団長や陸軍次官などの大物が登壇して演説したが、それに反対する学生たちの凄じい野次によって、混乱のまま閉会せざるをえなくなった。学生たちはその二日後、学生大会を開いて軍研反対を決議する。この時、開会の辞を述べたのが戸叶であり、宣言文を読み上げることになったのが授業料の滞納によって卒業が遅れまだ大学に籍のあった浅沼である。

「われらは軍国主義に反対し、早稲田大学を軍閥宣伝の具たらしむことに反対する」

そこへ、浅沼の属する相撲部や柔道部の右派学生たちが殴り込んできた。

彼らは「売国奴を膺懲《ようちょう》し、軍事研究団を応援せんとするものは来《きた》れ」という激しいアジビラをまいていたが、その文面以上に暴力的だった。とりわけ早稲田における硬派を代表した「縦横クラブ」の壮士たちの憤りは激しかった。柔道の近藤勇と恐れられていた結城源心が黒マントをなびかせ、喧嘩名人と呼ばれていた佐々城貢が朴歯《ほおば》の下駄を振り上げ、躍り込んできた。戸叶は額を割られ、浅沼は殴り倒された。それ以外にも多くが負傷させられた。

しかも、浅沼と戸叶はその直後に「縦横クラブ」のメンバーにつかまり、その合宿所に監禁される。戸叶はリンチから免れるが、浅沼は一晩中、絶え間なく殴られ、蹴《け》られつづけた。佐々城らには浅沼の態度が傲岸《ごうがん》に思えたのだ。黙したまま彼らの問いに答えようとしない。ひとりが激昂《げっこう》して鉄棒で殴った。謝罪文を書けば許すといわれたが、浅沼は最後まで承知しなかった。解放された時は、顔がどす黒く膨れ上がり、佐々城ですら人力車で下宿に送り返そうかと思ったほど無残な状態だった。文字通り「半死半生」だった。

この事件は浅沼を学生活動家のヒーローにしたばかりでなく、彼が無産運動家としての道を選ぶ直接の契機となった。

3

早稲田を卒業した建設者同盟のメンバーは、「ヴ・ナロード」を合言葉にそれぞれ地方に散っていった。

建設者同盟の指導的教官だった北沢新次郎は、彼らが卒業するに際して、これから君たちは農村に入って行くがいいといった。東大の新人会は主として労働運動に関わっている。しかし農民運動の分野はこの東日本においては未開拓である。どうせ君たちの学業の成績はあまりよくないことでもあり、刑事がつきまとっては傭《やと》ってくれる会社もないだろうから、農村に入るがいい。入っても狂人扱いされるだけですぐには受け容《い》れられはしないだろうが、十年も死ぬ気で頑張ればやがて農民組合が作れるようになるかもしれない、と。

もとより彼らにも就職しようなどというつもりはなかった。彼らはそれぞれ分担する県を定め、そこを第二の故郷とする覚悟で散っていったのだった。三宅正一と稲村隆一は新潟県、平野力三は山梨県、森崎源吉は岐阜、川俣清音は秋田、中村高一は三多摩に向かい、農民運動の現場に参加していった。浅沼はひとり東京に残った。

浅沼が建設者同盟の僚友たちとわずかながら異なる道を歩んだのは、まず彼が万年筆屋を経営していたことによる。

父親から学資を絶たれていた浅沼は、自活の道を万年筆販売に求めていた。府立三中時代の友人と館沼商会という会社を設立し、真鍮《しんちゅう》に金メッキした合成ペンを組み立て、新製品として馬喰町《ばくろちょう》の問屋に卸していた。一時は浅草の住友銀行を取り引き銀行として盛大に商売をしていた。「一本の万年筆に托して、人生の記憶を辿る、また意義深し」といった宣伝文句を考え出し、店舗も浅草から馬喰町の三階建のビルに移るまでになった。軍研事件でリンチをされてからは、三階にバリケードを作って寝室としていたが、昼間、友人たちが訪れると、大きな机の上にソロバンや帳簿を置き、その前に主人然と坐っていた。友人は金融、浅沼は営業を担当していた。

やがて金繰りの失敗から破産することになるのだが、浅沼はその店を放置して地方の農民運動の専従になることはできなかった。しかも、彼は他のメンバー以上に鉱夫運動と深い関係を保っていた。その応援をするためにも東京に残って遊軍的な立場でいることの方がよかった。

浅沼が鉱夫運動に関わるようになったのは、大正十一年にふと足尾銅山のメーデーに参加して以来のことである。その運動の中で、日本鉱夫組合本部にいた麻生久と巡り合う。それ以降、麻生が死ぬまで、ついに浅沼は彼の圧倒的な影響から抜け出すことができなくなる。

しかし彼が鉱夫運動に身を入れるようになったのは、何よりもまず鉱夫たちの素朴な力強さに惹《ひ》かれたからであった。そこには難しい理屈をひねくり廻す者はおらず、ただ闘う者だけがいた。争議の応援に行けば鉱夫たちから家族ぐるみの親切を受ける。カミさんたちが「この人と寝てあげたいよ」といってからかうような親しい雰囲気すら生まれてくる。鉱夫の中にも優れた人物がいた。とりわけ足尾には石山寅吉というリーダーがいた。新発田《しばた》遊廓の女郎に惚れられ妻としていたが、男振りもよく気風もよかった。書も良くし、絵も巧みで、さらに俳句や「耕さぬ者に収穫許さざる手だてはなきかみずほの国に」などという短歌も作った。

浅沼はこれらの鉱夫たちに深く魅せられた。日本鉱夫組合本部で知り合った加藤勘十に、浅沼はよく「俺たちは埋め草になろうぜ」といった。

彼が初めて官憲に検束されるのも鉱夫組合の争議に加わった際のことである。秋田の阿仁《あに》銅山へ応援に行き、深夜一時頃、鉱夫長屋で作戦を練っていると、突然、会社側に傭われた暴力団が殴り込んできた。ひとまず山に逃げ、ほとぼりが冷めたころ町に下りてくると、「君たちの生命は保障できないから警察に来てくれ」と検束され、そのまま警察署に留置された。ところが、それを知った鉱夫たちが大挙して押しかけ、「警察が守れないなら俺たちが守る」といって浅沼たちを引き出し、ツルハシとカンテラで三日三晩守り通してくれた。

無産運動家たらんと決意した青年時代の浅沼を襲った最大の「試練」は、関東大震災とそれに続く軍部と警察の弾圧であった。

大正十二年九月一日、浅沼は麻生久、松岡駒吉らと共に群馬県大間々町で国際無産青年デーの記念講演をしていた。昼頃、会場が揺れ、聴衆がざわつき、地震らしいとは思ったが、大したことはあるまいと判断した。ところが足尾に寄ると東京が大変なことになっているらしいと告げられ、慌《あわ》てて東京に向かった。川口からは汽車が不通となっており、歩いて東京に入った。馬喰町の店舗は焼けていた。二日ほど建設者同盟本部に身を寄せていたが、軍人による社会主義者弾圧の危険を察知し、農民運動社に移った。しかし、ここも襲われ、拘束されて戸山ヶ原騎兵連隊の営倉から市ヶ谷監獄へとたらい回しにされる。便の始末もできなくなるほどのリンチを受け、浅沼は一カ月後にようやく釈放された。釈放された浅沼を出迎えたのは友人でも家族でもなく早稲田警察の特高だった。そして、田舎に帰っておとなしくすると約束しなければ検束する、と申し渡された。

この頃、浅沼の父半次郎は、再び三宅島に戻り、かつてと似た生活をするようになっていた。年を取り故郷が恋しくなったこともあり、また村人から村長に請われていたこともあって、砂村の牧場を整理し、ひさとの間に生まれた娘登志を連れ、神着で暮していた。

浅沼は三宅島に帰り、半次郎のもとで無為な日々を送ったが、周囲の危険な動物でも眺めるような好奇の視線がわずらわしくてならなかった。半次郎ともほとんど口をきかなかった。

半次郎も息子の行動にまったく理解がなかったわけではない。娘の登志には「御維新の時にもああいう人間はいたのだから……」と呟《つぶや》くようにいっていたこともあった。だが、そうは理解しても、請われるままに就くことになった村長という立場が、「アカ」の息子を許させなかった。

精力を使う方途が見つからない浅沼は、仕方なく普請する家のヨイトマケの綱を引いたりしていたが、ついに耐え切れず、数カ月後に東京へ舞い戻った。そして再び、さらに激しく無産運動にのめり込んでいった。

浅沼の初めての入獄も、やはり鉱夫運動との関わりによってもたらされた。

大正十三年四月、足尾銅山で首切りがあり、その反対闘争を支援して、治安警察法違反と公務執行妨害で検挙され、今度は栃木の女囚監獄の未決へ叩き込まれた。裁判にかけられ懲役五月を喰らう。

もちろん、浅沼が農民運動と無関係だったというわけではない。

大正十一年四月に神戸で日本農民組合が結成され、同年の十月にはその東日本版とでもいうべき日農関東同盟ができていた。浅沼もまた早稲田の僚友と共に関東同盟に参加していた。

足尾銅山の事件で入獄中、浅沼は三宅たちが木崎村で大争議中だという噂《うわさ》を耳にする。刑務所の中で小さな声を出してアジ演説の練習を積み、刑期を終えるとその足で新潟に向かった。三宅の手助けをすべく木崎村に赴くと、すれ違うようにして三宅が監獄に叩き込まれていた、というようなこともあった。

鉱夫運動であれ農民運動であれ、浅沼にとってはこの時期の闘争が最も愉しいものであった。資本家がいて鉱夫がおり、地主がいて小作人がいるだけだった。正義感だけですべてが片付いた。体を張って闘えばそれでよかった。彼に迷いはなかった。

「いざとなったら寝ちまえばいい」

浅沼は事が起きるたびにそういった。彼にとって「寝る」というのは、体を張って闘うということと同じ意味だった。確かに、その時期には、巨体の浅沼が体を張って寝そべれば、四、五人の警察官が検束しようにもビクともしなかった。「寝ちまう」覚悟さえ持っていれば恐いものはなかった。闘いは、単純で、明快だった。

浅沼にとっての最初の困難は、普通選挙法の成立とともにやってきた。

普選は無産運動の質的な変化を促した。組合を作り、争議を指導することが最大の任務だった運動家に新たに無産者のための政党作りという課題が与えられた。

そして、浅沼の属する日農は、日本の労働者、小作人をひとつの政党に糾合しようという、いわゆる単一無産政党の創立を呼びかける。一度は全無産組織が同一のテーブルに着いたのだが、主導権争いから分裂し、右派と左派が下りて、政治的に中間的な色合いを持つ日農しか残らない、という惨澹《さんたん》たる事態になる。しかし、それでも日農を中心に、日本で初めての無産政党である農民労働党は、大正十四年十二月、東京神田のキリスト教青年会館で結党式をあげることになった。

混乱のあおりを喰って、ついに委員長を置くことはできず、書記長には二十七歳の浅沼が就任することになってしまう。それは予定の人事ではなかった。河野密《みつ》がいうように「結成途上のゴタゴタを知るものは、皆しりごみして敢えて責任をとろうというものがいない。そこで、窮余の策として浅沼君に貧乏くじを引かせた」ということだった。

しかし、この農民労働党は、わずか三時間で解党しなくてはならなかった。

臨席の警官の前で「無産階級解放のために闘う」と勇敢に就任演説を行なった浅沼は、結党式を終えて宿舎に引き揚げたとたんに、警視庁から呼び出しを受ける。そして、治安警察法によって結社禁止、解散を申し渡された。理由は「その表面に現われたる綱領、規約その他と、創立の過程に現われたる一部の者の主張行動などを総合すれば、社会の安全と国家全体の幸福と両立しがたきものありと認めざるをえない」というのだった。

責任者として署名を強いられ、仕方なく拇印《ぼいん》を押した時、浅沼の胸の裡《うち》には国家権力の横暴に対する激しい怒りが湧《わ》き起こる。しかし一方で、どこか安堵《あんど》している自分にも気づいていた。行きがかりと責任感から書記長を引き受けたものの、党をどう運営していくか、離散していったグループをどう糾合するか、資金をどう調達するか、彼は不安でたまらなかったのだ。二十七歳の彼にはまだ荷がかちすぎた。

農民労働党の解党後も単一無産政党実現への努力は続けられた。そして大正十五年三月、労働農民党が結成される。この労農党もまた数次の核分裂により、「単一」の旗印を失うことになる。

西尾末広などの右派は安部磯雄を党首に社会民衆党を作った。また、中間派は麻生久を中心に日本労農党を作った。残留した左派は大山郁夫を上に頂き労働農民党を死守しようとした。

これら、右の社民、中間の日労、左の労農の三派が、その後の無産運動の源流となっていく。戦後、社会党に結集した無産運動出身の党員たちには「戸籍」があるとよくいわれた。彼らは戦後になっても三派のいずれの出身かによって互いを識別しつづけたのだ。

三派は合同、分裂の離合集散を重ねるが、浅沼の籍は、大正十五年十二月の日本労農党結成以来、一貫して日労系にあった。

《私は労働農民党解体後日本労農党に参加し、以来日労系主流のおもむくところに従い、

日本大衆党、全国労農大衆党、社会大衆党と、戦争中政党解消がなされるまで数々の政党を巡礼した》

と、浅沼は後に述懐するが、その「巡礼」の先達《せんだつ》は麻生だった。「日労系主流のおもむくところに従い」とは、麻生に従いということと同義であった。麻生を先達としての無産政党「巡礼」は、浅沼をしてついには代議士にまで登りつめさせることになる。

浅沼は昭和八年に東京市議に当選、十一年衆議院議員選挙に当選する。その頃は、国会と地方議会の議員を兼ねることが許されていたから、昭和十六年まで東京市議選と衆院選に出馬しつづけて当選し、その二つを兼職した。

だが、彼の代議士になってからの日々は、かつての行動の明快さを失った曲折の多いものとならざるをえなかった。

浅沼は、学生時代のある時期、共産党に入党していたことがある。稲村隆一らに誘われたからという程度のものだったが、山川均の家で行なわれた第一次共産党の細胞会議に出席するくらいの関わり方はしていた。そこに現われ、四角な頰《ほお》を紅潮させて、ほとんど口をきくこともなく坐っていた浅沼を、青野季吉《すえきち》はよく記憶している。

また、震災があった年の冬、三宅島から出てきた浅沼が、和服を着て、青野季吉の家で行なわれていた会合に出席し、大きな体を柱にもたせかけ、ただ黙って志賀義雄らの話に耳を傾けていたこともあった。

しかし、浅沼には、こういった理論の高度なアクロバットを愉しむような場は、どうしても馴染《なじ》みにくいものだった。浅沼は、建設者同盟の仲間である田中肇に「翻訳社会主義では労働者は動かないよ」と嘆息したことがある。

建設者同盟の多くのメンバーには、北沢新次郎ゆずりの英国風社会主義があったとはいえ、当時の社会主義理解の水準から見れば、決して高度な方ではなかった。理論よりまず実践であり、それが彼らの特質だった。その特質は時によって美点とも欠点ともなったが、それを最も多く持っているのが浅沼だった。

大正十二年、それは軍研事件、関東大震災、早稲田卒業と、浅沼にとっては最も大きな出来事が起きた年であるが、その年の四月、彼は建設者同盟の機関誌「建設者」に、原稿用紙にして二枚ほどの短文を寄せている。「行動の青年」と題されたその文章は、青年時代の彼の、ひとつのマニフェストとみなすことができる。

《吾等は頭の青年であると共に行動の青年でなければならぬ。（削除）其《その》感激と情熱が理屈に生まれると思うか、否、行動だ、訓練だ。訓練に議論はいらぬ、行動に理屈はいらぬ。

ツルゲネーフの小説の中に革命前のロシヤの青年が夜おそく迄議論し、其翌日は朝寝して前の晩のことはすっかり忘れてしまった様な顔付で夜になると亦《また》おそく迄議論を続けることが書いてある。が現在日本の青年は丁度ロシヤの青年と同じことをやってはいないか。彼等は議論したり理屈をこねて自分で存在を認めて貰うことを唯一の仕事としてはいないか。彼等は民衆の中へと云うことをよく言う。だが実際に「民衆の中へ」を実行しているものが幾人いるか。諸君は各々、反省してみるがいい。集会へ出てドエライことを喋ったことはないか。友人と同志の者についてヨケイな心配をして自分が女々しい精神的手淫を平気な顔をしてやったことはないか。又其為周囲の団体を攪乱《かくらん》したことはないか。ヨケイな議論理屈をこねる者は革命を毒する者だと知れ。モウ議論や理論は必要ではない。この後理屈をこねる者は敵と見做《みな》すぞ。何よりも実行が大切だ。先ず行動しろ。我等は村から村へ、町から町へ行動する青年の出現するのを待っている。官制の青年団をたたき壊す事業があるじゃあないか。全国に群る行動の青年を糾合せねばならない、これが旧勢力に対抗する唯一の道だ。（削除）

新勢力が一歩々々開進する時、旧勢力は一歩々々退却する。新生面を開くため先ず旧勢力を打破せよ、先ず動け。

全国の無産青年団結せよ》

過激なためであろうか、「岳城」というペンネームのこの文章には、数カ所の長い削除がある。しかし、「行動」というものがほとんど、信仰にまでなっているかのような、浅沼の愚直な思い込みだけは読む者に明確に伝わる。

行動がすべてに勝るという信仰は、大学を卒業しても、無産運動から無産政党に関わるようになっても変わることはなかった。

だからといって理論家を軽蔑《けいべつ》するということはなかった。田所輝明と論争しては言い負かされ、そのたびに浅沼は涙を流して黙り込まされたが、若くして死ぬことになる田所の遺族を自分のアパートの近くに住まわせ、面倒を見つづけたのも彼だった。自分の持っていないものを持っている人としての理論家に、それ相応の尊敬の念を抱くほどには、彼は充分に聡明だった。

彼は争議の渦中に入り込み、演説し、検束されることを、ある意味で愉しんでさえいた。

《この戦前無産政党時代、私はずっと組織部長をやったが、これが政党人としての私の成長に非常なプラスになった。実際活動としては演説百姓の異名で全国をぶち歩き、またデモとなれば先頭に飛び出したので〝デモの沼さん〟ともいわれた。昭和五年のころと思うが、メーデーがあり、私は関東木材労働組合の一員として芝浦から上野までデモったことがある。そのときジグザグ行進で熱をあげたため検束された。当時の私は二十四貫ぐらいで非常に元気であった。私は無抵抗ではあるが、倒れるクセがあるので、検束するのに警官五、六人がかからねば始末におえない。このとき、暴れたあげく、荷物のように警察のトラックにほうりこまれた》

やがて、浅沼は議会に立候補するようになる。はじめの頃は落選ばかりしているが、しかし新聞や雑誌などで伝えられる選挙風景には、まだどこか牧歌的な底抜けの陽気さが感じられる。たとえば、東京日日新聞が伝える、昭和五年の市議選などは、当人たちがどれほど必死であっても、傍《はた》から見ればやはりのどかなものに見えていたということを証《しょう》するかのようだ。

そのタイトルも「浅沼候補を助ける『?』の女・女難よけの防戦も空《むな》しく」というのである。内容は、前回の選挙における「女難」の失敗にこりて、三宅島から「女難」よけの牛を連れてきて、この牛売りますの札を立て、父と共に牛の背に乗って歩くことにしている浅沼が、それでもやはり女につきまとわれている。この女性とはどうやら本物の仲らしいが、浅沼は黙して語らない。そこで選挙事務所では、彼女を「?のべっぴん」と呼ぶことにした、という他愛のない記事である。

その「?のべっぴん」がやがて妻となる享子である。享子は九州の日田に生まれ、十七歳で結婚したが婚家の人たちの封建的な気風に馴染めず離婚、自由を求めて大正末年に東京へ出てきた。新橋の料理屋の下働きとなって自活の道を歩みはじめたが、隠れて「解放」を読んだりすることから生意気と見なされ、また享子も好きな本の読める自由を欲して喫茶店に勤めを変えた。そこが田村町にある日労党の本部の近くであったところから、浅沼や田所をはじめとする日労党のメンバーと親しいつきあいをするようになった。それは、自分の食べることや身の回りをかまうことより、まず他人のために少しでもよい社会を作ろうと懸命に努力している若者たちに、享子が強く惹かれたからであった。「石鹼《せっけん》を貸してあげるからお風呂に行ってらっしゃい」と冗談をいうような仲から、やがて労働争議で追われている人を借間にかくまうという同志的な結合を持つに至る。

誰も彼も薄汚れた格好をしていた。なかでも浅沼の様子が最もひどく、洋服はほころび、髪はざんばら、靴は草鞋《わらじ》よりひどいものをはいていた。やがて享子はその浅沼と共に暮そうと思うようになる。その理由を訊《き》かれるたびに、享子は照れながら「同情結婚よ」と答えるのが常だった。

東京日日新聞の記事の中で、この「?のべっぴん」の存在は事実だったが、それ以外のことはすべて出鱈目《でたらめ》であった。宣伝上手の田所が浅沼を売り出すために創作した「オハナシ」を、記者に吹き込み書かせたものにすぎなかった。これが後に選挙のために父親が三宅島から牛を持ってきたという伝説となった。もっとも、父親が牛ではなく豚を持ってきたことは確かである。落選したあとで島に帰ってきた父親の半次郎が、稲次郎の従弟の井口知一にがっかりしながら呟いている。

「ブタを持っていったら、ほんとにブタになっちまった」

この頃、ようやく浅沼と半次郎は和解するようになっていた。

だが、この頃の浅沼が父親に対して寛容になっていたとすれば、彼にとって父親が反抗の相手ですらなくなっていたからかもしれない。浅沼は「父」にかわる圧倒的な存在をすでに、身近に持っていた……。

浅沼にとって麻生久とは、おそらくそれほどの意味を持つ人物だった。

麻生久は東大新人会の出身であり、東京日日新聞の記者となったが、やがて友愛会に入って無産運動に身を挺するようになった。友愛会が労働総同盟となり、その中心人物のひとりとして、主に鉱山の争議を指導した。二十代にすでに一派をなすほどの力を持っていた。当時、東京帝大出身の法学士は無試験で弁護士になることができた。足尾争議で逮捕された浅沼の弁護士をつとめたのも、東京帝大法学部出身の麻生だった。麻生には、文学青年の持つ独特のロマンティシズムがあった。彼が三十二歳の時に書いた自伝的長篇小説『濁流に泳ぐ』の冒頭部分などは、ニヒリズムとそれにもかかわらぬ大地への愛、あるいは人間への執着を謳《うた》い上げ、感動的ですらある。

《今の世の中では生まれぬことが一番の幸福だ。

私は堪らなくなる。私は草原にひれ伏して慟哭《どうこく》する。人間に対する無限の悲哀が寂寞《せきばく》が、野の極はみから遠い空の彼方からせまつて来て私を打ちくだく。私の心は重い鉛の如き憂愁に閉ざされる。

私は毫《ごう》も人間をほこらうとは思はない。人間を尊敬する気は毛頭ない。だが私は人間を熱愛し執着せずにはゐられない。人間は醜くて全くのところさびしくて堪らないぢやないか》

若者たちは、ひとたび麻生と親しく接すると、その魅力にがんじがらめになってしまった。彼らは理屈ではなく麻生の心情に感応したのだ。

日労系グループの理論的な闘争を一手に引き受けることになる田所輝明は、かつて建設者同盟の梁山泊に妹などを引き取って暮していたほどの苦学生だったが、その彼が「デリケートな人性の機微にも敏感である」と賛嘆するほど、麻生は誰にも細やかな気の配り方をした。遊説先の党員の家に、なけなしの金をはたいて、そっと金を置いてくるなどということも、一再ではなかった。田所はその著『無産党十字街』で、「彼は単純で卒直で、共に火のように怒り、共に無茶をやり、共に泣く」と書き、さらに社民、労農の党首である安部磯雄、大山郁夫と麻生を比較して、次のように述べた。安部は牧師、大山は教師、麻生は親分。安部に敬服し、大山に感激し、麻生に惚れる。安部は信者と語り、大山はファンと躍り、麻生は子分と泣く、と。

麻生の党大会における演説などは、まさに「親分」の「子分」たちに対する檄のようなものであった。

《同志諸君！　私は一言諸君に告げる。私は今やこの重大なる党の委員長に再選された。選任された以上は私は断固として戦ってゆく（拍手）。しかし諸君、私には資力がない。麻生久にあるものはこの肉体のみである。私は一個の爆裂弾として諸君の指示する方向にとぶであろう（暴風の如き拍手）》

矢次一夫は、かつて、麻生を取り巻く幹部たちについて、麻生を一家の主とすれば、河上丈太郎が正妻、三輪寿壮が妾《めかけ》、浅沼稲次郎が番頭である、と評したことがある。浅沼は、確かに番頭と呼ばれるにふさわしい律儀さと几帳面《きちようめん》さを持っていた。だが、浅沼の麻生に対しての忠実さは、番頭の主人に対するそれとはどこか異なるものがあった。

三宅正一によれば、彼ら建設者同盟出身の若者たちにとって、麻生とは「父に近い存在」であった。そして、その思いは浅沼において強烈だった。浅沼は麻生のすべてを模倣した。麻生は髪をオール・バックにし、口髭《くちひげ》をはやしていた。浅沼もオール・バックにし、同じような髭をはやした。麻生とまったく同じ眼鏡をかけた。ネクタイの結び方も真似《まね》た。同じような体格の二人が並ぶと、双生児のようですらあった。口さがない友人たちは、女房の貰《もら》い方まで真似やがった、とからかった。麻生が東大の前でおでん屋をしていた娘と一緒になったように、浅沼も党の近くの喫茶店で働いていた女性と暮すようになったからである。

後に浅沼は「マアマア居士」と、その折衷主義を批判されることになるが、「マアマア主義」は必ずしも浅沼の専売ではなかった。それより前、田所は麻生のひとつの特性を「そのマアマア主義」に求めたことがあった。そうした政治的な技術の細部に至るまで、浅沼は麻生を模倣しようとしたのだ。

戦後、麻生久の息子である良方が、社会党公認として参院選東京地方区で立候補したことがある。浅沼はこの良方に金銭のルート開拓を含む援助の手を差し伸べた。単にそれは党の幹部だからという以上の親身なものだった。ある日、早朝の品川駅頭で、麻生良方は浅沼の応援を受けることになる。朝起きると雨が降っている。来てくれるだろうかと思いながら品川に行くと、浅沼はすでに到着していた。傘をさし、雨に濡《ぬ》れながら、駅に向かう勤め人の流れに身を置き、ハンド・マイクで「麻生良方君をよろしく」と訴えていた。そして、遅れて来た麻生を見ると、ただひとこと、「おめえ、これは闘いなんだぞ」と低くいった。この言葉には、麻生久の遺児への、複雑な、しかし熱い思いのようなものがこめられている。

浅沼は麻生久にその人生を委《ゆだ》ねるほど心酔した。それは政治的な領域だけにとどまらぬ全人的な尊崇であった。

もしかしたら、それは、幼い頃に九州の田舎から養子にやられ、東京に貰われていった少年期の麻生久と、よく似た過去を持つ自分とを重ね合わせ、彼に同一化することで、今まで満たされなかった何かを補おうとしたのかもしれない。

だが、これほどの意味を持った人物を、浅沼がその「履歴書」でまったく触れなかったのはなぜだったのか。それはおそらく、麻生を先達として「巡礼」したあげく、到達したのが思いもよらぬほど絶望的な地点であったためである。

4

麻生を中心とする日労系グループは、中国大陸での戦火が広がり、国民の戦勝ムードが昂《たか》まるにつれて、その反戦主義を捨て去っていった。

昭和六年の満州事変に際しては、「隣邦中国に対する政府並びに軍部のとりつつある帝国主義政策は、世界戦争を誘発すべき危険をはらむものとして我等は断固反対する」と勇敢に宣していた彼らが、昭和十二年の支那事変になると、それを読んだだけではどこの右翼団体のアジテーションかと見紛《みまが》うばかりの声明を発するようになる。

「我党は今次の支那事変に際し、政府の提唱する挙国一致に欣然《きんぜん》参加し、日本民族の歴史的使命達成の聖戦を積極的に支持する」

その二つの時代を画するものは、昭和七年の全国労農大衆党から社会大衆党への大同団結という事件である。しかし、彼らの、全国労農大衆党から社会大衆党へ至る軌跡は、露骨な右旋回のそれであった。

昭和九年、陸軍省新聞班が発行した『国防の本義と其強化の提唱』という、いわゆる「陸軍パンフレット」に、麻生は正面から賛意を表する。やがて昭和十三年、社大党内の日労系グループは中野正剛の率いる東方会との合同を策するようにまでなった。これは失敗に終るが、このことによって、日労系グループと社民系グループの間に亀裂が走る。その亀裂は斎藤隆夫の反軍演説によって決定的なものになった。

斎藤は民政党の代議士であったが、中国とのこの宣戦布告なき戦争は果たして聖戦なのであろうか、と議会における質問演説の姿を借りて批判した。この演説をめぐり、陸軍の不満を先取りした議員が除名を叫び、議会は除名の当否をめぐって二派に割れて混乱した。結局「斎藤演説は聖戦を冒瀆《ぼうとく》するもの」という圧倒的な意見に押し切られ、斎藤は議員を除名される。そして、除名に反対した少数派も、それぞれの党派から除名されることになる。

麻生、浅沼ら日労系グループはその多数派として斎藤の除名に賛成し、それに反対した社民系グループ十名を、社大党から除名してしまった。日労よりはるかに右であるはずの社民が、逆に議会主義の最後の一線を守ることになる。今や、日労系に属するかつての無産運動の闘士たちが雪崩《なだれ》をうって「転向」を始めたことは、誰の眼にも明らかだった。

社会大衆党から離脱し日本無産党を作る以前に、労農系の鈴木茂三郎は戦争とファシズムについて麻生と長く激しい議論を続けていた。ある時、麻生は眼に薄く涙をためていった。

「戦争反対をこのまま進めればわれわれは殺されるだろう。殺されることはすでに覚悟しておるところだが、ただ下手な戦術をとって無為に殺されるのではなく、納得のいくやり方でやれるだけのことをやって死にたい」

それに対し、鈴木はこう応酬した。

「戦争とファッショ反対という基本が、ぐらついておったのではどうにもならない。問題点はやり方でなく、やり方の基本となる考え方であってやり方はそれからだ」

鈴木のこの反論は、麻生の無思想性を鋭く衝《つ》くものだった。

しかし、この時、麻生はただ時流に身を任せていただけではなかった。少なくとも、主観的には、世を覆う愛国的風潮を逆手にとって、彼なりの革命を夢見ていたのである。たとえば、彼が「陸軍パンフレット」を承認したのも、そこに資本主義否定の精神を見出すことができたからである。「率直に資本主義的機構を変革して社会国家的ならしむることを主張している」と思えたからである。日本の国情では、資本主義を打倒する社会変革の担い手は、軍隊と無産階級の合体したものでしかありえない、と彼は考えた。麻生は社大党の機関紙社会大衆新聞に次のように書いた。
《日本の国情においては、資本主義打倒の社会改革において、軍隊と無産階級の合理的結合を必然ならしめている。目的を達するには、この必然を激成していく以外に道はない。今回のパンフレットは公然としてその道を開いた。単に軍服を着《ちゃく》せるが故にこれを恐るるは自由主義時代の虚妄である》
それは麻生の「革新」的青年将校に対する独特の共感によって方向づけられたといえる。すでに、満州事変当時、麻生の理論的代弁者である田所輝明は、鈴木茂三郎との論争の中で、青年将校の運動をファッショとみなす鈴木に対し、「革新的な社会主義者は今日の三宅坂の参謀本部にいる、帝国ホテルのロビーにいるいわゆる青年将校である。軍人でなくとも官僚のなかにも、農村の部落にもこうした同じような革新勢力がいる」と反論していた。それは麻生の基本的な考え方でもあった。麻生はこのような「革新」勢力と結びつつ、「現状維持」をはかろうという旧勢力を撃破し、無産者の政権を樹立しようとした。東方会との合同問題も、緊迫する政治状況の主導権を握るための主体を、社大党、東方会、国民同盟といった既成のブルジョア政党と鋭く対立している政治勢力の大同団結による新党に求める、という戦略から出てきていた。理論を持たないといわれた麻生にも、革命に関する唯一の、だからこそ絶対のテーゼがあった。
「日本の革新は、明治維新の革新でもそうだが、下からだけではできない。上からの天皇勢力と下からの無産階級勢力とが結びつかなければできない」

麻生にとって革新とは革命と同義のものだった。彼のこの発想は、上からの天皇勢力の代表者として、近衛文麿《このえふみまろ》に接近させることになった。近衛を中心とした新体制運動を徹底的に利用することで、革命の展望が開けると夢想したのだ。

しかし、麻生のその壮大な戦略の見取図が、彼のグループに属するすべてのメンバーに理解されていたかどうかは確かではなかった。彼は死の床についても、なお「革命ということがわかっている人はいない。革命の前夜になっていても、矢張り小出しの事ばかり考えている」と嘆かなければならなかった。だが、あるいは麻生にも見取図などなかったのかもしれない。あったのは乾坤一擲《けんこんいってき》の大勝負をかけるのだというヒロイックな気分だけだったかもしれないのだ。

かりにその見取図があったとしても、少なくとも浅沼には理解できていなかった。「陸軍パンフレット」の支持に関し、麻生は内心深く期するところがあった。だが、河上丈太郎、三輪寿壮といった日労系の幹部たちにも、表明する直前までそれを明らかにしていなかった。最後の段階になって初めて、麻生は彼らの了解を取りつけるために浅沼を走らせた。しかし、麻生を信頼し尊崇している浅沼にも、「陸軍パンフレット」に賛成するその真意がはかりかねていた。困惑し、苦悩した。矢次一夫に「どうしたことだろう」と嘆いた。矢次が「麻生は革命家であって理論家ではないんだよ」というと、「そういうことか……」と曖昧に呟いた。そして、麻生にいわれたように党幹部の了解を取るために黙々と駆け廻った。浅沼は、麻生の指示するがままに現実政治の曠野《こうや》を歩いていくが、その軌跡だけを辿れば、戦争協力者、時局便乗主義者のそれと少しも変わらないものになってしまうということに気がついていなかった。

昭和十三年、陸軍大臣杉山元《はじめ》が国家総動員法案を議会に提出すると、社会大衆党はこれに賛成し、浅沼を総動員審議会委員に任命した。

この法案が本会議にかけられるや、浅沼は賛成演説をぶち、このような重大法案を審議しているのに欠席するとは何ごとか、前線の将兵のことを思ってみよ、と首相近衛文麿をなじった。

事実、浅沼は昭和十三年四月号の「文藝春秋」誌上で、「(国家)総動員法と国民生活」という座談会に出席し、発言している。

「まあ議会の内部において僕等の所属している党は国家の統制が強化して行くのは必然だということ、並《ならび》に近代戦の形態が昔の戦争といろいろ趣を異にして、国力と国力、生産力の戦いである。そういうような場合に於ては、本法の如く物的人的にあらゆるものを国家が最も有効的に統制強化して行くのは当然だという、こういう建前を取っている。今日本の民族は一大飛躍を試みる時機に際会していると思う。丁度支那事変は飛躍する日本民族が一つの仕事……一つの試錬の台に立っていると思うのである。こうした時期に国家の統制が強化して行くのは必要なんだ」

昭和十五年には、斎藤問題を契機に生まれた聖戦貫徹議員連盟の常任幹事となった。聖貫連はその総会で、聖戦を貫徹するためには「一大強力新党」が必要であり、その新党は自由主義的政党や階級主義的政党であってはならず、「大政翼賛」の国民意思を統合するためにも現存の各政党は旧態を解消し「強力政党」を新たにして結成しなくてはならない、という「政治体制の整備に関する方策」を発表した。麻生の意を受けた浅沼は、その聖貫連でいわゆる「新政治体制」を創出するため必死に働いた。

さらにその頃、浅沼は、「中央公論」のアンケートに答えて、新体制に対する、次のような意見を述べるようにさえなる。

《現存せる政党政派の離合集散であっては何等の意義がないと思います。之等《これら》既成政党の解消が前提である。国家組織の再編成を行い之を通じて国民指導の任に当り、職分奉公の精神に基く大政翼賛の政治を顕現するため、真に挙国的にして革新的なる政党たらねばならぬ。

内外の事局は新たなる政治の結成――新政治体制の確立を要求して居ります。之なくしては全国力を統合的に発揮する国防国家建設は困難である》

ここにはかつての社会主義者の姿はない。庶民的な政治家、すら存在しない。見えてくるのは庶民そのもの、大衆そのものとして事変に身を処している、ひとりの気弱な男の貌《かお》だけである。

麻生の「上からの革命」論は、近衛を「シャッポ」にいただいた新党に合流すべく、社大党をして他の政党に先がけて解党させることになる。

昭和十五年七月、社大党は東京芝協調会館に全国から同志を集め解党大会を開き、解党宣言を発表した。

「我等が、日本の革新を志してより三十年、血盟の同志前にたおれ、受難の友人、うしろにきずつき、つぶさに霞餐露宿《かさんろしゅく》の苦をなめたり。今にして既往をかえりみれば、茫として、まさに夢のごとし。然《しか》れども、いまや、わが国民組織は、国家の声となり、わが職分奉公の主張は、民族の主張となれり。……三十年の苦節は徒爾《とじ》ならざりしなり。ここに、全国百万の同志を代表し、厳粛に解党を宣言す。今日をもって、社会大衆党は、とかれたり。同志、ふたたび社会大衆党をいうなかれ」

浅沼は、今まで自分を支えていたひとつのものが喪《うしな》われるのを、ある不安を持って見守ったはずだ。しかし、まだ彼には道案内としての麻生がいた。社大党の解党は、新党への期待を伴って、さほど深刻な恐慌をもたらさなかった。

第二次近衛内閣が成立し、近衛は新政治体制としての大政翼賛会構想を発表するが、それは麻生が望んだものとは別のものだった。麻生は準備委員に選ばれ、病床にあったにもかかわらずその第一回の会合に出かけて行くが、帰ってきた彼は妻に語りかける。

「近衛に絶縁状をつきつけてきたよ。これでさっぱりした」

しかし、この時、永く抱きつづけていた近衛への幻想が完璧《かんぺき》に崩れ去っていたのかどうか、誰にも確かめることもできないまま、この日から十日後に、麻生久はあっけなく四十九歳の生涯を閉じてしまう。

麻生の、この突然の死に、日労系グループの幹部は強い衝撃を受けた。近衛新党というバスに乗るために、党はいちはやく解党している。だがバスは走り出さない。いや、バスは本当にあるのかどうかさえわからない。そこに、旗を持ってバスに乗り込ませてくれるはずの案内人が急死してしまったのだ。しかし、やがて彼らは気を取り直し、それぞれの道を進んでいく。

だが、彼らの中で最も深刻な衝撃を受け、永く立ち直れなかったのは浅沼である。麻生というともづなを放たれ、不意に精神的な自由の海に放たれた浅沼は、その不安に激しく混乱してしまう。今度はあらゆるものの責任をひとりで取りながら、戦時という異常な時代に身を処していかなければならなかったからだ。と同時に、今まで麻生が引き受けてくれていた、さまざまな行動の責任が、一挙に彼自身の肩にかかってきた。浅沼の精神的な混乱は深まった。

しかし、浅沼には、もはや麻生の敷いたレールの上を走るより他に方法はなかった。翼賛議員同盟理事になり、大政翼賛会の選挙制度調査部副部長、東京支部常務委員などの役職についていく。日比谷公園で排英市民大会を主催し、首相官邸に押しかけていったともいわれる。

このような「愛国」的行動を続けているうちに、彼の精神が音を立ててきしみはじめる。

庶民そのものとして、時流に身を委ねているうちに、現実は彼の理解の範囲を超えて凄じいスピードで進んでしまった。だが、それにしても、このような社会を招来するために、自分たちは青年時代から苦労して無産運動をやってきたのだろうか。麻生の呪縛《じゅばく》から解き放たれ、我にかえった時、このような疑問が芽生えたとしても不思議ではない。もし、そうだとしたら、自分たちは何のために軍閥と闘い、リンチに耐え、検束をはねのけてやってきたのだろう……。

建設者同盟の時代、獄中にあって浅沼は次のような内容の手紙を同盟の仲間に出したことがあった。

《◇ツンツルテンのヘソの出る赤衣で毎日獄窓に吠えている。
◇何がコムニストだ。本屋の腹と自分の腹しか肥やさないような、そしてブルジョアの書斎の飾りのような翻訳をやって何がコムニストだ。『マルクスの本のような人間』と『マルクス』は違うのに、まして『マルクスの本の誤解と抄訳と省略のような人間』や『横になっているマルクスの本を縦にする人間』が何が恐しいのだ。『マルクス』と『レーニン』は無名大衆から出るのだよ。
◇何が現実主義だ。反動と調子を合わせたり、政府と通じたり、ストライキを売ったり……この『カタリ奴』。
◇出獄の日にはウイスキーと例のカカトを頼む》

今や、反動と調子を合わせ、政府と通じているにすぎない彼は、正しく「カタリ」であった。かつて抱いていた純粋な社会主義者としての魂が、現実を是認し追随しているだけの彼を撃った。やがて、その矛盾を、浅沼はひとりで支え切れなくなる。彼の内部の精神のきしみは、次第に他者の眼にも明らかになってくる。

この頃、浅沼は、大日本農民組合を解散するにあたって、野溝勝や須永好に、こういっている。

「我慢して時の来るのを待ってくれないか」

二人がそのような考え方を批判すると、

「この先いったいどうしてよいかわからなくなった」

と呟き、浅沼は途方にくれたような表情を浮かべ、やがて泣き出してしまった。

浅沼の『私の履歴書』には、麻生の死から終戦に至るまでの記載がほとんどない。それは語る価値がないからではなく、語るにはあまりにも生々しすぎたからだ。それは、十年以上も前のことであっても、触れれば再び血が流れるほどのものだった。

戦後一度だけ、浅沼はこの時代に自分がどれほど苦しんだか、わずかだが洩《も》らしたことがある。

それは近藤日出造との座談の折だった。

「恋愛結婚だというのは、ほんとうですか」

近藤日出造が訊ねると、浅沼は照れながら答えた。

「……恋愛っていうのか、まあ自然の成り行きってことでしょうね」

「恋愛中どんなことをささやきました」

近藤が追いうちをかけた。

「どうも、ひでえことになったな。われわれにはそのォ、ささやくというようなことはですね。適さんですよ。大体ですね。この身体ではどうも」

浅沼はそういって声をあげて笑った。少し調子に乗って、近藤は軽い冗談を口にした。

「案外、身体に似合わないロマンチックな言辞を弄《ろう》するんじゃないかな」

すると、それが、どういうわけか見事な誘い水となって、浅沼の心の奥に潜んでいる昏い情念のようなものをわずかながら引き出すことになったのだ。

「そのォ、恋愛はともかくとしてですね、私にはそのォ、ロマンチックというか感傷というか、ちょっとそのォ、人一倍悩むようなところがあるんですね」

浅沼は真顔になり、そして、さらにこう付け加えた。

「私が一番悩んだのは、戦争中は戦争に反対であったが、いやおうなしに、戦争の中に引き込まれた、その矛盾に非常に悩みました。それから戦争が済んでですね、何といっても軍国的な生活を送ってきた者が、全然新しい社会に立つんですから、この煩悶《はんもん》がまた、人間的にずいぶんありましたね。しかし、人間としてですね、悩みを持ちつつ生きるということは尊いものだと私は思っています。悩みがない人間というのは、ウソなんじゃないでしょうか。生き方にウソがあるんじゃないでしょうか」

悩みのない人間というのはウソなのではないか、生き方にウソがあるのではないか、と畳みかける調子には、単なる一般論を述べているのとは異なる、もっと切迫した息遣いがこもっている。

それが、戦前から戦後へかけての二度の「発狂」という地獄をくぐり抜けたあとに辛うじて獲得した、自己認識の方途だったのかもしれない。


昭和十七年、浅沼は突然、精神に異常をきたす。

むっつりと黙り込み、何も喋《しゃべ》らないかと思うと、理由もなく急に怒り出し、罵倒《ばとう》したりした。幻覚と幻聴にも悩まされるようになる。

「つかまえにくる、つかまえにくる！」

と恐怖を顔中に現わして叫んだかと思うと、一転して赤ん坊のように弛緩《しかん》した表情になった。

妻と少数の同志の手によって浅沼は入院させられる。それを見舞った友人たちは、巨大な幼児と化した浅沼の姿を見て、再起は不能だろうと思わざるをえなくなる。

浅沼の精神の異常に輪をかけたのは、弾圧への恐怖だった。労農派などへの苛烈《かれつ》な弾圧は、やがて彼らにも襲ってくる運命のように予感された。それは、ある意味で、被害妄想に違いなかったが、過敏になっている彼には間近に迫る現実感のある恐怖だった。

かつて、彼を強固な無産運動家に仕立てることになったリンチや検束や入獄の体験が、彼の精神の異常をさらに激しいものにすることになった。

たとえば、その二十年前、関東大震災の時のことだ。

大杉栄が虐殺された直後、近衛四連隊に入隊中だった建設者同盟員の田原春次は、士官たちの囁《ささや》きを耳にする。

「次は麻生久と加藤勘十をやる。わが四連隊が受けもちだ。三連隊は池袋の建設者同盟の浅沼などをやる事になっている」

驚いた田原は密かに脱走し、建設者同盟に急行し、そこから逃げるように勧める。浅沼は戸塚の農民運動社に身を置くが、近衛騎兵連隊に押し入られ、平野学らと共に夜着のまま戸山ヶ原の騎兵連隊本部に引き立てられた。重営倉の梁《はり》に吊《つ》り下げられ、彼らは一度は銃殺を覚悟しなくてはならなかったが、大杉虐殺に対する世論の批判の昂まりによって、辛うじて死を免れる。

身柄は戸塚署に委ねられることになるが、東京の治安は回復しておらず身に危険があるという名目で、今度は市ヶ谷監獄に叩《たた》き込まれた。

ある朝、起きてみると、廊下の鉄の梁から二人の子供が後手にしばられて吊り下げられている姿を見る。窃盗容疑で入れられ房内の作業をさせられていたが、その作業のミスが見つかって折檻《せっかん》されているのだという。房内のみなが哀れがったがどうしようもない。

ところが、朝食を配りに看守がくると、浅沼が子供たちを指さしていった。

「あれはなんだ、ひどいことをするじゃないか」

その言葉に怒った看守は、

「おい、もう一度いってみろ、大きいの、あとで言って聞かせてやるぞ」

と凄味《すごみ》をきかせていった。

夕食が終り、消灯になろうかという頃、看守が浅沼を房から連れ出した。

しばらくすると、房に残っている平野たちの耳に、激しい靴の音やピューピューという異様な音、唸《うな》るような不気味な声が届いてくる。

再び房に投げ込まれた浅沼は、血を流し、口もきけず、ただ歯をくいしばって倒れているだけだった。その後手には頑丈な皮手錠がはめられている。それから二週間というもの、その皮手錠ははずされなかった。浅沼ひとりでは何ひとつできないので、同房の者が当番を決め、洗面、食事、用便のあとの尻ふきに至るまで面倒を見た。後手に手錠をはめられているため横になって眠ることができない。浅沼は壁にもたれわずかな睡眠を取るという夜を過ごさなくてはならなかった。

「おい、俺は身体の前後がわからなくなった」

さすがの浅沼も、平野にそういって悲鳴をあげた。

しかし、このような凄惨《せいさん》なリンチも、浅沼の「志」を圧し潰《つぶ》すことはできなかった。むしろ、その洗礼を受けることで無産運動家として成長したのだ。演説の回数と検束された回数が俺ほど多い者は、日本の運動家では誰もいない。それが彼のささやかな誇りだった。弾圧は無産運動家の勲章だった。

ところが、彼の存在そのものの基盤であった「党」と「麻生久」を同時に喪い、精神が不安定になるにつれて、逆に、リンチ、検束、入獄といったことの怖ろしさだけが際立って思い出されてくる。

その恐怖が、警視庁へ押しかけ、門の前にひとり立ちつくし、

「俺をいつ逮捕するんだ、やるなら早くやれ！」

と叫ばせたりした。

昭和十七年、翼賛選挙が行なわれる。浅沼は推薦されなかった。浅沼ばかりではない。翼賛会総務をしていた河上丈太郎ら少数を除いて、無産政党出身者はほとんど非推薦のまま立つことになる。浅沼もいったんは立候補を決意するが、すぐ立候補辞退を表明してしまった。

病院に駆けつけた三宅正一は、「どうして辞退などする、立って闘え」となじった。三宅は非推薦のまま立候補して、あくまで闘うつもりだった。すると、浅沼は金がないと抗弁した。金なら俺がここに持っている、この金を使えと差し出すと、嫌だと首を振った。三宅が正気に戻そうと殴りつけると、

「縛りにくる、縛りにくる！」

と体を震わせ、部屋の隅に逃げた。三宅は暗澹《あんたん》たる思いで病室から立ち去った。

この選挙では河上をはじめ、河野密、川俣清音、三宅正一らが当選した。だが、ここ

においても、人生という名の不思議な布地に、誰の手によってかそれぞれの紋様が織り分けられる。その紋様の真の意味は、実は戦後になるまでわからなかった。非推薦のまま立候補して当選するというきらびやかな紋様が、汚点にしかならないような時代が間近に迫っているとは、誰にも見えていなかった。現実と自己の内面の矛盾を小器用に整理し生きていくことのできなかった愚直さが、かえって浅沼を救うことになったともいえる。戦後結成される社会党で、彼は進駐軍によって追放されなかったほとんど唯一の日労系幹部として、執行部に加わるのだ。追放された者と彼との違いはただ一点、この翼賛選挙に打って出たかどうかという差異だけであった。

昭和十八年、東京が市から都に移行することになり、市議会を解散して、新たに都議会の選挙が行なわれた。浅沼はこれに立候補し、当選する。

その時すでに完全に回復していたとはいいがたかったが、やがてゆるやかに快方に向かっていく。

ある時、都長官が議員全員を宴会に招いた。そこに芸者が呼ばれているのを知って、ひとりの議員が「血を流している戦場のことを考えれば、芸者などもってのほか」と頑強に主張した。すると、浅沼は彼の肩を軽く叩いて、「まあまあ、銃後にもこのくらいの余裕があってもよいではないか」となだめた。少なくとも、それくらいまでは復調することになった。

5

戦災とそれに続く終戦は浅沼を立ち直らせた。

東京を焼き尽すかと思われた空襲は、彼を一家の主として、また町内会の会長として必死に働かねばならぬ状態に追い込んだ。

昭和二十年三月の大空襲で、深川をはじめとする下町は壊滅的な被害をこうむった。彼の住む同潤会アパートも大半が焼けた。安否を心配して白河町へ向かった浅沼の妹夫婦は、その途中で無数の死体を目撃して、兄もまた助からなかっただろうと諦《あきら》めかけたほどだった。だが、浅沼は、彼自身の言葉によれば「からくも生き残った」のである。コンクリート製の絶対に燃えないといわれていたアパートは、各棟、各階から次々と火を吹き出した。窓を開け逃げまどう者の多かった中で、浅沼の一家は部屋に閉じこもり、窓を閉め水に濡らした布団などで飛火よけのバリケードを作って、じっと耐えた。死ぬなら、ここでみんな一緒に死ねばいい、という開き直りもあった。結局この対応の仕方が幸いしたのだった。

八月十五日の放送は、焼け残ったその部屋で聞いた。一時の虚脱状態のあとで、浅沼は心から生きていてよかったと思い、これからは余禄の命だと思う。

終戦は、彼に新しい仕事を与えた。戦時下に崩壊した社会主義政党を、もう一度立て直すという作業がそれだった。

二十年九月五日、河上丈太郎、河野密、西尾末広、水谷長三郎ら、主として旧日労と社民の右派と中間派の幹部が集まり、第一回の会合が持たれた。九月十日には新党結成の打ち合せ会が開かれるまでになっていた。この会には、さらに左派の鈴木茂三郎や加藤勘十も参加し、戦前の単一無産政党、社会大衆党ほどの幅の広さを持つ諸勢力を糾合することになった。ここで主導権を握ったのは西尾だった。左派は勢力的に弱体であったし、中間派には戦争に巻き込まれていったという弱みがあった。各派ともさまざまな思惑を秘めながら、しかし最終的に単一の社会主義政党を作り、そこに大同団結することで合意する。そして、九月二十二日、蔵前工業会館で新党結成準備会が開かれるまでにこぎつけたのだ。

「君は戦前の無産政党時代ずっと組織部長をやっていたから、全国の同志を知っているだろう、新党発起人の選考をやってくれ」

河上からそう頼まれた浅沼は、自分の家に保管してあった書類から、全国の活動家の名簿を作った。彼にその作業が可能だったのは、ただ組織部長として全国を歩き廻っていたからというだけではない。彼には、体に似合わぬ几帳面さがあり、事務処理能力において傑出した面を持っていたのだ。行く先々で会った人には必ずこまめに手紙を出し、丹念に彼らの住所録を作っていた。それが戦後の混乱期に生かされた。この名簿をもとに、安部磯雄、賀川豊彦、高野岩三郎の三長老を呼びかけ人として、全国の運動家たちに準備会への招待状を発送することができた。社会党がどの党よりも早く結成できた、その功績の一部分は浅沼が作成したこの名簿にあるといえる。

もっとも、この時の招待状というのが、およそ社会主義政党の結成の呼びかけとは思えない文面だったことも確かである。

《かしこくも終戦の大詔を拝し、降伏条項の調印を了し、わが国は未曾有《みぞう》の一大転換期に遭遇することと相成り候《そうろう》。冷厳なる敗戦の現実を直視し、光輝ある国体擁護のもと、新日本建設に挺身するは、今後における我等国民大衆の責務なりと痛感致し候……》

で始まり、

《右御案内申し上げ候》

で終るという大時代な代物だった。会そのものも、司会をつとめた浅沼が開会の挨拶の中で国体擁護を主張し、出席していた荒畑寒村を啞然《あぜん》とさせた。その上、最後には賀川豊彦が天皇陛下万歳の音頭をとった。

まさに、このような地点から戦後の社会党は出発したのであった。

単一の社会主義政党を作るに際して、最も紛糾したのはこの社会党という党名だった。河野密、平野学といった右派、中間派が社会民主党を主張したからだ。河野によれば、社会民主主義の政党であることを明確にするためにも社会民主党とすべきであり、社会党では共産党との境界があいまいになると危惧《きぐ》したのだ、ということになる。一方、加藤はこう主張した。社会民主党という名前にはドイツにおける裏切りというよくないイメージがまとわりついている。新しい党の出発にふさわしい名前ではない。それに今度の党もやはり一種の共同戦線党だから、社会民主党と狭く限定することはよくない。

この論争は、本質的には新しい党をどのような政党として位置づけていくかという極めて重要な問題にかかわっていた。そうである以上、どちらの党名を取るか、あるいはまったく違う党名にするかは、党の本質を規定するために徹底的に討議し、合意することによってしか結着のつかないはずのものだった。だが、この新しかるべき社会主義政党はひとつの誤りを犯す。この結着を世話人同士の多数決でつけようとしたのである。それは、社会党を主張するひとりが、社会民主党を主張する右派旧社会民衆党グループに向かって、

「社会民主党も社会民衆党も略せば社民だ、それを狙っての謀略だ」

と感情的になって叫ぶに至り、みなが等しく分裂の危機を感じ取ったための、窮余の策だったのかもしれない。そして、その結果、わずか一票差で社会党と命名されることになった。

十一月二日、社会党の結党大会が日比谷公会堂で開かれた。

浅沼はこの時も司会を命ぜられる。やがて十五年後には命を落とすことになるそのまったく同じ場所で、彼は開会の辞を述べた。麻生良方が伝えるところによれば、浅沼はその直前に「只今より、皇居に向かって遥拝《ようはい》します。一同ご起立願います」と告げ、自

ら皇居の方角に向けて頭を垂れた、という。

だが、浅沼のこの行動を、戦争中の「軍国呆《ぼ》け」が消えていなかったから、とのみ解するのは正しくない。彼は、明治人として、天皇への敬愛の念を、社会主義者となったあとも捨てていなかった。彼の内部で、天皇と社会主義は少しも矛盾しなかったのだ。浅沼は、朝になると祭ってある神棚に向かって柏手《かしわで》を打つ、という習慣を死ぬまで持ちつづけた。彼にとってそれは主義の問題ではなく、心性の問題だった。彼は、天皇について口汚く罵《ののし》ることを決してしなかった。


昭和二十二年、社会党が第一党となり、日本の政党史上はじめて、社会主義政党が組閣する、片山哲内閣が成立した。当時の西尾書記長が官房長官に就任するに際して、書記長の後任に人を求めた。その時、党務に精通しているというところから白羽の矢をたてられたのが、浅沼だった。もちろんそれだけが理由ではない。派閥の力学によって生まれた人事でもあったが、ただひとつ確かなことは、浅沼の戦後の困難がその時はじまったということである。

左右対立の厳しい中で、個人的な政治力を持たない書記長が党内をとりまとめていくのは、それだけでも容易なことではなかった。その上に、彼の背にはいくつもの重荷が背負わされていた。

社会党は社民、日労、労農、日無の右派、中間派、左派の寄り合い所帯であった。しかし、公職追放の嵐は社会党の上にも吹き荒れ、とりわけ日労系に壊滅的な打撃を与えた。大政翼賛会と産業報国会などに在籍していたことなどによって、河上、三輪、河野、三宅ら日労はえぬきの主要幹部がほとんど追放されてしまったのだ。古くからの幹部で残ったのは、十七年の翼賛選挙に出なかった浅沼だけだった。

追放はされたものの日労系グループの勢力は社会党内に隠然たる形で残っていた。しかし、それを代表する者は浅沼を除けばほんのわずかである。右派と左派に挟撃されて、しかも彼を援護する味方はほとんどいない。

追放は政界から彼の仲間を奪っただけではなかった。浅沼は、彼らが追放され、自分だけが残っていいものだろうか、と思い悩むようになる。彼らと自分がさほど異なる政治活動をしていたわけではないからだ。それは、やがて、自分もいつかは追放されるのではないかという恐怖感に変わった。

事実、それ以前もそれ以後もさまざまの所から、浅沼の公人としての資格に疑義が出された。たとえば雑誌「真相」は、「大東亜青年隊浅沼稲次郎の戦犯を追及する！」という四頁《ページ》の記事を載せ、また新聞にも小さいものながら次のような記事が掲載されたことがある。

≪浅沼書記長の資格に疑義

社会党書記長浅沼稲次郎氏の資格に疑義があるとして法務庁特別審査局ではかねて調査中であったが来週早々総理府官房監査課に資料を提出することになった、これは浅沼氏がすでにC項団体として解散された大東亜青年隊（隊長三木亮孝氏）顧問であり、これが調査表に記載もれとなっていたことが判明したものである。浅沼氏は廿七日特別審査局高橋監査課長を訪ね、一時間半にわたり当時の実情を説明、大東亜青年隊の顧問に就任したことはなく、その会合にも出席したことはないと否定したが、監査課としては顧問であったことの証拠を握り一説には常任顧問であったというものもあるといっている》

肉体的な変調が連動し、浅沼は再び精神に異常をきたす。

密かに東大病院に入院させられ、治療を受けた。今度こそ再起は不能に違いない、と周囲の者はみな絶望した。隣の部屋には大川周明が入院していた。その大川の哀れな様子が、さらに絶望感を深くさせた。このことを知っていたごく少数の党幹部は医師にも看護婦にも秘密を守るように依頼した。世間には知られないまま化学療法が続けられた。そして、周囲の者には「奇跡的」と思えたほど回復していく。ついに東大病院の治療が成功し、一応治癒する。

しかし、再び政治活動を開始した彼は、以前にも増して発言が少なくなる。「いつも派閥のバランスの上に立ち、結論が出て初めて動くというふうだった」という勝間田清一の批判のように、まったくといってよいほど自己を主張しなくなった。

執行部の中でもしだいに寡黙になる。決定的な対立をする議論に巻きこまれることを避けるようになる。委員会の大勢がほとんど決しかけた時、初めて口を切る、というようなことが増えていく。そして、左右の対立を中和し、常に妥協の音頭をとるようになった。右派からも左派からも、妥協院マアマア居士などと嘲笑《ちょうしょう》されながら、ただひたすら党の統一を守ることにつとめた。自身の役割を「糊《のり》のようなもの」と思い決めたかのような頑《かたく》なな態度だった。

同時に、彼は全国の遊説に飛び歩くようになる。それは戦前以上に凄じい勢いだった。頼まれればどこにでも行った。組織拡大のために、あるいは選挙のために、家で休む間もなく駆けめぐった。眠る時間を惜しみ、夜汽車で地方へ向かった。当時秘書をしていた壬生啓は、畳の上で寝かしてもらえないことを、少しばかりうらめしく思ったこともあった。

浅沼は、あらゆるものを犠牲にして、党とともに走った。家庭を犠牲にし、だから妻を犠牲にした。狭い家はいつでも人で溢《あふ》れ返った。食事の時ですら、誰かがやって来ていた。個人の生活などないも同然だった。たまに暇があると、党のパンフレットを地方にいる知人や支持者に送るための宛名書きをした。どんなに忙しい時でも自分で手紙を書いた。しばらく地方に行き、帰ってくると、膨大な量の郵便物がたまってしまう。彼はそのひとつひとつに自筆の返事を出した。

趣味も道楽もなかった。相撲を見ることと甘いものを食べることくらいしか愉しみを持たなかった。それもテレビ観戦であり、甘ければ味にこだわらないという程度のものだった。

家は確かに浅沼にとっての車庫にすぎなかった。そう理解していても、時として、妻の享子にも腹を立てたくなることがないではなかった。そのような時は、わざと朝寝坊をした。すると、先に起きた浅沼が、台所でひとりもそもそと朝御飯を作った。馴れない手つきの彼がうっかり皿を割ると、享子も起きてきて、「あなたが割るなら私にも割らせてもらいます」といって食器をぶちまけた。そうやって、彼女も不満を吐き出し、精神の安定をはかっていたのだ。

社会党が左右に分裂し、浅沼が右派社会党の書記長、野溝勝が左派社会党の書記長になったことがある。その時、野溝は浅沼に負けじと同じように全国を走り廻ったが、ついに耐えられず体をこわしてしまった。

浅沼は他のすべての党員に対して、俺ほど党活動をしている者がいるかといいうる、社会党で唯一の人物だった。

この浅沼の献身を、「保身」のためだと冷やかにみなす者も少なくなかった。だが、そう解することで納得してしまうには、浅沼のこの十数年に及ぶストイックな生活は凄じすぎる。あるいは、異様なほどの熱気がこもったこのストイシズムは、どこかで自己を罰したいという潜在的な欲求に支えられていたのかもしれなかった。

やがて、右派も左派も、軽蔑しながら浅沼の存在意義を認めないわけにはいかなくなった。彼は着実に彼なりの位置を占めていく。それは、すでに、中間派日労系の代表者としてではなく、浅沼個人の獲得した位置であった。しかし、そのことに、日労系の旧友たちは気がつかなかった。

社会党員には「戸籍」と「部落」があるという。「戸籍」は戦前の無産政党のどこにつながるかという系譜であり、「部落」とはその属する派閥を指す。その二つの交点に、彼の「現住所」があるとされるのだ。

追放が解除されるや、日労系の幹部はすぐさま社会党に復帰した。日労系は河上をその長にいただき河上派を形成した。浅沼もそれに属するはずだったが、いつの頃からか「俺は本流派だよ」といい、派閥の会合にもあまり出席しなくなった。しかし、やはり彼は河上派の人間だ、と河上派ばかりでなく左派や右派からも思われていた。誰も彼のいう「本流派」という言葉の意味を考えようとしなかった。

《私の社会党書記長は二十三年以来のことである……。なか一回、一年だけ書記長を休み、片山、河上、鈴木の三委員長のもとにずっと書記長をつとめてきたのであるから長いものである。おかげで今日では万年書記長の異名をとっている。この間、社会党は天下を取ったことがあり、また党自体が分裂、統一といったお家騒動の悲劇を演じてきた》

やがて浅沼は、彼にとって最後の「お家騒動」となった昭和三十四年の混乱時に、その決定的な局面で「本流派」という言葉の意味を、社会党の全党員に知らしめることになる。だが、そこへ至るには、実は、中国訪問という、彼にとっての生涯の「事件」を経なくてはならなかった。

6

昭和三十四年三月、浅沼稲次郎は統一社会党の第二次訪中使節団団長として中国を訪れた。

浅沼は三十二年の第一次訪中団にも団長の資格で参加し、毛沢東や周恩来と親しく会談する機会を持ったことがある。しかし、その後の浅沼にとって極めて重要な役割を果たすことになったのは、この三十四年の訪中だった。それはほとんど彼の政治家としての命運を決するほどの意味を持つに至る。

第二次訪中団は、団長の浅沼をはじめとして、左派から勝間田清一、岡田宗司、佐多忠隆、田中稔男、右派から曾禰益《そねえき》、中崎敏、随員として社会党本部書記局の広沢賢一、渡辺朗が加わり、九人で構成された。体裁は左右合意の上の訪中団派遣であったが、右派の内部には根強い反対論が存在した。

三十二年の第一次訪中は成功だった。団員自身が驚くほどの大歓迎を受けた。毛沢東や周恩来とも会えたし画期的な共同声明を発表することもできた。訪中団が「二つの中国が存在することを認めない。台湾は中国の内政問題であり、台湾をめぐる国際間の緊張状態が平和的に解決されることを望む。国連の代表権は中華人民共和国に属すべきものである」と社会党の基本方針を説明すると、中国政府はそれに対して「歓迎の意」を表明した。鳩山、石橋と続いた内閣の外交路線の柔軟さ、積み重ね方式による民間貿易の増大などと共に、社会党の第一次訪中団が日中関係を好転させるひとつの大きな力となった。しかし石橋の倒れた後を受けた岸信介の内閣は、明確な中国敵視政策をとるようになり両国の関係は次第に悪化していった。三十三年に起きた長崎での中国国旗侮辱事件がそれを決定的なものにした。中国側は硬化し、岸内閣の高圧的な対応がそれに輪をかけた。中国側は貿易の停止を宣言し、一時は文化的な交流さえも途絶した。

このこじれ切った日中関係を打開していくことができるのは、中国への敵視政策を続けている反動的な岸内閣ではないだろう。それこそ我が党の役割なのだ、という考え方が社会党内に生じた。そこで国際局長だった佐多忠隆を送ったが、中国側は硬化した態度を和《やわ》らげることなく、むしろ日中国交正常化に関する三原則を日本政府が認め、長崎事件への正式謝罪が行なわれないかぎり、民間貿易の再開はありえないという姿勢を明確化するまでになった。

この中国の柔軟路線から強硬路線への転換は、百家争鳴、百花斉放の自由な時代から、行き過ぎを是正するという名目で行なわれた整風運動の時代へ、という国内的な状況の変化と見合うものであった。中国は全国的な人民公社化の運動を進める中で、やがて熱狂的な大躍進の時代を迎えようとしていた。

このような情勢下に、何ら現実的な力を持っていない一野党が日中の友好関係を復元することは至難のわざであるに違いなかった。

右派が第二次訪中団の派遣に反対したのは、団員が功を焦るあまり中国側に迎合し、その強硬路線に巻き込まれてしまうのではないかという危惧があったからである。中国側の路線に乗ることは社会党にとって得策ではないという判断があった。間近に統一地方選挙と参議院議員選挙が控えていた。

しかし、鈴木茂三郎を委員長に擁する左派執行部は、選挙が近づいているからこそ訪中団を送りたかったのだ。知事選で社会党は敗北に敗北を重ねていた。上昇の機運をつかみ、一気に統一地方選と参院選に打ち勝っていくためにも、何らかの武器となる政治的な戦果を必要としていた。そして左派執行部が選んだ標的が「日中」だった。日中関係を改善し、日中貿易の再開という手土産《てみやげ》を訪中団に持って帰らせることで選挙戦を有利に展開しようとした。左派の積極論に右派の慎重論が拮抗《きっこう》した。だが最終的に派遣が決定されたのは、浅沼の奇妙なほどの積極的な賛成が、右派をして不承不承ながらの同意に導いたからである。

この中国訪問に関してだけは、その発端から終結まで、浅沼はいつもの「妥協院」の彼とは異なり、不思議なほど決然とひとつひとつの行為を自ら選んでいった。浅沼は訪中団の派遣に賛成したばかりではなく、自ら団長になることを承諾した。

それについては彼の周辺から強い反対の意見が出された。

浅沼はついに最後まで党内に浅沼派と呼べる派閥を作ることはなかった。その浅沼にとって、ほとんど唯一の腹心的な存在であった松井政吉が、訪中団の派遣は仕方がないとしても浅沼までが同行する必要はない、と引き留めにかかった。

「選挙を前に、党の書記長が外国に行っていたのでは、戦争の準備が充分にできない」

表向きの理由は党務に支障が出るということだったが、松井には中国での発言が政治家としての浅沼の傷になるようなことも起こりうるのではないかという、もうひとつ別の不安があった。しかし、浅沼はこの松井の忠言すら退け、吸い寄せられるように、一直線に「中国」へ向かって歩んで行った。

三月四日、訪中団は羽田を発《た》った。出発に先立ち、浅沼は団長として挨拶《あいさつ》し、その中で日中間の不幸な関係を打開できるのは社会党以外にないと述べた。

それを聞きながら、団員のひとりである曾禰益は、そんなに甘くはないはずだと考えていた。左派の独走を防ぐための「止め男」として右派から送り込まれた彼には、かつて外交官だったという社会党員には異色の経歴から身についた現実感覚からしても、中国側が社会党に無条件で「土産」を持たせてくれるほど甘くはないと思えた。中国には昭和三十二年の時ほどの余裕がなくなっている。国内的にも国際的にも強烈な緊張の維持が必要となっているに違いない。訪中団によって両国の関係が好転するという幻想を抱いている左派は、三十二年の訪中の際の大歓迎ぶりが忘れられないのであろう。今度もまた同じようなことが再現されると信じている。馬鹿なことだと曾禰は苦々しかった。

確かに、三十二年の第一次訪中団の団員にとって、中国での二週間は印象的な日々の連続だった。それはこの時も団長として参加した浅沼も例外ではなかった。

それまでの浅沼はどちらかといえば「二つの中国」論に与《くみ》していた。訪中直前まで「ひとつの中国は党の機関決定だから仕方がないけどな、しかし……」といったりするほどだった。だが、実際に中国を訪れ、見学し、要人との面談を重ねていくうちに、この国こそが中国の正統的政府であるという印象が深まっていった。とりわけ周恩来と毛沢東との会談が大きな影響を与えた。

毛沢東とは北京の勤政殿で二時間半にもわたって話すことができた。

偉大な革命家の前では、戦前からの無産運動家も教師に対する生徒のようなものだった。浅沼は素朴な感想を述べた。

「実は今日、万里の長城見学に八達嶺に行きました。登るのに骨が折れるので靴をぬいで登ってついに目的を達しました。努力すれば目的達成はできるものです」

それに対し、毛はゆったりとした調子でこう答えた。

「まったく同意見です。靴をはいて登れないところも、ぬげば登れます」

毛の「大きさ」に心を開いたのか、いつもは大言壮語をしない浅沼が、「我々も政権をとったらむずかしくなりますね」という質問とも感想ともつかぬ言葉を発した。

「確かにむずかしいです。特にいったん政権を握ったら尚更《なおさら》そうです。皆さんが政権をとった後も注意せねばなりません」

毛がこのように答えると、同席していた佐多忠隆がすかさず「その時は貴国に学びます」と儀礼的に応じた。しかし、それに対する毛の言葉は、驚くほど冷静で現実的なものだった。

「私たちは、そううまくいっているわけではありません。今後も長い時間がかかります。こうして初めていろいろなことを正常な道に導くことができるでしょう。これが当面の中国の政治情勢ですが、希望はあります」

この言葉の真の意味を理解するためにはさらに歳月を必要とするが、少なくとも中国の指導者の人格に信頼感を抱けるようになったことだけは間違いない。中国とその指導者に感動して帰国した浅沼は、三十二年以降「二つの中国」論を放棄し、精力的に日中国交回復のための努力を重ねていった。浅沼が三十四年の第二次訪中団に頑強なくらいに加わろうとしたのも、曾禰が推測するように「委員長への道の地ならしをするため」であったと考えるより、初めての訪中の際の感動をもう一度味わいたかったからと解する方が自然である。

四日に羽田を発った第二次訪中団は、まず香港《ホンコン》に降り立ち、九龍から鉄道で広州と鄭州を経て、七日に北京に到着した。さっそく団長の浅沼がメッセージを発表したが、中国側の反応は冷やかだった。拍手にも熱がこもらない。その冷やかさはそれ以外のすべての応接についてもいえた。

一通りの歓迎行事はあるのだが、訪中団が心待ちにし、また最も重要とみなしている周恩来との会談をなかなか許そうとしなかった。公式的な訪問や見学を続けている団員たちに焦りのようなものが生じてきた。右派の曾禰には、それみたことかと、不満のひとつもいいたくなるような情勢だった。

ところが、中国側のこのような冷淡な態度は、十三日を境として劇的に変化した。十三日以降、訪中団は中国のどこへ行っても大きな拍手をもって迎えられ、熱っぽい眼差しで送られるようになったのである。それは、十二日夜に政治協商会議会議堂で行なった浅沼の演説が、彼自身も想像しなかったほどの圧倒的な効果を生み出したためであった。

中国が二度目の浅沼は、おしきせの見学や映画鑑賞に従いながら、前回の訪問の時以上に深く感動している自分に気がついていた。二年前、毛沢東は彼にこういった。中国はいまや国内のさまざまな矛盾を解決しようとしている。さまざまな矛盾、それは主として人間と人間との闘争によって解決しなくてはいけなかった。しかし、これからは六億八千万の国民が一致団結して大自然との闘争をしていくであろう。少なくとも、毛沢東の言葉をそう理解して、浅沼は感激した。二年後に訪れた浅沼の目にその様ははっきりと映った。いま中国は、毛沢東の言葉通り、壮大な自然との闘争を繰り広げていた。

浅沼の死後、ノート、演説草稿、メモなどが膨大に残されたが、その中の一枚に中国で記されたと思われる次のような心覚え風の走り書きを見出すことができる。彼が中国の何に心を動かされていたか、わずかながらうかがい知ることができる。

《反封建　反資本主義　反帝国主義

自然との闘争
治山治水　黄河三門峡ダム
　揚子江の三峡ダム
　西―重慶　東―上海
　南―広州　北―北京
黄河と揚子江―運河　大旅情
　万里の長城―緑の長城
工業的発展すばらしい
農業―合作社運動から人民公社
土地の人民集団所有　集団協同労働
次の社会に一歩前進してゆく姿を見る》
浅沼はこのような中国での強い印象を、十二日の演説で素直な感動とともに述べようとした。
会場の政治協商会議会議堂には中国の有力者が列席していた。演説の前段で政治的な情勢把握と社会党の決意を述べたあとで、毛沢東の、いまや中国は自然との闘争の段階に入りつつあるという言葉を引き、浅沼はこう語り継いだ。
「……私はこれに感激をおぼえて帰りました。今回中国へまいりまして、この自然との争いの中で勝利をもとめつつある中国人民の姿を見まして本当に敬服しているしだいであります。植林に治水に農業に工業に中国人民の自然との闘いの勝利の姿を見るのであります。揚子江にかけられた大鉄橋、黄河の三門峡、永定河に作られんとする官庁ダム、さらに長城につらなっているところの緑の長城、砂漠の中の工場の出現、鉄道の建設と、飛躍しております姿をあげますならば枚挙にいとまありません。つねに自然と闘いつつある人民勝利の姿があらゆる面に現われているのであります」

浅沼の演説は中国側の聴衆に深い感銘を与えた。浅沼の演説はしばしば拍手によって中断しなくてはならないほどだった。演壇から降りた浅沼は興奮のあまり足を震わせていた。さすがにこの反応は嬉しかったらしく、日本向けの北京放送のマイクの前に坐った浅沼は「一句ごとに嵐のような拍手でありました」と誇らし気に語った。

翌日の人民日報は「浅沼氏は中国人民外交学会での講演会で言った」という長文の論説を掲げ、さらに演説の全文を一挙に掲載した。同行した日本の特派員団に、新華社の記者である呉学文が語ったところによれば、演説の全文がしかも翌日すぐに載るなどということはまったく異例であるとのことだった。

浅沼稲次郎という名は、一朝にして中国における最も人気のある日本人名となった。だが、浅沼の演説がこれほどセンセーショナルな反響を巻き起こしたのは、彼が後段で中国への感動を素直に表現したからではなかった。中国政府と国民が敏感に反応したのは、演説の前段の極めて政治的な部分だったのである。それはある意味で浅沼にとって不幸なことといえた。演説の前段で、浅沼は次のように述べたのだ。

「台湾は中国の一部であり、沖縄は日本の一部であります。それにもかかわらずそれぞれの本土から分離されているのはアメリカ帝国主義のためであります。アメリカ帝国主義についておたがいは共同の敵とみなして闘わなければならないと思います」

この一種の決意表明は、封じ込め政策を採りつづけているアメリカと鋭く対峙《たいじ》している中国にとって、百の浮薄な賛辞より歓迎すべきものであった。

この演説の草稿を書いたのは随員の広沢賢一だった。もっとも、草稿を書いたとはいえ、その草稿のベースとなったのは浅沼の口述を筆記したものであった。広沢はその原稿を整理し、修正し、ひとつの流れを持つようにまとめた。

この十二日の浅沼演説をどのようなトーンのものにするかは、団員の間で必ずしも考えがひとつにまとまっていたわけではない。ただ中国側の冷やかな態度を突き崩すためには、当たり障りのない外交辞令を並べても意味がないだろう、という程度の共通認識はあった。とりわけ執行部に連なる左派の団員は、日本に手土産を持ち帰るためにも、起死回生の一打を欲していた。その彼らに、アメリカをはじめとするあらゆる帝国主義的な諸勢力との対決の姿勢を明確にすることでしか中国側の信頼を獲得する方法はない、と暗示した人物がいた。右派であるため作為的に一連の動きから隔離されていた曾禰益は、後にその人物は西園寺公一《きんかず》ではなかったかと考えるようになる。しかし、実際は、黄方秀という朝鮮人であった。

たまたま北朝鮮から中国に来あわせていた黄は、かつて日本で生活していたことがあり、しかも戦前の浅沼が無産運動家として深川から議員に立候補した際には、その選挙運動を手伝ったことがあるという人物だった。その偶然を利用して、黄は浅沼をはじめとする団員に、戦闘的な態度を表わすことで事態の打開をはかるべきだという強い働きかけをした。次第に左派の団員たちの間に「やるべし」という空気が強まった。

広沢は左派の出身だった。ゴクサは極左の意であった。浅沼は広沢の名前を呼ばず「ゴクサ、ゴクサ」といっていた。書記局では、浅沼は広沢の名前を呼ばず「ゴクサ、ゴクサ」といっていた。その時点で浅沼にはある決断が存したはずである。

広沢はかなり過激な草稿を書き上げた。しかし、ゴクサの広沢にも迷いが皆無だったわけではない。何カ所かの文章は迷いに迷ったあげくいくつかの文章例を併記し、その選択を浅沼に委ねることにした。問題の「アメリカ帝国主義についておたがいは共同の敵とみなして」という章句も困惑した部分だった。「敵」を「課題」とするなどいくつかの例を挙げ、どれを使うかは浅沼に任せることにして、草稿を渡した。

浅沼は草稿の字句を少しずつ修正しながら太い万年筆で原稿用紙に写していった。そして「アメリカ帝国主義は……」という部分にさしかかると、彼は決然として「敵」という言葉を選んだ。

十二日の浅沼演説以後、訪中団をめぐる情勢は大きく変わった。周恩来との会談も即座に行なわれた。その席で周恩来は「私は中国政府を代表してこの演説を支持し、感謝します」と述べた。

また貿易面でも、政府間交渉でなければ再開はありえぬという原則を主張されはしたが、漆《うるし》、甘栗、天草、桐油といった産品に関しては、わずかではあったが輸出を承認してもらうことができた。さらに、武漢では、毛沢東と会談する機会も与えられた。しかし、浅沼演説の反響は中国国内だけにとどまらなかった。日本でも極めて人為的なひとつの騒ぎが引き起こされていた。

ことは十二日の演説そのものではなく、九日に共同通信の特派員が送ってきた数行の電文から始まった。

九日、訪中団は中国人民外交学会に会長の張奚若を訪ねた。儀礼的なものにすぎないとのことで同行の記者団は共同通信の記者ひとりを代表として随行させた。席上で、浅沼は十二日の講演の一部を洩らした。記者は談話を簡単に要約して打電した。毎日新聞だけがそれを政治面の片隅の小さなスペースに埋め込んだ。

多くの人が何ということもなく読み過ごしたが、その記事の中にあった「米国は日中共同の敵」という一句を目ざとく捉えた政治家がいた。自民党幹事長をしていた福田赳夫である。

福田は、中国にいる浅沼に抗議電報を打つことで、一気に政治問題化させてしまったのだ。

《もし貴下がこのような発言をしたとすれば、これは友邦たる米国を正面から敵視するものであり、わが国のおかれている国際的立場を根本的に否定するものといわざるをえ

ず、貴下の地位からみて内外に与える影響も甚大であり、きわめて遺憾とせざるをえない》

前後の文脈と切り離され「米国は日中共同の敵」という一句だけが報じられることによって、国民に社会党の過激さと卑屈さをアピールしようとした福田の戦略は見事に功を奏した。

この頃、福田に会うことのあった読売新聞の宮崎吉政は、親しい浅沼のために「彼の真意はアメリカの国民を敵とするというのではなく、政策を問題にしているに違いない」と弁じたが、福田は「かりにそうであっても、もうこっちは後戻りできないよ」と答えた。

社会党が、いくら懸命に「米国ではなく米帝国主義である」と訂正しても、無駄なことだった。ひとたび植えつけられた印象というものは容易なものでは消えなかった。

中国ばかりでなく日本でも、浅沼の名は「米国は日中共同の敵」という一句とともにあらためて記憶されることになった。

浅沼の中国における発言は、社会党内でも激しい論議を生んだ。旧社民系の西尾派が反撥したのは無論のこと、旧日労系の河上派をも苛立《いらだ》たせた。これら右派、中間派ばかりでなく、左派の一部にも「いいすぎたのではないか」という不安を与えた。左派の総帥である委員長の鈴木茂三郎ですら、愚痴をこぼしたほどだった。帰国した曾禰は「君がついていながら何だってあんなことを許したんだ……」と鈴木に妙な絡まれ方をされる。

だが、曾禰にも止めようがなかったのだ。いつもは慎重で、人に相談もせず重要演説をすることのなかった浅沼が、この時だけは最終的な草稿をついに見せなかった。曾禰には腹をくくった上での独走と思えた。

確かに、この演説に関して浅沼は決して妥協も折衷もしようとしなかった。それまでの浅沼には窺《うかが》うことのできなかった毅然《きぜん》たる態度でさまざまの批難に耐えた。

福田の抗議電に対しては「中断されている日中関係について社会党が国民外交で窓を開こうとすることに対するいやがらせといわざるをえない」として切り捨てた。

新聞紙上には「浅沼発言は行き過ぎだ」という社説も出るようになった。訪中団が何種類かの産品の輸出を承認してもらったことが逆効果でもあった。許された産品は「配慮物資」と呼ばれたが、それらを手に入れるために卑屈なまでに迎合したというイメージが定着してしまった。

訪中団を羽田に出迎えた伊藤卯四郎は、浅沼と肩を並べて歩きながら、「おい、あの演説は社会党の書記長として思慮の足りない点があったぞ」と軽い調子でいった。すると、浅沼は短く、しかし確信に満ちた口調で、「いや、あれでいいんだ」と答えた。

松井政吉をはじめとして、河上派の主要メンバーが、羽田からそのまま東京駅のステーション・ホテルにとってあった部屋に連れ込み、発言を和らげるように迫ったが、浅沼はどうしても聞き入れなかった。

なぜ浅沼はこれほどまでに頑強に政治協商会議会議堂での演説を守り抜こうとしたのか。右派、中間派の一方の旗頭と目されていた浅沼の、この左派よりも過激な姿勢は、国民一般ばかりでなく社会党員にさえ「唐突」と受け取られた。後に鈴木茂三郎は側近の者にこう語ったことがある。

「一生のうちで私がどうしても解けなかった大きな疑問が三つある。そのひとつが、中国での浅沼稲次郎がなぜあのように思い切ったことをいったのか、なぜその言葉を守り抜こうとしたのか、ということだ。それまでの彼の政治的姿勢とあまりにもかけ離れ過ぎているからだ」

その疑問を解きほぐすためのひとつの視点は、浅沼にとって中国での発言が単なる政治上の駆引きという以上の意味を持っていたのではないか、との捉え方の中にある。政治的な発言であったなら政治的な修正も受け入れたはずである。世間の批判に応えて巧みに発言を変更することも不可能ではなかったはずだ。しかし浅沼がそうしなかったのは、おそらく彼にとってはその発言が、政治という有効性を第一義とする世界に浮遊する相対的なものではなかったからだ。それは彼の精神の奥深いところに存在する絶対的な何かによって支えられているものだった。

中国滞在中のある時、随員の広沢賢一は中国側の要人から、浅沼への高い評価を聞かされる。それは劇的な十二日夜の演説の以前のことである。要人によれば、浅沼ほど誠実な日本の政治家はいない、というのだ。第一回の訪中の際に浅沼は「日中国交回復のために努力する」と約束して帰った。多くの政治家は口先だけなのに浅沼は政治家としてばかりでなく一個人としても誠実に力を尽してくれた。しかも、と要人は付け加えた。

「これをいうと内政干渉のように受け取られるかもしれないので公表はしてほしくないのですが、浅沼先生ほど今度の戦争中のことを深く反省している方はいません。私たちに心から申し訳なかったとおっしゃっていました」

浅沼には社会主義者として中国に対する大きな負い目があった。彼の属した日労系グループが、満州事変には反対していながら支那事変となるに至り双手《もろて》を挙げて賛成するようになってしまったというばかりでなく、彼自身も中国侵略を「聖戦」とみなし「支那事変は日本民族が飛躍するためのひとつの仕事」と述べたことすらあったからだ。

初めて中国を訪れた時、浅沼はこう挨拶した。

「私たちは、かつて日本に民主主義、平和主義、そして社会主義の勢力がきわめて弱かったために、あの恐るべき戦争を、未然に阻止することができず、貴国の皆さんに筆舌に尽しえない惨禍をもたらしたことに対して、社会主義者として力の足らざりしことを深く反省しているものであります」

公式発言のためにその内面までは曝《さら》け出されていないが、彼の心の奥に沈澱《ちんでん》する罪の意識だけはうっすらと滲《にじ》み出ている。

中国の要人が浅沼を高く評価したもうひとつの理由は、彼が他の「日中屋」と違い、

「配慮物資」の交渉に加わらなかったことである。浅沼は日中貿易の利権に決して触れようとしなかった。だが、この潔癖さも、中国に関しては再び手を汚すことはすまいという決意の表われであったかもしれない。

一度、二度と中国を訪れ、その指導者と国民に圧倒されるに従って、かつての日本、かつての社大党、そしてかつての自分に対する罪の認識は深まっていった。

戦後の浅沼を最も近い位置から見つめつづけてきた秘書の壬生啓には「よくいえばサービス精神、悪くいえば迎合する性格があの人にはあった」という冷やかな観察がある。確かにその性格を無視しては浅沼の中国での発言をあまりにも美化しすぎることになる。しかし、それだけなら日本に帰っての突き上げに対しても簡単に「迎合」したはずである。

中国への「贖罪《しょくざい》」の意識が発言を支えた。中国への「感動」がさらにそれを強力に支えた。帰国した浅沼は、妹の夫である能美正彦に「中国には人間がいたよ……」と呟いた。

浅沼の眼には、建国の意気に燃えた六億八千万の民の姿が、強烈に映った。とりわけ彼らと共に同じ道を歩むことのできる指導者たちの幸せが羨《うらやま》しかった。

かつて戦前のある時期、彼にも大衆の中で大衆と共に闘えばよいという日々を迎えたことがあった。それは単純で、明快で、だから至福の日々だった。

浅沼にはいくつか自伝の出版の話が持ち込まれ、一度だけかなり具体化したことがある。ついに刊行されなかったその幻の自伝『嵐に耐えて』の序文に、かつての至福の日々について触れた次のような一節がある。

《弾圧と迫害の中にあって、社会主義実現の為に闘うことに一つの興味を感じ、闘争の法悦というようなものを感じつつ闘いつづけてきたともいえる》

戦争がその「法悦」を奪い去った。戦争が終り、民主主義の時代が訪れても、その「法悦」を再び味わうことはできなかった。戦後の政治状況は、弾圧下の闘争ほど単純でも明快でもなかったからだ。

だが中国の空気に触れて浅沼は久し振りに昂揚した気分を味わうことができた。十二日の演説の後段は、彼の、解き放たれたような、豊かで自由な響きを持つ言葉で満たされていた。

それは、政治家としての言葉である以上に、ひとりの人間としての言葉であったのかもしれない。浅沼は、問題の演説の末尾で、かつての牧歌的な無産運動時代のロマンティシズムをもう一度呼び起こそうとでもするかのように、こう謳い上げていた。

「人間本然の姿は人間と人間が争う姿ではないと思います。階級と階級が争う姿ではないと思います。また民族と民族が争って血を流すことでもないと思います。人間はこれらの問題を一日も早く解決をして、一切の力を動員して大自然と闘争するところに人間本然の姿があると思うのであります。この闘いは社会主義の実行なくしてはおこないえません」

これは武骨な無産運動家がその六十年の生涯で謳うことのできた最初で最後の美しい歌であった。同時に、戦後ほとんど発することのなかった、彼の明確な自己主張であり、自己表現であった。

浅沼が帰国した後に、ほとんど孤立無援になりながら、なお発言の修正に応じなかったのも、おそらくはそのためであった。

浅沼は、中国から帰った後も、自らの言葉をいつにない頑強さで守り通した。

帰国した当夜、自民党幹事長福田赳夫と対談した浅沼の態度は、同席した者を驚かせるほど鋭いものだった。中国発言と社会党の中立政策との矛盾を衝き、得点をあげようとする福田に対して、浅沼は「我々の声明をよく読んでほしい」と突き放し、あるいは「こんなことでお互いにやり合わず、いいところは取って一日も早く国交を回復したい」と言い切ったりした。

社会党内からの批判も強かった。とりわけ西尾派を中心とする右派からの「党の存立を危うくするもの」という攻撃は激しかった。中央執行委員会は共同声明を承認したが、浅沼演説については公的な認知を与えなかった。

四月の統一地方選とそれに続く六月の参院選に敗北し、その責任の一端が浅沼の中国での発言に求められた時も、発言に関してだけはいっさい自己批判を行なわなかった。

その姿勢は、党内で暗黙のうちに「米帝国主義は日中共同の敵」という言葉が禁句になっていくという雰囲気の中でも、一貫して変わることがなかった。

このような浅沼の態度を「豹変《ひょうへん》」と受け取った政治記者たちは、それぞれの解釈にしたがってさまざまな観測記事を書いた。読売新聞は「浅沼発言の真意」と題して次のような記事を掲載した。

《一昨年四月と、こんどの二度にわたる訪中で〝洗脳〟されたともみられるが、「社会主義者が外に向かってはアメリカ帝国主義、内にあっては資本主義の打倒を叫ぶのは当然のことだ」と本気でいっているところからみると、洗脳という表現以上にマァマァ居士といわれるヌマさんも日中復交はもはやマァマァでは済まされない心境に達したという印象が強い。もっともこの心境のウラにはいままで最有力の右派系委員長候補として一番〝敵視〟され〝警戒〟されていた総評をも味方にひきずり込もうとする一生一代のカケがあると〝そんたく〟する者もいるが、〝おみやげは軽く、足どりは重い〟といわれながら、踏み出したヌマさんの足だけはその意味で軽そうだった》

確かに浅沼は踏み切った。それがこの記事の暗示するような政治的野心によるものであるのかどうかは別にしても、事態はこの記事の観測どおりに推移した。中国発言は、それによって党内多数派の左派に認知されることで、浅沼に委員長の座を用意したのである。だが、中国発言が切り拓《ひら》いたのは、「輝ける委員長」への道ばかりではなかった。同時に、彼の「横死」への道をも準備してしまったのだった。

浅沼にとって不運だったのは、演説の一節にしかすぎない「米帝国主義は日中共同の敵」という言葉が発言のすべてとみなされ、ひとり歩きするようになってしまったことである。

この一節だけを取り上げて、新聞は連日のように浅沼の軽率さを冷たく批判した。論点は、何も外国でそのような発言をしなくてもいいではないか、社会党は自民党の対米従属を批判するが自分たちも中国一辺倒ではないか、という二点に尽きていた。国民一般の反応もそれと同じようなものだった。

《私は、政党の代表者が、具体的政策でなく、わざわざ北京まで行かなくてもわかっているこの程度の事実認識だけを発表したことに不満をもったが、それよりも、新聞の冷笑ぶりが我慢ならなかった》

といった竹内好の考え方は極めて例外的なものに属していた。

しかし、これだけなら、あるいは右翼に狙われることはなかったかもしれない。浅沼にとって、さらに不運だったのは、羽田に着いた飛行機のタラップを、中国の工人帽をかぶって下りてきたことである。軽い冗談のつもりが、冗談では通らなかったのだ。

このことが全右翼をして浅沼を決定的に敵視させる契機となった。

それまでの浅沼は、右翼にとって親近感のある、どちらかといえば社会党内でも好ましい政治家のひとりだった。大東塾の影山正治ですら、「個人浅沼は、たしかに悪人ではなく、むしろ社会党関係の中では一番の善人で且《か》つバタ臭さの少ない方であったといえるし、その庶民的な人柄と生活態度には一種の好感すらもてた」と述べているほどだったのだ。単に政治的な穏健派に属するというばかりでなく、浅沼には人間的な信頼感があった。その浅沼が「アカの走狗《そうく》」としか思えぬ発言をし、浮かれたような風体で帰ってきたのだ。右翼は「裏切られた」と感じ、彼らの間から激しい憤りの声が挙がった。

三月二十四日、新橋駅前野外ステージで開かれた「日本社会党訪中使節団報告演説会」には、東京中の行動右翼団体が集結し、これを妨害しようとした。

彼らは、聴衆の間に入り込み、「中ソの手先　訪中使節団弔迎」とか「国民よ決起せよ　社会党は中共の第五列である」といったのぼりを立て、雨の中を傘もささずに報告をしようとしていた浅沼らに向かって、強烈な罵声を浴びせた。

その右翼の中に、大日本愛国党の赤尾敏と十人の党員もいた。

党員のひとりである岡田尚平は、演壇の背後にある電光ニュース板によじ登り、そこから社会党打倒の幕を垂らし日の丸の旗を掲げた。さらに岡田はそこから野次を飛ばし、ビラをまき、発煙筒五発を壇上に投げた。また壇上に駆け上がって社会党旗を破る者が出たり、ビラをまく者が出たりして、演説会はついに盛りあがりを欠いたまま終らざるをえなかった。

それでも浅沼は雨に濡れながら陽気に演説した。中国での発言に対するジャーナリズムの集中的な批判にもかかわらず、浅沼への個人的な人気は依然として根強かった。

聴衆の好意的な反応を見ながら、赤尾敏は「だから浅沼は危険なのだ」という思いを強くしていた。

日本にとって、社会党は共産党以上に危険であり、浅沼は野坂参三や宮本顕治より危険だ、というのが赤尾の信念だった。共産党も社会党もどちらも悪だ。しかし、共産党に対しては日本人の心情の奥に眠る根強いアレルギーがあるからむしろ安心できるが、社会党に対してはその本能的な拒絶の意識が欠けているだけ危ないのだ。しかも、社会党の顔ともいうべき浅沼は、人物が好く大衆に愛される特性を持っている。その顔に欺かれ、社会党政権ができた時には、知らぬ間に中ソに従属した容共政権となっているだろう。赤尾には、このままでは社会党が政権を取る日も遠くないかもしれぬ、という不安があった。赤尾は党員の若者たちにこう説きつづけていた。

「打倒するなら社会党を狙え。叩くのなら浅沼だ」

しかし、赤尾は浅沼に対して悪意があったわけではなかった。むしろ好意を抱いているといってよかった。

赤尾と浅沼とは不思議な因縁で結ばれていた。一歳ちがいの二人は非常に近い地点を歩みながら、六十年後には敵対する陣営の頭目になっていた。

赤尾は明治三十二年、名古屋に生まれた。愛知三中に進学したが結核のため中退、十七歳の時、療養のため三宅島に渡った。そこで父が漁業や林業をしていたからだ。二、三十町歩の土地に数十頭の牛を持ち、船も五艘《そう》あるという極めて富裕な家だった。赤尾は浅沼の生家がある神着の近くに住み、砂村から帰った浅沼の両親とも親しく付き合った。たまに三宅島に帰ってくる浅沼と面識がないこともなかった。療養中に読んだ武者小路実篤の「新しき村」の思想に共鳴し、三宅島にも同じようなユートピアを創《つく》ろうと思い立ったが、その「新しき村」建設は詐欺師にだまされ父親の財産を減らすだけで終った。やがて赤尾は名古屋に戻り、左翼運動に参加する。借家人同盟を組織し、あるいは農民運動にも加わった。関東大震災の際に浅沼が市ヶ谷監獄に叩き込まれている時、赤尾も不敬罪で千葉刑務所に放り込まれていた。しかし、大正の末、浅沼が単一無産政党の結成に奔走している頃、赤尾の内部では左翼運動への絶望から国家主義への回心が行なわれていた。獄中でムッソリーニがイタリアでファシズム運動を成功させたことに強い刺激を受け、イデオロギーだけではない国民的な運動を目ざして、「建国祭」を提起した。大正十五年に第一回の「建国祭」に成功し、それがやがて建国会という国家社会主義的な団体を作る契機となった。昭和十七年の翼賛選挙に際しては、共に非推薦のまま浅沼は東京四区、赤尾は東京六区から立候補した。浅沼は立候補を辞退したが、赤尾は闘い全国第五位で当選した。議会では鋭く東条英機を攻撃し、翼賛政治会からは中野正剛、鳩山一郎らとともに除名され、ついには反戦思想を問われ憲兵隊に拘束されもした。

　戦後は赤尾が追放されたため交わる点もなかったが、昭和二十六年追放解除になり愛国党を作ってからは、再び顔を合わす機会が生じるようになった。そのたびに浅沼は笑いながら「おお」といって手を挙げた。それが浅沼の挨拶だった。そして、そのたびに、赤尾は「こういう善人だから、浅沼は始末に悪い」と思ったものだった。「善人であるから人民が信用してしまうのも無理はない。だからこそ、個人的ではなく国家的見地からする時、浅沼は最も危険な存在になる」

赤尾のこの考え方を誰よりも純粋に、しかも過激に受け継いだのが、新橋ステージの訪中報告会で党員が暴れたその直後に入党してきた山口二矢だったのである。

しかし二矢が見ていた浅沼の像は十全なものではなかった。浅沼の軌跡の表面だけをなぞっていたにすぎない。なぜ浅沼が中国であのような発言をするに至ったか。二矢にはわかっていなかった。理解しようとすらしなかった。発言を「暴言」と規定し、左傾の契機とみなした。そして「生かして置くわけにはいかない」と決意し、「暗殺リスト」にその名を書き入れたのだ。

だが、浅沼の真の悲劇とは、このような少年に命を狙われるということ自体にあるのではなく、彼の生涯で最も美しい自己表現の言葉が、ついに人びとの耳に届くことなく、すべてが政治的な言語に翻訳されてしまったことにあったのかもしれない。

第四章　死の影

1

二矢《おとや》は、大学ノートに書き込んだ「暗殺リスト」の六名のうち、誰をいつどのように殺すか、という点については極めて慎重だった。河上丈太郎の事件があったため、警察はもちろん、左翼自体も警戒を厳しくしているだろう。それに、いま実行すれば自分と同時に脱党した吉村法俊や中堂利夫に迷惑がかかるに違いない。しかも肝心の武器がない。だから、少しずつ二人から離れ、仕事につき、しばらく働いて金を貯め、その金で武器を購入し、じっくり時期をみて決行しよう、と考えた。

二矢は依然として鳩居堂《きゅうきょどう》の上にある事務所に通っていたが、新団体への熱はすでになく、自分自身の「その日」のための準備を密《ひそ》かに始めていた。鳩居堂で半紙と筆を買い、習字をした。それは事を起こす時、斬奸状《ざんかんじょう》を持って臨みたいと思ったからだ。彼はひどく字が下手だった。そのような字で斬奸状を書くことが恥ずかしく、毛筆の練習をした。

「いろは」などの手習いをしたあとで、何枚かの斬奸状を実際に書いてみた。

《汝《なんじ》　浅沼稲次郎は日本赤化を計っている　自分は浅沼個人には恨みはないが社会党の指導者の立場としての責任と訪中に際しての暴言と国会乱入の直接の扇動者としての責任から許しておくことはできない

ここに於いて我　汝に対し天誅《てんちゅう》を下す

皇紀二千六百二十年　月　日

山口二矢》

しかし、二矢自身にも文章と字配りの幼さ、拙《つたな》さはよくわかっていた。これを障子紙で包み、そこに斬奸状と上書してみたが、決行の暁に持っていこうとは思わなかった。「恥を晒《さら》すだけだ」と思えたからである。

六月十九日、安保条約が自然承認され、混乱は驚くほど速く収束されていった。しかし、二矢の決意は変わることがなかった。

この頃のある日、二矢は真剣な顔つきで、福田進に相談をもちかけたことがある。

「ピストルを貸してくれないだろうか」

だが、福田は、こんな小僧っ子に何ができるという念を抑えがたく、

「おまえ、そんなことをいっても、本当に撃てるのか？」

と茶化して取り合わなかった。

福田にとって、二矢は格好ばかりの「右翼坊や」にすぎなかった。福田は尺八を嗜《たしな》み、

請われれば誰にでも手ほどきをしていた。二矢にも教授してやったが、スタイルばかりを気にしてついに物にならなかった。防共挺身隊には他に「もっといい若い者」が何人もいたから、福田は二矢に特別の関心も興味もなかった。ましてピストルを用意してやるなど論外だった。

二矢の「思い」が次第に一点に集中され、キリキリと的に向かって絞られていく様は、近くにいる者にすらわかりにくいものだったのだ。

また別のある日、防共挺身隊の隊員たちが多摩川の河原で、腕試しをしたことがあった。日本刀で藁竹を一刀両断することができるかどうか腕を競ったのだ。簡単なように見えて、初めての素人《しろうと》にはほとんど絶対といってよいほど切ることができない。それに同行した中堂も藁にはね返されて切ることができなかった。ところが、二矢は刀を構えると、鋭い気合と共に真二つに切り落とした。その時、中堂はまぐれだろうと思う。しかし、やがて「二矢の精神はその時すでに昂揚《こうよう》し、その奔《ほとばし》りがあの藁竹を切らせたのではなかったか」と思うようになる。

二矢がいつものように鳩居堂の事務所にいると、杉本広義が母と妹を連れて訪れた。何の目的できたのか二矢にはわからなかったが、しばらくして昼食に誘われた。

吉村、中堂らと共に銀座二丁目の「ハマキッチン」へ行き、皆で雑談していると、不意に杉本が、

「君は学校に行く気はないか。私の知っている大東文化大学の編入試験が、九月にあるので受けてみる気はないか」

といった。

杉本は二矢の将来を本気で心配していたのだ。年齢は足りなかったがそれは何とかできる、ともいった。その時、二矢は二つのことを考える。ひとつはやはり勉強をしてみたいということ、もうひとつは、本当にテロルを決行するためには、中堂や吉村から離れなければならないが、それをカモフラージュするには、大学へ行くというのが、最もよさそうだということであった。

傍《そば》で聞いていた中堂は「それはいいな」といい、吉村も頷《うなず》いた。

吉村もまた、二矢をどこかの塾のような所に預けたいと思いはじめていたのだ。これから新しい団体を作っていくためにはさらに泥まみれにならなければいけないのだろう、という予感が吉村にあった。そのような自分の姿を、二矢には見せたくなかった。一時は、かつて自分も学んだことのある大東塾に預かってもらおうか、と考えたこともある。しかし、果たして二矢に大東塾が向いているかとなると、彼には自信がなかった。吉村は二矢を杉本に委《ゆだ》ねることにした。

二矢は杉本の好意を受け、その骨折りで大学に入ろうと思った。「入学できるのでしたらお顔いします」と杉本にいった。

七月一日、吉村らの努力が実り、全アジア反共青年連盟が成立した。しかし、二矢にはもはやどうでもいいことであった。

七月九日、吉村、中堂に同行して田無の杉本家に行くと、杉本は不在で、かわりにその母が二矢にいった。

「牧場の方が手が足りなくて困っているらしいから、手伝いに行ってくれないだろうか」

吉村も、連盟では大した仕事もないからと、行くことを勧めてくれた。事実、連盟の活動は民声新聞という機関紙を発行しようという以外に、何ひとつ具体化していなかった。

九月の大学の編入試験まで、別にすることはなかった。二矢は二千円の旅費を受け取って八ヶ岳の麓《ふもと》にある嶽南義塾へ出かけた。それから約一カ月半、二矢はその山麓《さんろく》で、かつてない充実した日を送ることになる。

杉本の所有地は二町歩ほどだった。そこで牛十二頭と馬一頭を飼育していた。草刈り、牧柵作り、乾草作り、家畜の世話と仕事は尽きなかったが、自然の中でこれほど長期間くらしたことのなかった二矢は、身も心も快く引き締まっていくような気がした。

まさに晴耕雨読だった。杉本の愛国号という馬を可愛がり、田無から手伝いに来てくれている十名ほどの中学生をよく可愛がった。彼らの食事から仕事まで、二矢がすべての面倒をみた。二矢はその臨時の「隊長」として「部下」たちから尊敬を獲得し、そして慕われていた。

午後の三時頃になると、麓の方から山腹に必ず登っていくアイスキャンディ屋がある。ある時、杉本が訊《たず》ねると、二矢が呼んでいるのだという。山腹で作業している子供たちのために毎日キャンディを買ってやっていたのだ。彼に余分な小遣いがあるはずはなかった。二矢は有金をはたいて少年たちにおやつをやろうとしていたのだ。

雨になれば杉本の書棚にある古典を読み、習字をする。天気がよければ、大好きな動物と子供たちの世話をする。

生涯で唯一の、そして二度と訪れることのない晴れやかな日々だった。

二矢は、『論語』を読み、『十八史略』を読んだ。『日本書紀』を読み、『古事記』を読んだ。充分に理解できない時は杉本に訊ねた。

杉本は二矢と起居を共にしてあらためて驚かされていた。それは、このような少年が戦後教育の中からでも生まれうるのだ、という驚きであった。礼儀、言葉遣い、挙措、服装、そのどれをとっても折目正しいものだった。それは二矢の同年代の少年と比べた時、並はずれていた。古典についての理解力も抜群のものがあった。理解する能力というより感応する精神を持っていた。古人《いにしえびと》の心をそのまま直截《ちよくせつ》に受容することができた。

二矢が最も愛したのは『古事記』だった。生まれて初めて接する『古事記』の世界に、今まで自分が育ってきた日本とまったく異なる日本を見出すことができた。そこに登場する日本人は優雅でおおらかで率直だった。

《私は祖先にこのような人がいるということを知り、ますます日本人として生まれたことを誇りに思い、自分もおおらかな気分になり、古事記の中にあるような日本人の祖先に較《くら》べて現代の利己主義的な人間が嫌になり、特に社会党などの左翼指導者に対し、激しい怒りを感じました。

私は大自然に接して働き、古事記などを読み、考えていく中《うち》に自分の気持を整理することができ、日本を赤化しようとしている左翼の指導者を倒すことは、日本国民会体のためになることだと確信し、決意を固めました》

夏の終り、二矢は杉本に語りかけた。

「フルシチョフをどう思います？」

「怪《け》しからん奴だ。怪しからん奴だが、ただそれだけのことだ」

「あんな奴を日本に来させてもいいんでしょうか」

その頃、新聞紙上にはソ連の首相であるニキタ・フルシチョフが来日するかもしれないという観測記事が、しきりに載せられていた。

「来るっていうものを仕方がないだろう。君はそんなつまらないことに気を取られるな。もっと大きな高い所から物事を見なさい。そのためにここに来て、大学にも行くんじゃないか」

二矢は黙って聞いていた。

八月下旬、杉本は東京での急用を片付けるために、牧場を離れねばならなかった。出かける際に、ふと不安の念が萌《きざ》した杉本は、自分が戻ってくるまで決して山を下りてはならぬ、と二矢に申し渡した。二矢は素直に頷いた。だが、東京での仕事が手間取り、杉本は予定の日になっても帰れなかった。九月には東京に戻りたいと二矢はいっていた。杉本がどうにか帰れそうなのは八月三十一日だった。彼は自分が牧場に戻るまでそこに留まれと二矢に連絡したかった。ひとことといい残したことがあったように思えたからだ。しかし、牧場には電話がなかった。杉本は三十一日、中央本線の鈍行列車で小淵沢《こぶちざわ》に向かった。彼の乗った汽車が武蔵境の駅をゆっくり通過した時、上りの列車がゆっくりと入ってきた。杉本はその窓を何気なく見て驚いた。そのひとつに着物をきて背筋を伸ばし眼を閉じている二矢の姿があったからだ。ああ山を下りてしまったのか、と杉本は残念に思った。彼は二矢に「小さなことで吠え噛《か》みつく右翼の喧嘩犬《けんかいぬ》になるな」といってきかせたかったのだということに、その時ようやく気がついた。二矢の列車とすれ違っていく中で、だがいいと、杉本は思ってもいた。別にこれが最後というわけでもない……。しかし、杉本にとって、それが生きている二矢を見る最後の機会となった。

八ヶ岳から帰ってきた二矢は、九月四日に願書を貰《もら》いに行き、十五日には小論文による編入試験を受けた。

十九日に入学が許可され、二矢は大東文化大学文学部中国文学科一年生になった。そして、大学に通うために、一年半ぶりに中野の実家に戻った。

父親の晋平は、すでに中央大学に入っている朔生《さくお》と、あらたに大東文化大学に入った二矢と、二人の大学生を前に、夜毎「晩酌がまずかろうはずがない」という、幸せな気分を味わうようになった。酒を呑みながら以前と同じように子供たちにさまざまな昔話をした。ゴー・ストップは大正時代にできたということ、自分の幼い頃には飲酒法が制定されていなかったから十歳そこそこから酒を呑んでいたということ、あるいは高橋是《これ》清《きよ》が日露戦争の戦費を集めたのはなんと英米からだったということ……。

二矢は逆らわずおとなしく耳を傾けた。時折、高橋是清って英語がそんなにうまかったのかなとか、江藤新平と後藤新平はどっちが先に生まれたのなどと質問した。

どちらも生々しい現実政治についての話題を避けたが、一度だけ二矢は晋平に向かって真面目な調子でいった。

「お父さんの自由主義は結構だし、立派なことだと思うけど、自由主義者の力だけでそれを守ることは難しいんじゃないかな。左にぐんと重みがかかっているこの日本では」

晋平には、特別その言葉に深い意味があるとは思えなかった。ただ自分と息子との関係が幼い頃と少しも変わっていないらしいことに満足していた。

母親の君子にしても思いは同じだった。二矢が愛国党にいる頃も、一カ月か二カ月に一度、二矢が帰ってくると、必ずといってよいほどすきやきを用意した。二矢の大好物だったのだ。その前日がすきやきであったとしても、晋平が嫌いだと知っていても、その日に二矢が帰ってくれば、またすきやきなのだった。その二矢が、いま家に戻り、しかも大学に通っている。君子は深く安堵《あんど》していた。

そして、二矢はそのことを痛切に感じていた。テロルの決行に際して、異常なくらい母親に気取られないようにと腐心したのは、露見を怖れるという気持以上に、母親のその安らぎをぶち壊したくないという思いが強かったからである。

もちろん、大学に入ったことを、二矢自身が喜んでいなかったというわけではない。制服制帽を揃《そろ》え、いつもそれを誇らし気に着用していた。

兄の朔生は、二矢が大学に行こうと決心した理由のひとつに自分への対抗心があったはずだ、と感じていた。朔生は四月に入学していたが、一つ年下なのにもかかわらず二矢も同じく大学一年生になることができる。そのことがいつも自分に頭を押さえつけられているように感じていた二矢には痛快だったのだろう、と朔生は考えた。

しかし、朔生は、つい二、三年前までは毎日のように喧嘩し泣かせていた弟の二矢から、ここ一年あまりの間に不思議な威圧感のようなものを受けるようになっていた。家を出て、右翼の実践活動に身を投じて以来、二矢は次第に自由で伸びやかになっていった。眼に見えて背丈が伸びた。ひよわで腺病質だった弟が、声も太く、体つきも自分より逞《たくま》しくなりつつあった。家の中で父親や自分から圧迫されていると感じていた弟は、それから解き放たれることでひとまわりもふたまわりも大きくなっていった。そして、たまに家に帰ってくる弟から、社会の荒い海の中で生きている男としての迫力を、朔生は常に感じないわけにはいかなかった。

朔生が大学に入った時、背広を新調することになった。どこで誂《あつら》えるか話していると ころに二矢が珍しく帰ってきた。そして、背広の件を知ると、

「浅草の露店の服屋、ぼくが行けばうんと安くしてくれるから、そこで買わないか」

と勧めた。

「物の良し悪しがわからない人間がそういう所で買うのは危険じゃないかな」

晋平が異議を唱えると、

「だって、よく知っている人だもの」

と二矢は答えた。

朔生は二矢と浅草に行って露店で買い求めたが、それは安い上にしっかりした品だった。朔生はますます二矢が一個の存在として自立しつつあることを認識するようになった。

和《なご》やかな家庭団欒《だんらん》の夜が何週間か続くようになる。ぼんやりと家族と共にテレビを見ながら、しかし、二矢の心はそこにはなかった。

二矢の入学に関し、親身になって世話をしたのは、山田十衛、治子の夫妻だった。治子が杉本広義の妹だったからである。山田十衛は、赤尾の妻ふみの弟、つまり赤尾の義弟であった。

治子は兄の影響を受け、若い頃からきわめてラディカルな右翼思想を持ち、愛国党の

本部へも頻繁に出入りしていた。そういった時期に十衛と知り合い、昭和三十五年五月に結婚したばかりだった。

十衛は、愛国党の党員とみなされていたが、党内では独特な立場の人物として一目置かれていた。かつて吉村法俊が治子に、「山田十衛は愛国党のガンですぞ」と、当人を眼の前に置いていったことがある。吉村には、とうてい山田を右翼人とは見なしがたかったのだ。

山田は、かつて社会党東京本部に所属していた社会主義運動家だった。後に社会党に絶望、脱党し、岡田春夫らの下で労農党の政治活動に関わっていく。

しかし、肺病に冒され、何年も病床にふさなくてはならなかった。その時、引き取って世話をしてくれたのが義兄の赤尾敏だった。病気のまま、愛国党本部で暮すようになる。やがて、山田は、自分の考えがかりに愛国党の思想とまったく一致していないにしても、党員のひとりとして数えられることに不満はない、と思おうとするようになる。だが、山田が愛国党内で異質の人物であることには変わりなかった。

二矢にとって、愛国党で知り合うことになった山田は、単なる右翼の「先輩」ではなかった。むしろ左右の対立とは無縁の、中正な「書物」そのものというような存在だった。思想について、あるいは思想家について訊ね、それに山田が正確に答えてくれる。左翼も右翼も知りつくした上で、どちらにもかたよらない新しい知識を与えてくれる。そのような相手として、二矢はある種の敬意を抱いていた。

山田にとって、二矢は党に入ってきた当初から気になる存在だった。党にやってくる青年には、地方から上京してきたものの行く所もなく何かの伝手《つて》を頼りに下宿がわりに転がり込むという手合が少なくなかった。ところが二矢には、そのような連中の持っている臭みが少しもなかった。育ちのよい、都会的な雰囲気を持った、賢そうな少年だった。

一方、二矢にとって治子は、母親以外に心をひらいて話ができた初めての女性だった。治子が年長だったということもあったが、何よりも彼女が一人前の右翼人として遇してくれたことが、二矢の心をひらかせることになった。治子はこの少年の中に、自分が理想とする「右翼の汚れなき魂」を発見し、会うたびに感動していた。

治子が初めて二矢に心を惹《ひ》かれたのは、愛国党員が石橋湛山の家に押しかけた際の彼の姿を見た時だった。夜、中国やソ連に迎合するなといった内容の抗議文を持って大挙して向かった時、治子も同行、どのようなことが起きるのか見させてもらった。どうするのかと思っていると、ひとりの少年がバリケードで固められている門を猿のように身軽にすばやく登り、屋敷内に侵入していった。すぐに屈強な警護の者に襟首をつかまれて出てきたが、その幼い顔には自分の行為に対する誇りのようなものが浮かんでいた。治子にはその姿が光り輝いて見えた。それが二矢だった。

初めて会って以来、治子は二矢を注意して見守ったが、彼には右翼集団を転々としながら喰うための右翼を続けているという、いわゆる「右翼荒し」風のところが少しもなかった。自分が望んでそこに飛び込んだのは何かをするためなのだ。二矢にはそういった煌《きら》めくような一途《いちず》さがあった。

やがて、二矢は吉村に連れられて、治子の家に遊びに行くようになった。とりわけ、治子の老母は「浪六さんのお孫が出てきた」といって慈《いつく》しんだ。二矢もまた、その老母が足を挫《くじ》いたりすると、手頃な杖《つえ》を買い求め、そっと届けたりした。

愛国党にいる時代から思想的な話をかわすことが多かったが、二矢が党を飛び出す前後から、親しさは急速に増していった。治子が結婚する頃には、二矢が「よかったね。十衛さんなら安心だ。やさしいから」といい、治子が「生意気いうんじゃないの」と叱《しか》るふりをするほど親しくなっていた。

反安保の運動のうねりが最高潮に達していた頃、二矢は日比谷でデモ隊の先頭に立っている浅沼稲次郎を見かけたことがある。両脇の男としっかり腕を組み、群衆と共にシュプレヒコールを続けながら、巨大な体をゆさぶり歩いていた。二矢の眼には、浅沼が群衆を率い、群衆も彼の後に嬉々《きき》として付き従っているように映った。治子のアパートに遊びにきた二矢は「ああいう奴が左翼にいるっていうのは口惜《くや》しいことですね」といった。

またある日、二矢が治子に呟くようにいった。

「遅れたな……」

河上丈太郎が刺され、岸信介が襲われた直後のことだ。

「ひとりで何をするというの。一度しかない命なのよ」

治子がいうと、二矢は微《かす》かに笑った。

「うん、でも、それも考えようですね……」

治子は心が騒いで強くいいきかせた。

「遅れたなんていいっこなしよ。あんなの結局つかまるだけじゃないの」

二矢は黙って笑うばかりだった。

治子との話には他愛ないものも少なくなかった。しかし、そのような話の中にも、不意に忠臣蔵についての感想が出てきて、治子を驚かせることがあった。そしてその最後には、「どうしてあの時、松の廊下で後からつかまっちゃったんだろう。あれは残念ですね」という嘆声のようなものが決まって吐かれた。

九月四日、大学に願書を取りに行く際、治子に同行してもらったが、その前夜、二矢は二人の新所帯のアパートに泊った。この時、二人はそれぞれが、それぞれの本を二矢に貸した。

治子は谷口雅春の『天皇絶対論とその影響』を貸した。治子は近くの古本屋で、ゾッキ本の中に四十円で売られているその本をみつけ、もったいないと思い、買っておいたのだ。

それは谷口雅春が、民族派の大立者だというばかりでなく、彼女の母が「生長の家」

の信者であったということも影響していたのかもしれない。数頁《ページ》読んでみて、素晴らしい本だと治子は思った。そして、何か本を読みたいという二矢に、その本を貸したのだ。

「本は最高のものから読んでいく方がいい。肉はあとからでもつけられるから。これには最高の思想がもられているように思うの」

といって手渡した。

山田はドストエフスキーの『悪霊』を貸した。それが左右どちらのものであれテロルの無残さを描いたものであったというのは怖ろしいほどの偶然だった。しかし、そのとき山田が知らせたかったのは、右翼の世界だけでなく他にも豊かな精神世界はありうるということだった。山田には、二矢の「危うさ」のようなものが、気がかりでならなかった。

二矢がまだ愛国党を脱党する以前のことだった。吉村や中堂を含めた何人かで一人一殺の問題を話し合ったことがあった。安保反対のために全学連が過激な行動をとっている中で、右翼が沈黙していてよいものだろうかというところから論議が始まっていた。聖堂に車座になり、ひとりずつその思いを述べた。終りに近くなって二矢が重い口を切った。

「このような状況の中で、右翼のなすべき仕事、残されている仕事としては、一人一殺以外にないのではないでしょうか」

「いや」と山田はいった。「たとえどのように政治的な意見が異なっても、殺すことで結着をつけようとするのは間違っている。それでは何の解決にもならない」

いつになく山田が熱っぽく語ったのは、二矢の様子があまりにも思いつめているように感じられたからだ。

「テロリストが、テロルというひとつの行動を、その後の政治活動で勲章か何かのように胸にぶらさげて生きていく。そういった右翼のテロルは少しもいいものじゃない」

「どうしてですか」と二矢は反問した。

「それは人間の生き方における美学の問題だが……」

「美学？」

二矢は鸚鵡《おうむ》返しに訊ねた。山田は説明に窮した。それを二矢に理解させようとすることは、今まで彼が説いてきたこととは正反対の、さらに過激な情念について語ることでもあったからだ。しかし、山田は、彼が承認する、唯一のテロリストの生き方について、つまり死に方について語った。

「自分の行為は自分自身で責任を取る。他の命を奪ったら、自らの命も奪わなくてはならない」

そして、こう付け加えた。

「それだけの覚悟がなくては、一人一殺など口にしてはいけないものなのだ」

山田には、二矢がその言葉に納得したかどうか、少しも自信がなかった。

しかし、山田の気がかりとは、二矢が何か激しい行動を起こしそうだというような具体的な不安ではなかった。純粋に、真一文字にピンと張りつめて生きていくことのいうにいわれぬ「危うさ」が感じられてならなかったのだ。山田は誰でもいい、世界の巨人の真の凄《すさま》じさを二矢に見せてやりたかった。その衝撃によって何かが変わればよいと念じていた。この少年に対して、自分ができることといえば、そういったことくらいであろうと思えたのだ。

それから三週間後、二矢は再びアパートを訪れ、『天皇絶対論とその影響』を返しに来た。深く感動しているようだった。『悪霊』はまだ読んでいないらしく、そのとき持ってこなかった。

彼にとって、その二冊の本のいずれから読みはじめるかということは、あるいは、十七年の生涯における最大の岐路であったかもしれない。

『天皇絶対論とその影響』は昭和十六年に発行された古い本である。光明思想普及会の発行で、谷口雅春は編著者である。冒頭に谷口の「天皇信仰」という短い一文が掲げられている。その文の中で谷口は「忠」と「私」について次のように書いていた。

《天皇への帰一の道すなわち忠なり。忠は天皇より出でて天皇に帰るなり。天皇は一なり。ハジメなり。一切のもの　天皇より流れ出で　天皇に帰るなり。わが「忠」わたくしの「忠」我輩の「忠」などと云て　「我《が》」を鼻に掛ける「忠」はニセモノなり。私なきが「忠」なり》

右翼運動の中で次第に孤立感を深めていた二矢には、支えになる絶対的な何かが必要だった。それを探し求めていたといってもよい。

彼のそれまでの思想と行動は、強い「反共」の意識によって支えられていた。「反共」の思想は常に流動的で、相手によって変化せざるをえない。その意味で相対的なものだ。

彼には思想の根がなかった。少なくとも彼にはそう自覚されていた。左翼に対する反撥心だけでは、ギリギリのところで不安になる。自分自身がよりどころにする根が必要になってくる。かつてはそれが赤尾敏であり、愛国党であった。今やそこから遠く離れ、より普遍的な根を必要としていた。

そのような時、二矢はこの本を読んだのだ。そこに「天皇」をあらためて発見した。『天皇絶対論とその影響』は、根を求め、道を求め、絶対的なものを欲している若者には、自分自身にも不思議なほど、心の奥深くまで喰い入ってきた。

《私はこの本を読んで今まで自分が愛国者であることを誇りにもち、自分の役割が国家にとって重要なものであると自負していたことに深く恥じ、私心のない忠というものでなくては本当の忠ではないと思いました。今まで私が左翼の指導者を倒せば父母兄弟や親戚《しんせき》友人などに迷惑がかかると考えたことは私心であり、そういうことを捨てて決行しなければならないと決心しました》

その本を読んだ直後、二矢は自宅近くの古本屋で『明治天皇御製《ぎよせい》読本』をみつけた。十円だった。彼はそれ以後、テロルを決行するまでこの本だけを読んで過ごすようになる。

照るにつけくもるにつけて思ふかな
　わが民草のうへはいかにと

末とほくかかげさせてむ国のため
　命をすてし人のすがたは

彼はそれらの歌を、暗誦《あんしょう》できるほど読み込む。末とほくかかげさせてむ国のため命をすてし人のすがたは。命をすてし人のすがたは。命をすてし……ああ、何という深い慈悲だろう、と二矢は心を震わせた。

必要なものはもう武器だけだった。左翼の指導者を殺しうる武器があればよかった。大学に入ることもでき、学生アルバイトもできるようになった。働けば来年の一月くらいまでには、五、六千円の資金ができるだろう。その金で浅草の古道具屋から短刀を買おう。そして、その時こそ……。

2

岸内閣が倒れ、かわって池田勇人《はやと》が内閣を組織することになった。池田が、やがて国会を解散し、総選挙を行なうことは眼に見えていた。

浅沼にとって、安保闘争は祭りの日々といってよかった。祭りが終り、委員長としての日常が待っていた。それまで棚上げされていた委員長としての力量の判定は、その日常的な一日一日によってなされるはずであった。そしてそれが、日常の積み重ねの上に成り立つ総選挙によってこそ真に問われるであろうことは、浅沼もよく自覚していた。

浅沼稲次郎は昭和三十五年三月に社会党委員長になったが、彼の委員長へ至る道には、二つの大きな分岐点があった。そのたびに、彼は決断し、ひとつひとつの道を選んでいった。

その第一は、西尾末広を中心とする旧社民系グループの離党に際して、浅沼の去就がその最大の鍵《かぎ》となった時である。そのとき彼は、書記長の座にとどまることで、結果的に西尾派を切って捨てる。

分岐点の第二は、その直後に開かれた党大会で左派に推されて立候補し、旧日労系の代表者としての河上丈太郎と委員長の座をかけて争わなければならなかった時である。彼は、友人、同志、家族のあらゆる反対を押し切って立ち、ついに委員長選挙に勝つ。

この二つの決断は、彼を知る多くの者を驚かせ、憤らせ、不思議がらせることになった。

西尾派は中国での浅沼発言に厳しい批判を加えていたが、訪中後の選挙に二連敗するやその責任の一端を浅沼発言に求めて徹底的に追及してきた。

この時、浅沼擁護にまわったのは、河上派ではなくむしろ左派の鈴木派だった。鈴木委員長とコンビを組んでいる書記長であるから、というだけが理由ではなかった。中国でのラディカルな発言と、その後の一貫した態度に、左派の構成員の浅沼に対する見方が微妙に変化していたことも大きく影響していた。右派の浅沼発言への攻撃は、結果的に彼と左派とを急速に近づけることになった。

執行部の責任問題と党再建問題が交錯していく中で、左派と右派の対立は激化する一方だった。やがて、それが西尾の「統制問題」として爆発することになった。

この頃ようやく昭電事件の無罪が確定した西尾は、それまでの失われた時間を取り戻そうとでもするかのように、さまざまな政治的な問題に積極的に発言しはじめていた。左派の階級政党論に対して国民政党論を主張し、防衛大学校の学生誌に「今日の世界の主要な問題は資本主義か社会主義かといった対立にあるのではなく、共産主義か民主主義かにある」という意味の文章を書き、あるいは「安保改定にただ反対だけしていても仕方がない」などと発言した。

これに刺激された左派、とりわけ党青年部は、西尾発言は明らかに反党的であり離党すべし、と勧告するまでに硬化する。左右の対立は抜き差しのならない地点にきていた。

三十四年九月、このような状況下に、第十六回党大会が開かれた。ここで左派は、強引に西尾を統制委員会にかけることを決議してしまう。大会は紛糾し、執行部はついに延会声明を発せざるをえなかった。

この左派の攻撃に対し、西尾は中間派の河上派に呼びかけ、オール右派としてひとつにまとまり党内野党として共に闘っていくことを提案した。左派に強い違和感と恐怖感を持っていた河上派は、このオール右派連合の構想に乗っていく。

左右統一後、党の主導権は左派の鈴木派が握っていた。しかし、河上派も執行部に浅沼書記長を送り込み、まがりなりにも鈴木派と党内与党を形成していた。そうである以上、河上派が西尾派と組んでオール右派として結束するためには、浅沼の書記長辞任が必須であった。一方、左派にとっては、浅沼を執行部内に留めておくことが河上派と西尾派とを分断する最良の方途だった。左派には右派西尾派を切り捨てる覚悟はあっても、中間派の河上派まで失うことはどうしても避けたいという意思があった。

ここにおいて浅沼の去就が社会党の運命を決するというほど重要な意味を帯びてくる。河上派は西尾派との申し合わせを守り、浅沼辞任を約束する。そこには、浅沼といえど派閥の駒にすぎず、派閥の意向で自由にできるという暗黙の前提があった。

しかし、一度は辞任を承諾した浅沼が、決定的な局面で前言を翻《ひるがえ》す。続開の党大会で、もし再び選ばれるなら、自分は書記長の座に留まるといい出したのだ。そして浅沼はその理由をこう説明した。

「自分は一河上派の浅沼ではない、あくまでも党の浅沼であってみれば、河上派の決定に縛られることはない」

浅沼のこの決断によってオール右派連合の構想は潰《つい》えた。西尾派は離党を決意したが、河上派は浅沼を残して党を出るわけにはいかないという理由で、残留することになった。鈴木は「助かった、これで助かった」といって浅沼の肩を抱いた。

西尾は、後に、浅沼は生涯「私」というものを持たず運動に献身してきた人物だがこの時だけは「私」があった、と書くことになる。西尾のいう「私」とは、浅沼が翻意したのは鈴木派の謀将佐々木更三との間に密約があったからだという噂《うわさ》を意味している。つまり、佐々木が浅沼に対して「鈴木の次はあんただ」と次期委員長をほのめかすことで危機を乗り越えようとし、浅沼もその取り引きに応じたというのだ。それは佐々木のよく用いる手であった。だが、浅沼がそのような曖昧《あいまい》な約束手形を信じて翻意したと断じる材料はない。

浅沼は、翻意を表明する記者会見の席上で、自分は一河上派の浅沼ではないといったあとで、あえていえば左派でもなく右派でもない「本流派」に属していると冗談めかしていった。しかし、そこには意外に深い意味がこめられていた。

彼の生涯の敵は、ある意味で派閥そのものだったといえなくもない。戦前の無産運動時代、派閥抗争の中を麻生久という先達と共に派閥を巡礼しつづけた。だがその巡礼の果てに辿《たど》り着いた先が、戦争協力という地獄のような地点だった。戦後は、右派と左派の抗争の中で無力な中間派の代表として、それぞれの派閥から痛めつけられながら、しかも党のまとめ役たらざるをえなかった。

「人の上に人を作らず党の中に党を作らず、ひたすら派閥に介入せず生きぬこうと努めてきたことは事実であって、統一後殊に河上派に属していながらも、その会合にも出席せず党務に専心した」

と野溝勝がいうように、まとめ役として力を発揮するためには、派閥からの離脱が必要だった。だが、浅沼も一挙に河上派から離脱するだけの勇気はなかった。先輩がおり、友人がいた。しかし、何度となく派閥のエゴイズムに振り回されているうちに、次第に一定の距離を置くようになった。

昭和二十六年の左右分裂の際は、旧日労系の幹部の意を受けて分裂のために体を張らなくてはならなかった。ところがその後、右派の鬼と呼ばれるほど右派社会党のために働いていたにもかかわらず、三十年、浅沼の知らない所で派閥の幹部たちの談合によって左右合同が画策され、成功してしまう。今度は統一のために馬車馬のように働いていると、また派閥のボスたちはそのエゴイズムによって党を分裂させようとする。

おそらく彼には耐えがたいことだったのであろう。彼の「本流派」という言葉には、派閥によって翻弄《ほんろう》されつづけてきた男の重く苦い呟きが低く反響している。

西尾派はやがて民社党を結成するが、河上派からも多くが民社党に走った。その中には麻生久の息子、良方もいた。

三十四年十月、再開された十六回大会で浅沼は書記長に選出される。実にそれが十一度目の書記長の座だった。

新聞や雑誌の見出しには、いささかうんざりしたような調子で「万年書記長」「庶民派書記長」といつもの活字が並べられた。確かに、いくら書記長に選ばれるのが十一回目であるにしても、浅沼が庶民的であることに変わりがあるわけではなかった。だが、浅沼は、庶民的であったというより、庶民そのものであったのかもしれない。

戦中、終戦、戦後と、浅沼は庶民そのものとして変化に対応してきた。戦争末期に、白河町の町内会長になるや「聖戦を完遂させなくてはならぬ」といった挨拶《あいさつ》をしていた浅沼が、日本が負けてから七カ月しかたっていない第一回の総選挙で「民主的な日本を再建するために」という演説をするに至るのだ。そして、この変化の仕方と速度は、日本の庶民の多くが共有したものだった。

しかし、その時どきによって纏《まと》う政治的な衣裳は異なることがあっても、常に不変だったのは、彼の行動の根幹をなしていた「少しでもいい世の中にしたい」という素朴な志である。その志の具体的表現が、稚拙ではあるが真実味のある「誰もが米を食えて、列車は一等も三等もなくみんな特別二等車に乗る世の中」という口癖になった。もっとも、この志とても庶民の善意と願望といったものから遠く離れるものではない。だが一点、浅沼が庶民と違っている点があったとすれば、それはその善意と願望を、頑固に育みつづけたことである。

戦後の浅沼の微妙な政治的立場は、彼を寡黙にさせた。自己を主張するということをほとんどさせなくなった。

軍研事件の直後につけはじめた建設者同盟時代の政治行動記録のためのノートには、浅沼岳城と署名され『感ずるまま思い出《い》ずるまま』と題されているが、その第一冊目の第一頁には、「他人の人物批評はなるべくさけるべし」と、まず記されていた。

浅沼にとって、寡黙であること、自己主張の少ないことは、その政治的な出発の時点で自覚的に選択された生き方であったのかもしれない。だが、それにもかかわらず、戦前の、たとえば次のような演説の中には、戦後の主要演説を集めた『わが言論斗争録』の中のどの演説にもない、浅沼の覇気と存在感が溢《あふ》れている。

「田中反動内閣を打倒せる大衆はその圧力を以《も》って浜口不景気内閣を打倒すべし、打倒また打倒、解散また解散、闘争また闘争、かくて労働者と農民の天下は招来されん」

戦後の浅沼には、このような覇気すらも喪《うしな》われてしまった。彼が無言のうちに自己を主張したのは、わずかに遊説の人並はずれた凄《すさま》じさだけといってよかった。

東海道本線の夜行で朝神戸に着く。夜十一時まで演説をし、深夜連絡船に乗って高松に渡る。朝六時に岸壁に着くと同時に演説、十時の船でトンボ返りをして岡山に向かい、そこで夜十二時まで選挙応援のためにぶちまくり、そのまま夜行に乗って広島に向かう。そして朝五時、駅頭で演説を始める……。

あまりにも、強行軍なために随行の記者団の方が先に参ってしまう。だが、浅沼には、ごく当たり前の日常的な行動にすぎなかった。

「社会党員のひとりひとりがもう少し体を動かしたら、世の中はもう少しよくなるんだが」

これが浅沼のささやかな愚痴だった。

社会党本部の書記たちが待遇や給料の不満をいいたてるたびに、まず体を動かせといった。若い書記たちは浅沼を「古い、古い」といって相手にしようとしなかった。

浅沼が書記長の時、ながく会計としてコンビを組んだ伊藤卯四郎は「若い連中は君のことをドン・キホーテと呼んでいるぞ。君が説教すると、また始まったという顔をしている」と忠告したことがあった。伊藤は、物欲も金銭欲もなく、趣味もなければ道楽もなく、ただ大衆運動だけで人生のすべての時間を費《つか》い切ってきた浅沼が、年少の者に軽侮されている様が哀れでならなかったのだ。確かに社会主義の理論的な文献を読むことはなかったろう。日々の新聞を読むのが精一杯だったかもしれない。だからといって数年の勉強で頭につめこんだ理論を持っただけの若者たちに侮られていいということはない。伊藤はそう思っていた。

浅沼の「滅私」に近い党への「奉公」は、しかし社会党の内部ではさして大きな評価を与えられていなかった。むしろ、外に出歩いてばかりいることで、党を引き締めるという書記長の役割を放棄している、といった和田春生のような批判もあった。エネルギーが無駄に費されているという意見もあった。理論がないためエネルギーの方向が一定していない、ともいわれた。

だが、党の書記長として何回も選ばれつづけているうちに、党にとって彼の存在が必須のものとなってきた。浅沼にも、ある自信のようなものが芽生えてきていた。浅沼が、中国で明確な自己主張を貫くことができたのも、ひとつには自分の役割と位置に対する自信がさらに強固なものになっていたからである。

彼の戦後の政治的な軌跡は、庶民そのものの政治的感性に支えられていた。吉田茂の専横を批判し、マッカーサー元帥感謝決議案に賛成の演説をし、共産党を嫌悪した。

だが、彼が戦後はじめて、心の内奥からの感動に衝《つ》き動かされて中国で発言した時、未刊の自伝『嵐に耐えて』の副題どおり「大衆とともに」であった歩みから、一歩前に出てしまったのである。

その一歩の中に、浅沼稲次郎の政治家としての栄光も悲惨も秘められていた。

そしてこの一歩が、浅沼を左派に接近させ、ついには左派の支持によって委員長の座に昇らせることになった。

昭和三十五年三月、第十七回臨時党大会における委員長選で、浅沼は河上を十九票の僅差《きんさ》ながら破り、鈴木のあとを受けて委員長となった。書記長は一般にはほとんど無名の江田三郎が、左派系書記局員の輿望《よぼう》を担って登場した。

浅沼が委員長になった時、かつての社会党の古参党員であり、民社党に転じてからは議員団長をつとめていた水谷長三郎は、その行動力に一定の評価を与えながら、こう批評したことがあった。

「沼さんは、きのう、きょうの政治を処理することにかけては、比類なき能力を発揮するが、あす、あさっての政治を見通し、それを解決することを忘れている」

そして、さらに、浅沼の行動力というものも、ただ無益にエネルギーを費しているだけの場合の方が多い、と皮肉った。

だが、幸運なことに、委員長になった浅沼を待っていたのは安保闘争だった。明日、明後日の政治より、まず今日の闘争こそが重要だという日々だった。ある意味で、無益と思われるエネルギーこそ費さねばならぬものだった。浅沼にとって、それは最も望ましい季節の到来だった。浅沼は、委員長としてというより、むしろ一兵卒として、生き生きと動き回った。

デモの先頭に立ち、請願受付所の最前列に出て応対し、宣伝カーの上で演説した。

五月には、アイゼンハワー米大統領の訪日を延期してもらうため、アメリカ大使館を訪れ、マッカーサー大使とテーブルをはさんで激論をかわすことすらした。

「大統領の訪日は両国の友好に寄与するよりも、今日では国内対立を激化し、日米関係を悪化させる。どうか訪日計画を延期してほしい」

このような浅沼の申し入れに対して、マッカーサーは筋論を主張してこれを無視しようとした。

「アイゼンハワー大統領の訪日は日本政府の要請に基づくものであり、社会党から延期してもらいたいといわれるのは理解できない」

何十分かの緊迫したやりとりは、やがてマッカーサーをして「社会党は、米帝国主義は日中共同の敵といっているが、これを取り消せ」という外交官らしからぬ台詞《せりふ》を吐かせることになる。それに対して浅沼は「遺憾ながら米国の政策は帝国主義的である」といつもの主張を繰り返した。すると、マッカーサーは憤然とし、テーブルを叩《たた》きながら「どこが帝国主義なのだ」と迫った。浅沼は冷静に次のように答えた。

「米国は、日本国憲法に違反する軍事政策を中心に、日本にいろいろ要求してくる。このようなことは、憲法擁護、積極的中立、平和による経済繁栄を実現したいという日本国民の要望に反しているのだ」

浅沼には、今や大衆は自民党政府ではなく自分たち社会党を支持しているのだという自信があった。

それほど闘争の火は凄じいスピードで燃え広がっていった。社会党はそのスピードにすでについていかれなくなっていたのだが、一兵卒として嬉々として闘っていた浅沼は気がつかなかった。

社会党の第一線の活動家が、半年前には「大衆の中に持ちこむには重たすぎる」といっていた安保が、この年のメーデーには子供までが安保反対の掛け声をかけるようになっていた。浅沼はそのことに感激し、また二千万人近い安保反対の請願が集まったことに感動した。

だが、とりわけ浅沼の心を揺さぶっていたのは、大衆の中に入り、大衆と共にデモをし、大衆と同じ道を歩けるという季節が到来したことの喜びであった。

打倒すべき敵は明瞭であり、闘いはただ激しく体を動かせばよかった。若い頃に味わったことのある社会主義運動の「法悦」すらよみがえってきた。「打倒また打倒、解散また解散、闘争また闘争、かくて労働者と農民の天下は招来されん」と高らかに演説して疑うことのなかった、かつての日々の「夢」すら復活してきた。

国会周辺に押し寄せる圧倒的な群衆を眺めながら、浅沼は社会党政権の幻影を見ることもあったはずである。安保闘争の最も激しい時期に、彼はこう書いた。

《一九六〇年代は「資本主義の黄金時代」にあらず、社会党の勝利の時代である》

やがて五月十九日の自民党強行採決、六月十五日の流血事件、六月十九日の自然承認と事態は推移し、社会党はなすすべもなく安保条約を成立させてしまうことになるが、浅沼にはそれを敗北ととらえる感性はなかった。

彼には、同じ目的に向かって大衆と共に歩くことができたという昂揚感が、おそらくはすべてであった。

だが、安保闘争が急速に収束した直後の政治情勢は、社会党にとって想像外の厳しさだった。青森、埼玉、群馬と続いた知事選で、社会党の推した候補がすべて惨敗したのである。

池田勇人の自民党は、すでに所得倍増論を掲げ、安保以後の政治状況を先取りしつつあった。安保闘争の甘い余燼《よじん》の中で、浅沼の社会党はその変化に充分対応しきれなかった。所得倍増論に対して、浅沼は牛乳三合論というのを持ち出した。統計によると日本人はひとり平均〇・三合しか牛乳を飲まない。それを十倍の三合飲めるほどの生活水準を目指そう、というのだった。しかし、池田の自信に満ちた所得倍増論の前に、牛乳三合論はあまりにも非力であった。

浅沼に好意的な花森安治ですらこういわなくてはならなかった。

「その牛乳三合ですけどね、スローガンとしては、わたしはシロウトですけれども、自民党のいう所得倍増より弱いと思うんです。実際は所得倍増、物価高ということになるにしても、所得がふえることはだれだって、いやでない。ところが、牛乳はきらいな人もある。そういう人は三合どころか一升飲ましてやるといってもピンとこないんですね」

池田は政権を取る一年前にすでに「木曜会」と呼ばれる政策研究会を持ち、下村治と田村敏雄らのブレーンを中心に高度成長経済へのプログラムを用意していた。

しかし、浅沼にはブレーンと呼びうる人物がひとりとしていなかった。党の政策審議会が彼の頭脳となるはずであったが、その現実政治への対応力はまだ弱かった。

浅沼が個人的に持っていたほとんど唯一の勉強の場は、「朝飯会」という会合だけだった。委員長になった時、同じ早稲田の出身である読売新聞の宮崎吉政が中心になり、浅沼のために新聞記者や評論家を集め、彼らと定期的に話し合いができる場を作ってやった。

建設者同盟時代からの友人である中村高一が、社会党から出て衆議院副議長になっていた。その公邸を借り、パンと牛乳と目玉焼の朝食をとりながら、会のメンバーは自由な討論を重ねた。しかし、その討論の内容というものも、政策とはほど遠いもので、「政局に関する情報交換」といった程度の、いわば放談会にすぎなかった。池田勇人の「木曜会」とは、スケールにおいても志においても比べものにはならなかった。

夏、浅沼は休養を取るため、しばらく三宅島に行った。父はすでに死んでいたが、島には義母と妹夫婦が暮していた。幼い頃、うまくいかなかった義母との間も、この頃には余裕のある穏やかなものとなっていた。年老いた義母が、風呂に入っている六十すぎの息子に「肩までつかるんですよ、髪の毛も洗うんですよ」といっても、浅沼は真面目に湯殿から「はい、はい」と小学生のように返事をした。

東京に戻った浅沼は、総選挙に向けて全国を遊説して歩いた。歩いたというより走った。党のためだけに自らの体を酷使した。

それだけ働いても、彼はまだ社会党員から充分な尊敬を受けるには至らなかった。書記局にいた貴島正道は、地方の支部から「浅沼さんの演説は古いから寄こさないでくれ」という申し出を受けることすらあった。浅沼がこの総選挙を「安保闘争の後始末」とみなし、安保論争に固執したことも、地方で敬遠された理由のひとつであった。浅沼はそのような空気を微かながら感じていた。「みんなは使っといて、どうもやりすぎる、という公式で述べたこともあった。かつての友人たちが多く属しているんですな」と党外の人物に珍しく愚痴のようなものを述べたこともあった。

彼はある意味で孤立しているといってもよかった。かつての友人たちが多く属している河上派とは断絶があり、彼を支持している左派とは個人的な親交は無に等しい。しかも、彼は側近とか子分を持てない性格だった。一見、磊落《らいらく》で開放的なように見られる浅沼は、しかし他者を自分の懐の中まで徹底的に呼び込むことはなかった。それは、おそらく彼が、人と人との関係の中で「狎《な》れ合った」という関わり方の間合いを、ついに会得できなかったからではないかと思われる。

浅沼は幼少の一時期を除いて、血のつながった人間との「狎れ合った」関係の中で生活したことがなかった。義母という他人、友人という他人。結婚しても子供が生まれなかったから、彼の身の回りには妻という他人、養女という他人、秘書という他人しかいなかった。

幼い頃から浅沼の家に寄宿し、青年になってからは浅沼の個人秘書として働き、最も長く彼の傍にいた壬生啓には、「大勢の中に居ることを望みながら、結局、あの人は独りきりだったのではないか」という思いが強い。

遊説には多くの新聞記者が同行する。夜行列車が途中で駅に止まると、浅沼はその大きな体を揺すってプラットホームに駆け降り、手に一杯の駅弁を買い込んでくる。ひとりひとりの記者に配り、自分も嬉《うれ》しそうに箸《はし》を動かす。そして再び眠りにつく。

そのようにして隣でぐっすり眠っているはずの浅沼が、ふと気がつくと、深い闇《やみ》にくっきりと映し出されたガラス窓の中の自分をじっと見つめていた……。何度か同行したことのある書記局員の広沢賢一は、そのような浅沼の昏《くら》い姿を目撃したことがあった。

自分の選挙は妻や秘書たちに任せた。負ける心配はなかった。浅沼の個人的な人気は群を抜いていた。岸の後継内閣の首班は誰が一番ふさわしいかという東京新聞の世論調査では、七・八パーセントの石橋湛山についで七・五パーセントの支持を集めて第二位になっていたほどである。自民党から安井誠一郎と田中栄一、社会党から浅沼と原彪《ひょう》。定員四人の東京一区はそれが指定席のようなものだった。

ところが、民社との分裂時に民社党に走った東京都連の元有力メンバーが対立候補を出してきたのである。彼らの多くは浅沼の直接の管轄下にあった親しい者ばかりである。しかもその対抗馬に選ばれたのが、青年時代に誰にも代えがたい存在であった麻生久の息子であり、戦後は「浅沼さんの目のかけようは傍《はた》で見ていてもうらやましいくらいだった」と加藤宣幸がいうほど親身になって世話をした、まさにその麻生良方だった。

九月の末、早稲田雄弁会の後輩である自民党の橋本登美三郎は、国会内で浅沼と出会った。

「ヌマさん、顔色が悪いよ」

橋本がいうと、彼はこう答えた。

「選挙が近いからね。いろいろ心配事が絶えないよ」

十月に入って、戦前からの運動仲間である野溝勝は、参議院の議員会館の私室で、浅沼と話をした。いつになく落ち着いた長時間の会話になった。浅沼がしんみりとした口調でいった。

「君とは会ったり別れたりいろいろの運命を辿ったが、もうこれからは死ぬまで固く手を握って行こう」

野溝も浅沼の手を握り、いった。

「生命には限界がある。お互い体に注意して頑張ろうよ」

浅沼は別れ際に独り言のように呟いた。

「最近党内でも警戒しなければならない動きが出てきて案じられる……」

浅沼のいう「警戒すべき動き」がいったい何であったのかは明らかではない。だが、理論音痴と軽侮されていた彼の独り言が、構造改革という新しい路線の持つ「危うさ」とその後の党を二分しての「混乱」という社会党の行く末を、かすかに言い当てていたことだけは確かである。

やがて、十月十二日が近づいてきた。

彼の委員長としての力量が問われている総選挙に勝つためにも、勝って党内の主導権を確立するためにも、十二日に予定されている三党首立会演説会で池田と西尾を圧倒しなくてはならなかった……。

3

二矢が自ら立てた計画にしたがえば、決行までの時間はまだ数カ月あるはずだった。アルバイトをして武器購入の資金を作らねばならなかった。それが突如あと数日というまでに急転回したのは、十月一日、偶然に自宅で武器を発見したためであった。

その日は土曜日だった。昼過ぎに親類の子から電話があった。母方の従姉の子で、小学校六年生になる夏比古という男の子だった。夏比古は電話で「二矢ちゃん、プールに泳ぎに連れて行ってくれない」といった。二矢は年下の夏比古に兄貴のように振るまうことが多かった。愛国党の本部に寝泊りしている時期にはしばらく交渉が途絶えていたが、大学に通うようになってから再び親しさが復活した。九月に一度プールに連れて行き泳ぎを教えたことがあった。夏比古はもう一度教えてほしいと電話でいった。

二矢は午後からの授業に出ようと思っていたが、体操と書道だったので休むことにした。

「じゃあ一緒に行くから、うちにいらっしゃい」

と夏比古に答えた。千駄ヶ谷の室内プールに行くつもりだったが、土曜ということもあり混んでいるだろうから、夜七時からの最後の回に入場しようと、二矢は考えた。それまでの時間は自宅で遊びながら過ごすことにした。

夏比古がやってきて、木琴やギターを弾いたりして遊んでいるうちに、家に古いアコーディオンがあることを思い出した。それを弾いてみようということになった。母に在り場所を訊いても、わからないという。二矢はどうしても、幼い頃遊んだことのあるそのアコーディオンを見つけ出したくなって、心当たりの場所を探しはじめた。茶の間を探したがそこにはなく、父母の居間にいき、押し入れを探してみた。下の段に入っているかと思ったのだ。しかし、やはり見つからなかった。もちろん、上の段には布団だけが入っているから、探すつもりはなかった。ところが、ふと眼をやると布団の間から、刀の白鞘《しらさや》と思えるようなものが五、六センチ姿をのぞかせていた。布団の下からそれを取り出すと、古くはあるが、まぎれもない日本刀だった。抜いてみると、刀身は赤黒く錆《さ》びていた。だが二矢は、とっさに人を殺すには充分だと判断した。刀を眺めていると、「まだ見つからないの」といいながら、夏比古が部屋に入ってきた。二矢は悪戯《いたずら》でもみつけられたかのような気持になり、慌《あわ》てて刀を布団の下に押し込んだ。

刀は晋平の護身用のものだった。一度、強盗が入って以来、たまたま古くから山口家に来国俊《らいくにとし》作と伝わるその刀を、布団の下に入れて寝るようになったのだ。昼間は子供たちの眼につかないように、押し入れに隠しておいた。

アコーディオンは床の間の隣にある押し入れにあった。二矢は『カチューシャ』や『メーデーの歌』などを夏比古に教えた。

千駄ヶ谷で二時間ほど泳いだ。夏比古はみるみるうちに上手に泳げるようになり、四百メートルを続けて泳ぐほどになった。

その帰り道、千駄ヶ谷の駅の構内に「警察柔剣道大会」のポスターが貼《は》ってあった。それを眺めていた二矢に夏比古がいった。

「見に行くんだったら連れてって」

うんと返事をしそうになって、いやと思い返した。開催日を見ると十月八、九日となっていた。それまでにはテロルを決行しているかもしれない、と咄嗟《とっさ》に判断したからであった。

「行かないよ」

「もし行くことになったら連絡してね」

夏比古が甘えていった。

翌日、彼は明治神宮に行った。紺絣《こんがすり》の着物に袴《はかま》をはいて、朴歯《ほおば》ででかけた。そして、「左翼の指導者を倒すために、どうか天佑《てんゆう》神助を賜わりたい」と祈願した。自らの気持を晴れやかにするために歌をうたいながら境内を歩きまわった。

昭和維新の春の空
正義に結ぶ丈夫《ますらお》が

胸裡《きょうり》百万兵足りて
散るや万朶《ばんだ》の桜花
やめよ離騒の一悲曲
悲歌慷慨《こうがい》の日は去りぬ
われらが剣今こそは
廓清の血に躍るかな

歌は『昭和維新の歌』ばかりではなかった。『蒙古放浪の歌』も『人を恋うる歌』もうたった。

その翌日から二矢は学校に行かず、明治神宮に行っては計画を練った。明治神宮の宝物殿の近くにある芝生に寝転がり、あるいは歩きまわり、二矢は計画の細部について考えた。

二矢にとって、テロルの決行と自らの死は同義のものであった。十月初旬、彼は維新行動隊の裁判を傍聴しようと思い、東京地方裁判所に出かけていく。が、券を手に入れられず、空《むな》しく帰ってくる。しかしこの時の気持を二矢は、「昼頃、護国団の維新行動隊事件を思い、自分が左翼の指導者を倒して生きていれば裁判を受けなければならないので公判に行ってみようと思いました」と、後に述べている。「生きていれば」という仮定の中には、当然自らの死が前提とされている。決行して生きていれば裁判を受けなくてはならない。だがその場で死ぬことができれば裁判を受けなくてすむことになる。

彼はテロルを夢想する中で、しだいに運命論的な世界に搦《から》め取られていった。彼がテロルと死をこれほど直截《ちょくせつ》に結びつけたのは、他者の死を自らの命によってあがなうという古典的なテロリストの倫理以外に、自分の運命は定まっているのだという強い予感があったからである。彼のこの運命論への傾斜には、父親の影響が色濃く滲《にじ》み出ている。易の看板を掲げていたことのある晋平の子として、易の断片的な知識とともに、運命の神秘性を受け入れる素地は充分に作られていた。

二矢は、愛国党に入ってしばらくした頃、兄の朔生に語りかけたことがある。

朔生は、その時の不思議と透明な表情を忘れることができない。

かつて両親が共に胸を病み、自身も呼吸器系の病気をもっていた二矢には、自分が「肺病質」なのではないかという、かすかな恐れのようなものがあった。二矢はその時、朔生にこういったのだ。

「暗殺者には肺病質の人が多いんだね……」

愛国党を二矢と共に脱党した中堂利夫は、二矢が、自分はどうも二十まで生きられない人間であるらしい、というのを何度か聞いている。それはなぜなのか、理由を訊ねたことはなかったが、その言葉には妙に切迫した響きがあった。

山田治子は、大学の入学手続きの準備をした日、すし屋で昼食をとった折に、二矢が

やはり冗談めかして自分は二十まで生きられそうもない、と呟くのを聞いた。どうして、と訊ねると、

「自分の手相を見ると、運命線は二十前で終っているんだ」

と答えた。

その日、昼食のあとで、治子は中野の二矢の家に寄った。二矢の母親に挨拶をしようと思ったのだが、ちょうど外出していた。帰るまで待つことにした。その間に二矢は兄と共用の部屋を見せてくれた。これが兄貴の机、これが兄貴のアーミー・コレクション、兄貴に黙って見せちゃ悪いけど、といいながらひとつずつ説明した。その時、ふと朔生の本棚から一冊の本を抜き出し、二矢がいった。

「これ兄貴の大学の先生が書いた本なんです。樺美智子さんのお父さん。ぼくも読んでみたいと思っているんです」

治子はどうして二矢が樺美智子などに興味を持つのか、と不思議に思った。

二矢は決行の日が近づくにしたがって、死の予感が深まっていったかのようだ。彼は見納めと思い、かつて自分が幼い頃遊んだ公園を、もう一度訪れてみようとする。彼はそこで母の作ってくれた弁当を食べた。

《十月六日は木曜日で前日と同様八時頃弁当を持って、学校へ行くといって出かけ、池袋駅へ行きましたがデパートが開いていないので駅の辺をぶらぶらして、十時頃デパートが開いたので中に入り屋上へ行って、もう見納めだからと思い池袋の町を見まわしま

した。

それから、昼頃、新宿駅西口行西武バスに乗って、上落合二丁目の停留所で降りました。そこへ行ったのは大東文化大学へ通うバスが、幼い頃通っていた落合第二小学校へ通ずる道路を通っているので、前から行ってみたいと思っていたので、その方へ足が向いたわけです。

上落合二丁目停留所で降りてすぐ交番の裏にある公園に行って、昼食を食べました。その公園は子供の頃遊んだことのある公園で懐かしく感じました。そこに一時間位いて、小学校三年生まで通っていた道を通って落合第二小学校に行き、学校のまわりを見て歩き、もと来た道を戻って西武線中井駅そばにあった自宅附近を見て歩き、幼い頃のことを思い出しました。そこから中井駅に行き、バスに乗り午後四時頃自宅に帰りました》

二矢がひとりで決行するということを決意した時、彼には左翼への怒りと等量の、右翼への深い絶望があった。

周囲には口先ばかりで、いつまでたっても立ち上がろうとしない善良な右翼たちだけがいた。彼は、それらの人びとを愛してはいたが、すべてを委ねて尊敬できるという人はいなかった。

一度、彼は吉村法俊に共に立ってくれないか、と迫ったことがある。だが吉村は拒絶した。

「人を殺すより、自分が死んで世を諌《いさ》めた方がいい」

というのだった。

右翼の大物の家に行き、左翼を撃つというと、

「そうか、そうか、頑張るがいい」

とほめ、すぐ酒宴になるが、二矢の言葉をその右翼は信じているわけではなかった。

彼のまわりにいるすべての右翼は、「時が来たら立つ」とだけしかいわないのだ。

だが、いつかなどという時は永久に訪れないのではないか。立つなら今しかなく、いつだって今しかないのだ。今立てないなら永久に立てないということだ……二矢には右翼人というものへの疑問が芽生えるようになっていた。

彼は脱党したあと、自分の保護司である上村吉太郎に、運動はやめたよといい、また九月に、以前の事件で検事に取調べを受けた時も、「右翼団体での活動はもう足を洗おうと思っている」と述べた。

しかし、これは決行を前にしてのカモフラージュというばかりではない真実もあった。右翼団体での活動に対する、深い絶望は確かにあったからだ。

事件後、防共挺身隊に残された二矢の荷物の中に、既成右翼に対する激しい批判が書き込まれた手記の断片が見つけられた。それを発見した福田進は、赤尾敏や吉村法俊といった人物ばかりでなく、自分や防共挺身隊にまで、二矢が鋭い批判の視線を持っていたことに驚かされた。断片には激しい否定と嫌悪と軽蔑の言葉がなぐり書きされていた。

福田はこれを読んで初めて、二矢が右翼に対してどれほど深い幻滅を味わっていたかが理解できた。

九日、二矢は愛国党に挨拶にいっている。その理由はさだかではない。その時、偶然、党にいた岡田尚平と、近くの喫茶店「ハロー」でコーヒーを飲んだ。そのとき二矢は、

「ブラジルへ行こうと思う」

といった。岡田は驚き、

「それじゃあ愛国運動はどうするんだ」

と訊ねた。二矢は寂しい顔をして、

「それはもういいんです」

といった。

岡田は二矢たちが脱党する直接のきっかけとなった喧嘩の相手だったが、これもまた、カモフラージュとはいいきれない何かが残る。

このすべて汚れきった日本から、天皇陛下をお連れしてブラジルに行き、本当の日本を作りたいというイメージを、山田治子は二矢の口から聞いたような覚えがあった。

心情的には右翼からさえ孤立していた二矢の、最後に行きついた地点は、かつて幼い頃抱いた「ブラジル」という夢と、現在の夢そのものである「天皇」とを一体化させるところにあったのかもしれない。

倒すべき相手のリストは以前と変わりなかった。だが、どのようにしてやるかとなると迷いもあった。

《やる方法としては彼等の自宅に行ってうまく会い、倒そうと考えました。また車を借りて左翼の集会に突っ込み、日本刀で斬《き》り込むなどということも考えてみましたが、罪のないものを傷つけることはいけないと思い、やはり確実性のある幹部の自宅をおそって殺した方が成功すると思いました》

だが、もしそのような方法をとるとすれば、大きな邸《やしき》に住んでいて、秘書や書生もたくさんいる河野一郎と石橋湛山はきわめて難しいということになる。それに松本治一郎の住所はわからない。二矢は目標を三人にしぼった。小林武、野坂参三、浅沼稲次郎の三人である。

そしてついに、方法をひとつ考えつく。それぞれの自宅へ、大東文化大学の自治会機関誌編集部の学生と名乗り、その機関誌に安保闘争の批判と成果を書いてくれと面会を申し込み、家族の警戒をとき、当人に会うことができた瞬間、日本刀で刺し殺そうと考えたのだ。彼は十月七日、それをすぐ実行に移すことにした。刀を発見してちょうど一週間めのことである。まず日教組の小林武の家に行くと、引越しした直後だった。そこで彼は日教組の本部に電話をする。

「三越の荷物を配達するのですが、小林さんの自宅を教えて下さい」

しかし、電話に出た女性は不審に思ったらしく、教えてくれなかった。

翌日、彼は野坂参三の家に電話をした。電話口には夫人らしい女性が出た。偽の身分を名乗り、

「今度の安保闘争の成果と批判を先生に書いていただきたいのですが、今晩おじゃましてもよろしいでしょうか」

というと、相手の女性はかなり好意的に応対してくれたが、野坂がその日旅行中であることを告げた。しかし、ここで彼は小さな失敗をしてしまう。日教組の小林先生の自宅を知らないかと訊ねてしまうのだ。相手は知らないといって電話を切った。

そこで、次に二矢は浅沼の家に電話をする。娘らしい若い女性が電話に出た。同じように面会を求めると、浅沼は名古屋に旅行中だといって断わられた。その日、三人の行方がわからない限り、時期を待たなくてはならないと少し落胆しながら彼は思う。

ところが、それから二日後の十月十日、いつものように学校へ行くふりをして家を出た。すると、その通り道の電柱に、何枚も同じポスターが貼ってあるのに気がついた。それによれば、共産党の衆議院議員候補である「きくなみ」が、三日後の十三日、新宿生活館で午後五時から演説会を開くという。二矢は、「きくなみ」がかつての労働界のスター「聴濤克巳」であるなどということは知らなかったが、彼にはそれはどうでもよいことだった。彼にとって重大だったのは、そこに応援弁士として野坂参三がくると記されていたことだった。

その日の夕方、二矢は電話をする。それまで考えていた方法で決行することが可能か

不可能かもう一度だけ試してみようとした。まず浅沼の家に電話した。

「大東文化大学の学生ですが、先生はいらっしゃいますか」

応対に出た娘が、

「地方から東京に帰ってきましたが、いま家にはいません。スケジュールは議員会館にいる秘書に訊《き》いてください」

と答えた。

浅沼にしても野坂にしても議員会館で会えるわけはない。面会を求めても怪しまれるだけだろう。まして日本刀を持って歩いているところを尋問でもされたら万事休す、だ。もはや、十三日に新宿へやってくる野坂を狙《ねら》うことが、残された最上の方法なのかもしれない、と二矢は思った。

その夜、二矢は「十三日、野坂を殺す」と決意する。

十一日は学校へ出かけるふりをして池袋をうろつき、昼近くに家に帰った。そして本を読み、ただ刻《とき》の流れに身を任せていた。

第五章　彼らが見たもの

1

その日、十月十二日、読売新聞の告知欄で三党首立会演説会の開催を知り、二矢は動揺した。

二矢には、すでに「翌十三日、新宿生活館で、日本共産党議長野坂参三を殺す」というひとつの決意があった。何度かの予備的な計画に失敗しつづけ、ついに見つけた絶好の機会だった。

だが、その前日の朝になって、新聞で三党首立会演説会の開催を知ったのだ。二矢は迷った。

十二日の三党首立会演説会は十三日の共産党の演説会よりはるかに実行しやすそうだった。殺す相手は野坂でなくともよかった。「暗殺リスト」に残った三人のうちのひとりであるなら、誰でもよかった。三党首というからには間違いなく三人のうちのひとりである浅沼稲次郎が登場する。

新宿生活館での共産党の選挙演説会にはやはり多くの共産党員がくるのだろう。党員でない者は入りにくいのではないだろうか。しかも、自分は愛国党にいた頃に何度も激しく左翼の隊列に襲いかかっている。万が一、顔を覚えられていないともかぎらない、と二矢は考えた。見つかれば失敗するし、取り押さえられ武器を隠し持っていることが露見するかもしれない。そうなれば、警察にマークされ、もう二度と立つことはできないかもしれない。二矢はそのことを恐れた。

しかし、日比谷の演説会は公開のものであり、一般の者を対象にしているのだろうから自由に入場できるはずだ。その人びとにまぎれて決行すれば標的に達することも不可能ではあるまい。

二矢は新聞に眼を落とし、必死に考えをまとめようとした……。

茶の間にいる母も兄も、いつものようにながながと新聞を読んでいる二矢の姿から、彼のそのような心の揺れを見出すことはできなかった。家族の者の眼には、二矢はふだんの様子と少しも変わるところがなかった。

学校へ行く時間が迫ってきた。

二矢はその二週間というものほとんど学校には通っていなかった。しかし、母親に心配はかけたくなかった。だから、いつでも母親の作ってくれた弁当を持ち、学校へ通うふりをして通学の時間には家を出た。母親に余計な心配をかけて悲しませたくなかった。

人を殺してしまえば母親を嘆かせるのは明らかなことだったが、少なくともそれまでは学校に通う大学生の息子の役を演じ切りたかったのだ。

日比谷公会堂で浅沼を狙うか、新宿生活館で野坂を狙うか。どちらとも決めかねていたが、いずれにしても三党首演説会が始まる二時までにはまだ時間が充分にあった。これ以上、家にいると母親に不審に思われるかもしれない。どこかで時間をつぶさなくてはならない。二矢は教科書とノートを手に学校に行くといって家を出た。

だが、時間をつぶすといって二矢に思いつく場所はなかった。ともかく電車に乗って池袋に向かった。終点の池袋で電車を降りたが、駅からどこへ行ってよいものか考えつかなかった。二矢はそのまま西武デパートに入り、屋上にのぼった。金網にもたれて東京の町を見回した。重い曇り空の下に東京タワーがそびえ立っているのが見えた。

東京タワーの左手には皇居の森が在った。その森の澄んだ緑の中に、二矢は「国のために命を棄《す》てる」自分を見たように思った。

二矢はついに決断した。「明日、新宿で野坂を殺す」のではなく、「今日、日比谷で浅沼を殺す」と。

時間は充分に残っていた。二矢は屋上からグリルのある八階に下りた。グリルのテーブルの前に坐ると、ウェートレスが注文を取りにきた。二矢はフルーツ・サンデーと答えた。テロリストの最後の贅沢《ぜいたく》は、そのフルーツ・サンデーひとつだった。

まだ時間があった。二矢は、西武デパートを出て、向いの三越デパートに入った。そしてまた屋上にあがった。茫然《ぼうぜん》と東京の町を見つづけた。これが本当に最後かもしれなかった。そうしているうちに、今度はまたたく間に時が過ぎていった……。

正午前、二矢は昼食を食べに帰ったようなふりをして家に戻った。家には、母と試験勉強をしている兄がいた。食事をとり、父母の居間から日本刀を盗み出し、台所の茶簞笥《ちゃだんす》の蔭に紙くずと共に隠した。部屋が兄と共用だったための苦肉の策だった。

演説会は二時から始まることになっていた。しかし家を出るきっかけが、なかなか見つからない。気にすることはないのだが、これから決行するのだという負い目が、母親の眼をよけい意識させた。

午後一時半から始まる授業に行くというには遅すぎた。だから二時四十分に始まる、午後二時限目に間に合う時間に家を出ようと思った。母親にどこに行くのだと訊かれないために、二矢は過剰なほど細心になった。二時を過ぎて、彼は隠しておいた刀を学生服の下のベルトにさし込み、ポケットの内側から穴をあけてそこに押し込んだ。

学帽をかぶり、黒い編み上げ靴をはいた。教科書一冊と大学ノート二冊を手に持った。

演説会は二時に始まっているはずだが、順番は自民党、社会党か、その逆で、どんな場合でも社会党は二番目だったので、間にあうという確信はあった。彼にとっては、これが幸いした。もし二時前に到着していれば、入口で「面通し」をしていた公安二課のベテランに、必ずチェックされたであろうからだ。到着が大幅に遅れたため、刑事たちもすでに会場内に入ってしまっていた。

二矢が出ていってから、部屋で机に向かっていた兄の朔生は「おや、どうしたのだろう」と思った。いつもなら何もいわずに出かけるのに、その日は部屋をのぞきこみわざわざ、

「じゃあ、行ってくるね」

と挨拶して出ていったからだ。しかし、それも試験勉強に熱中していくうちに次第に忘れ去っていった。

二矢は中野本町から都電に乗り、新宿に向かった。新宿から中央線の急行で東京駅まで行った。丸の内側の中央口から改札を出て、一直線に皇居を目ざした。濠《ほり》の前で立ち止まり、皇居を見つめた。

しばらくして、日比谷公園に向かって歩き出した。

濠端を歩きながら、二矢はゆっくりと殺す瞬間のことを頭に思い描いていた。

《浅沼委員長を殺害する方法については子供の頃から父が、

「強盗などが入って殺されそうになった時、そばに刃物があればそれで立ち向かわねば駄目だ、刃物で相手を倒すには斬るなどということはむずかしいから刺さなければだめだ」

といっており、本などでも刀で人を斬るには相当の有段者でもむずかしいと書いてあり、また愛国党在党当時誰からだったか忘れましたが、戦争中の話が出て捕虜を斬った

体験談で、日本刀で人を斬るのは大変だと聞いていましたので、刺さなければ殺せないと思いました。

……相手の心臓を狙って刺せば一番良いが、狙いにくいから昔の日本人が切腹して死んだように腹を刺せば殺せる。

しかし私は力も体力もないから、刺そうとすれば体をかわされると失敗するので、自分の腹に刀の柄《つか》の頭をつけて、刀を水平に構えて走った勢いで目標に体当たりすれば、必ず相手の腹を刺すことができると考えました》

二矢は、学生服の上から、そっと短刀を押さえた。

日比谷の交叉点《こうさてん》を通り、公衆便所の傍から柵を乗り越え、公園に入った。園内の花屋を通り過ぎた。花屋には秋の花が無数に咲き乱れていた。透明のガラス越しに見えるその明るい華やぎが、二矢の眼を強く射た。

2

その日、白河町のアパートを議員用の車に乗って出た浅沼は、馬場先門まで来ると、同乗していた秘書を降ろし、ひとりでどこかに消えた。壬生は「おそらく金の工面だろう」と思った。浅沼は、日頃から身近にいて仕えている壬生のような存在にも、金についての行動だけは共にさせたがらなかった。浅沼には、金に対する異常なほどの羞恥心《しゅうち》があった。

午前十時、浅沼は党本部に現われ、書記局会議を主宰した。演説を読み、書記たちからの批判に耳を傾けた。

浅沼がその演説でテレビを通じて国民に語りかけようとしていたのは、来るべき総選挙に勝たせてほしいということだったが、もしその演説が最後まで続けられたとすれば、その終りに主張しようとしていたのは、総選挙後の日本が当面する最大の課題は「中国との国交回復である」ということだった。

書記局員からいくつかの意見が出されたが、彼らはさほど熱心ではなかった。彼らにとっては、その日の浅沼演説より、翌日の臨時党大会に提出する運動方針案の方が数倍も重要だった。とりわけ貴島正道、加藤宣幸、森永栄悦の三人にとっては、研究に研究を重ね、これこそ社会党が歩むべき道だという共通の確信を持つに至った構造改革の路線が、その方針案に盛り込まれ、初めて公的に認知される興奮の方がはるかに大きかった。構造改革は、まさに浅沼に代表される戦前の古い無産政党の尾を断ち切り、近代的な新しい社会主義政党を作り出すはずであった。

昼、浅沼は議員会館に行き、自室の九三一号室で、軽く蕎麦《そば》を食べた。浅沼には、演説の前はあまり食べすぎると腹がつっぱりすぎてよくない、という「雄弁術」に関する彼なりの経験則があった。

やがて日比谷公会堂に向かう時間が近づいてきた。秘書のひとりである酒井良知が

「私は選挙区の方を見てから演説会に廻ります」といって先に部屋を出ようとすると、浅沼に止められた。

「今日は会場にも右翼が大勢くるだろうから、このまま一緒にきてくれないか」

その日は、書記局員も、右翼の妨害に対抗するため大挙して会場に行くことになっていた。

確かに危険な徴候はあった。一年前には名古屋で演説中、舞台に駆け上がった右翼に壇上のコップの水をかけられたことがあった。

三十五年に入っても九州でやはり右翼に卵をぶつけられたことがある。

中国から帰った直後、警視庁から護衛をつけたいという申し出があった。しかし浅沼は断わった。心配すればきりがないし、また社会主義者が警察に守られるというのもおかしいというのが、表向きの理由だった。だが、その底には、俺だけは平気だという、過信に近い思い込みがあった。

五月には、衆議院の通用門前で請願を受け付けていたところを、治安確立同志会の会員に襲われ、アンモニアを投げつけられた。そのため浅沼は三日間の治療を必要とする結膜炎を起こすことになった。それでも身辺を警戒するという気にはなれないようだった。

遊説から家に帰ると、無警戒にも裸同然のゆかた姿で、深夜の町を自民党の福永健司から贈られた愛犬のタローを連れて歩き廻るほどだった。

河上丈太郎が刺された後も護衛をつけなかった。それは、テロルを恐れ、常に空手三段のボディーガードを身辺に置いていた鈴木茂三郎と、いい対照だった。

車に乗り、日比谷公会堂に向かう途中、ふと酒井は不安になり、浅沼に提案した。

「やはり、ボディーガードはつけた方がいいのではないでしょうか」

だが、浅沼は笑って相手にしなかった。

「いらんさ、まさか俺を狙うような馬鹿がいるはずもないからな」

日比谷公会堂の控室にはすでに西尾末広が到着していた。浅沼は西尾とほとんど口をきかなかった。

3

その日、毎日新聞の岡本篤が、日比谷の三党首立会演説会に行こうとしたのも、とりわけこれといった取材目的があったからではない。

岡本は元来が社会部の記者だった。しかし、安保で揺れ動いた半年前の一時期、社会部から衆議院に応援に出されたことがあった。その年の暮に行なわれるであろう総選挙に、彼が続き物を担当することになったのはそのためである。連載はまだ先のことだったが、素材のいくつかはもう集めておかなければならなかった。

公式的な演説会に面白いネタが転がっているはずもない。岡本はそう思いながら、あるいは背景として知っていた方がいいかもしれないとも考え、ごく軽い気持で日比谷に行こうとした。

カメラマンを連れて行くほど重要な取材とは思っていなかった。それが写真部員の長尾靖を同行させることになったのは、写真部のデスクにひとり彼が暇そうに坐っていたから、という以上の理由はない。

岡本と長尾は共に三十前後の同じ世代に属していた。だが、岡本は、長尾の仕事に対するドライな割り切り方が驚異だった。安保の時も一緒に羽田で仕事をしたことがあった。ハガチーを迎える騒然とした取材だったが、長尾は二、三枚撮ると、あとはもうカメラマン仲間とポーカーに興じ、ファインダーをのぞこうとしなかった。この情景をもう少し撮っておいた方がいいのではないだろうか、岡本が遠慮がちに指示しても、気にしない気にしないと手を振って、カードを離そうとしなかった。長尾には、およそ特種《とくだね》意識などないようだった。給料分だけ仕事をすれば、あとは自分の好きなことをすればいい、デスクの叱声など意に介さない、という生き方をしていた。良くいえば肝っ玉が太く、悪くいえばずぼらだった。

だが、彼のこのずぼらさが、やがて日比谷でピュリッツァー賞を受けるほどの傑作を撮らせることになる。

二人で日比谷に向かう直前、長尾は毎日新聞の社屋の傍にある書店に寄った。「どうせ退屈だろうから」といい、彼の愛好するミステリーを買っていこうとした。

しかし、岡本がせかしたこともあって到着したのは意外に早かった。舞台の真下に設けられている報道記者席に二人並んで着席したが、後からやってくる他社の記者に押されて席を詰めているうちに、彼らは椅子《いす》席の中央に押しやられてしまった。狭いために身動きもとれない。記者がメモをとるのを邪魔するわけにはいかず、やがて便所に行くこともできないという状況になってしまった。そのことも長尾が一時間後の決定的な情景を写真に撮ることができた重要な条件だった。

聴衆の入りはよくなかった。開場は午後一時、開始は二時ということになっていたが、二時近くになっても一般の席は五分から六分しか埋まらなかった。一階の後方と二階は空席が目立った。

この三党首立会演説会の主催者は、東京都選挙管理委員会であり、それにＮＨＫと公明選挙連盟が共催という立場で加わった。

三党とは自民、社会、民社の各党だった。社会党と民社党ははじめからこの企画に賛同したが、自民党は岸前首相が刺されたことを挙げ、党首の身辺に関する安全保障がないかぎり応じられない、と一度は拒絶した。しかし、吉田直治都選管委員長の、警備には万全を尽すという熱意のある言葉に、自民党もようやく折れた。

警備に関する基本方針は次のようなものだった。

「政治演説の会場に、警官が必要以上に目立つ形でいるのは好ましくない。だから、会場警備は原則として主催者が行ない、やむをえないものにかぎって、主催者の意思表示があれば、警察がこれにあたる」

このことは主催者側と所轄の署である丸の内署との間で確認された。

会場の整備と警備は、NHKから十四人、都選管から二十七人の職員が出て、これにあたることとなった。丸の内署からも警官が出ることになったが、会場内に入る者はすべて私服という主催者側の要請に従った。署長の寺本亀義には「何か事を起こそうとしている者にとって、制服は無言の圧力になるはずなのだが……」という不満はあったが、黙って従うことにした。

二週間前に主催者側と三党の連絡員との間に会議がもたれ、そこで入場券の割り当てと会場の設営についての細部が決定された。入場券は三千枚を印刷し、各党に三百枚ずつ配布し、残りは主催者側が一般入場者に配る。一階席の前三列を報道記者席とし、そのうしろ二列を特別席とする。特別席には各党の関係者が坐り、演説妨害を防ぐ。そして、一階の各扉には会場整備員を配置する、ということも付け加え報告された。

選管が丸の内署に要請した私服の数は十人だった。しかし、それでは充分な警備ができない。丸の内署は六十人を主張したが、結局三十人ということに落ち着いた。

ところが、演説会の二日前、都選管に愛国党の赤尾敏が乗り込んできた。

「なぜ三党だけ優遇するのか。あらゆる政党に平等な発言の機会を与えるべきではないか。三党だけの党首演説会を選管が主催するなぞ明らかに不法である」

こう赤尾は抗議し、もし自分の主張が容《い》れられない場合は、実力で阻止してみせると啖呵《たんか》を切った。

赤尾が都選管に現われたという情報は即座に丸の内署にも流れた。署長の寺本は警視庁の高橋警備課長に「特別の指示はありませんでしょうか」と伺いを立てた。高橋は「まあよろしくやってくれ」としかいわなかったが、不安を感じた寺本は私服をさらに増やすことにした。NHK側も整備員を六人増やした。担当である事業部員を総動員したのである。

赤尾が何かするのではないかという恐れは、主催者側の警備陣と丸の内署の私服に、事件が起きるとすれば彼か彼の周辺からに違いないというひとつの暗示をかけることになった。

その日、演説会の司会をつとめたのは、NHKのアナウンサー小林利光だった。当時NHKが行なっていた政治討論会の司会は主として政治評論家の唐島基智三が担当していたが、彼の都合の悪い時は小林にその役割が振られることもあった。三十五年度は地方で催された政治討論会に四度ほど司会をつとめた。その経験を買われ、党首による立会演説会というかつて例のない催しに、小林が起用されたのだった。

演説会はラジオとテレビで放送されることになっていた。ラジオは大塚利兵衛アナウンサーによる同時中継だったが、テレビは録画して二時間あとから流すことになった。それは、その同じ時間に川崎球場で日本シリーズの第二戦が行なわれるためであった。NHKの編成部では、三原大洋と大毎ミサイル打線との間で争われる日本シリーズと三党首による立会演説会のどちらを生中継にすべきか、かなり迷った。日本シリーズの実況を担当する岡田実が小林に語ったところによれば、五分五分ということだった。しかし、当時KRテレビといっていたTBSが日本シリーズを同時中継することが、NHKも日本シリーズを先に放送し、その後で、演説会を録画中継することに踏み切らせた。

開場の時間である午後一時頃、赤尾敏が姿を現わし、都選管委員長に面談を申し込んできた。吉田委員長は本部控室で会い、騒がないでほしいと懇願した。赤尾は一貫して法の下における平等、つまり「機会均等」を主張した。吉田は「慣例」を持ち出したが、論理そのものは赤尾に分があったため、下手に出るより仕方がなかったのだ。

赤尾をはじめとする愛国党員は、やがてどこかで調達してきた正式な入場券によって中に入った。警視庁から応援に来た公安のベテラン刑事が、入口で密かに「面通し」をしていた。刑事は入場者の中から十八人の右翼を発見した。そのうち十四人が愛国党員であり、彼らは赤尾を中心に舞台に向かって左側に陣取った。

舞台には、中央に演壇となる大きなテーブルがあり、その右手にやはり大きな花瓶が置いてあった。赤と白のカーネーションを中心にゆったりと花が盛られていた。聴衆から向かって演壇の右手に椅子が三脚置かれてあった。主催者側の代表として吉田都選管委員長と、講演者を除いた控えの二人が坐るための椅子だった。舞台左手には司会者用の机と椅子二脚が用意されていた。

演説会が始まったのは予定より二分遅れて二時二分だった。生中継ならたとえ一秒の遅れでも許されないが、録画中継ということでスタッフにも気のゆるみがあった。

二時十二分吉田委員長の挨拶が終り、演説が始まった。一番手は民社党の西尾末広だった。西尾は議会制民主主義を破壊するものとしての「赤い社会党」を激しく批難した。社会党の「赤」を強調することで社会民主主義政党としての民社党の「ピンク色」を際立たせようという戦略だった。西尾の演説はそれなりの年輪を感じさせる理路整然とした渋いものだった。

だが、場内の野次は凄じかった。各政党が動員した聴衆の間から「裏切り者」とか「日和見《ひよりみ》主義者」といった罵声《ばせい》が飛び交った。

二時四十二分、三十分の持ち時間を費い切って西尾が演壇から離れ、その前に浅沼が立ったとたん、野次はさらに激しさを増した。とりわけ舞台に向かって左側の客席からの声が大きく響いた。売国奴、中共の手先、ブタ野郎、あらゆる種類の野次が集中的に浴びせられた。

浅沼は、野次と拍手で騒然とする中を、ゆっくりと演壇に原稿を広げ、その生涯で最後のものとなった演説を、

「諸君」

と、聴衆に呼びかけることで開始した。

演説は四つの骨子から成り立っていた。第一に池田内閣の所得倍増政策を批判して、それは結果的には物価高につながり、大企業を優遇することにしかならないとした。第二に日米安保条約を取り上げ、アメリカ従属からの脱皮を主張した。第三に、日中国交の回復を説き、政府の反中国的な態度を批難した。やがて演説は四番目のテーマである議会主義についての部分にさしかかろうとしていた。そこで多数の横暴を戒め、当面の政治課題をアピールすれば、浅沼の演説は終了することになっていた。しかし、野次の激しさが浅沼の声を圧した。場内の誰にも聞き取ることがほとんどできなくなった。

浅沼の声には張りがなかった。浅沼の書記長時代に会計を務め、今や民社に行ってしまっていた伊藤卯四郎は、会場で浅沼のその疲れ切った様子を見て、痛々しさを感じないわけにいかなかった。「趣味もなければ道楽もなく、ただ党のために馬車馬のごとく働かされて……」と哀れさすら覚えた。同じ民社党の西村栄一は、浅沼のいつもと変わらぬ演説内容と迫力のなさに、「これなら勝てる、西尾さんの方が数段上だ」と喜んでいた。

浅沼の演説が始まって間もなく、二階から愛国党員のひとりが「中共、ソ連の手先、容共社会党を粉砕せよ！」というビラをまいた。二階にいた私服に逮捕されたが、さらにそれから五、六分して、やはり愛国党員のひとりが今度は舞台の右側から演壇近くに駆け上がり、浅沼のすぐ傍でビラをまき散らした。舞台の袖《そで》と下に待機していた私服刑事が間髪を入れず飛び出し、取り押さえると右袖にひきずっていった。

警備陣は一様に緊張した。だがこの連続的なビラまきによって、警備陣の心のどこかに、今度また騒ぐ者がいたとしてもやはりビラまきではないかという、もうひとつの暗示が植えつけられた。

警戒の眼は赤尾と愛国党員が坐っている左側に集中された。丸の内署長の寺本もその付近に腰を下ろし、彼らの行動を注視していた。あまりにも激しい野次を飛ばすひとりを、自らの手で場外につまみ出しもした。

その男は、愛国党員の中でも最後に山口二矢と顔を合わせ、話をした、岡田尚平だった。だから岡田は、「これからブラジルに行こうと思う」と寂しく呟いた少年が、その数分後に日比谷公会堂の舞台に駆け上がり、浅沼に向かって疾走する姿を見ることはできなかった。それを知るのは、連行された丸の内署の、慌ただしい署内放送によってであった。

寺本は浅沼への野次の渦の中にいて、わずかではあったが気がかりの点があった。彼には所轄の署と警視庁との間の連絡がうまく取れていないことが不安だったのだ。警視庁から「面通し」のために来ている公安の警備課の刑事たちが、「派遣」なのか「応援」なのか、つまりどの指揮系統に属するか曖昧なまま今日を迎えてしまっていた。何かわからぬ気がかりがあるとはいえ、警備には万全を尽したつもりだった。

客席からは見えない舞台の袖に多くの私服を配し、舞台の下にもかなりの人数を置いた。赤尾の周辺には寺本をはじめとして警備陣が集中的に監視する態勢を取った。舞台と客席をつなぐ両袖にある小さな階段も取りはずした。何が起きても敏捷《びんしょう》に対応できるはずであった。舞台に上がりビラをまこうとした男も一瞬のうちに取り押さえることができた……。

しかし、その時、万全の警備に数分間だけ小さな穴があいてしまったことに、寺本は気がつかなかった。

ビラまきの男を捕えようとして飛び出してきた私服の中に、浅沼警護の任務を与えられていた土屋一紀巡査がいたのである。土屋は男を右袖の内側にひきずり込むと待機していた警察官に身柄を委ね、それから舞台の真裏を通って所定の位置である左袖に戻ろうとした。右袖の舞台下を警備していた小塙悟郎巡査も、ビラまきを捕えるために持場を離れていた。

だが、彼らのこの行為は、咄嗟の判断として決して誤ってはいない。男がただ単なるビラまきかどうかなど考えている暇はない。事を起こそうとしている男に全力でぶつかっていくのは、警備を担わせられている者の当然の反応だった。それから数分後に、もうひとつの、さらに大きな事件が起こることを予測できなかったといって、彼らを責めることはできない。だが、それから三週間後、警備責任者としての寺本は、国家公安委員会から訓告を受けることになる。それは、大阪の警察署長が賭博に関係したことに対して発せられた第一号に続く、国家公安委員会が発した第二号の訓告だった。その文面は次のようなものだった。

《事前の警備に遺漏なかりしも、臨機の処置に欠くるところ有り》

しかし、この時、どのような「臨機の処置」が可能であったのかと、後になって寺本はある口惜しさと共に思い起こすことになる。

演説会の司会をしていた小林利光は、激しくなる野次と怒号に、苛立《いらだ》ちと困惑を覚えていた。演壇の左隣にある司会用のマイクの前に坐りながら、眼の前で大声を上げている聴衆に向かって、必死に手で制止しようとした。それでも効果がないと見た小林は、舞台から席をはずし、左袖にいる会場整備員に「もっと静かにさせるよう」頼んだ。後に、ラジオ中継を担当していた大塚利兵衛から「あの時に事件が起きなくて本当によかった」といわれ、確かに司会という進行の全権を持っている人物が勝手に座をはずし、その時に何か事が起きていたら責任問題になったかもしれないと思い至り、ひやりとした。

愛国党員のいる左側の客席を中心に、野次はますます激しくなり、浅沼の演説は小林の耳にも聞き取りにくくなった。

会場から「浅沼さんもっとマイクに近づいて話してください」という若い女性の声が飛んだ。しかし、浅沼は流れるような額の汗をぬぐおうともせず、用意した原稿を一本調子で読みつづけた。

「諸君、議会政治で重大なことは警職法、新安保条約の重大な案件が選挙のさいには国民の信を問わない、そのときには何も主張しないで、一たび選挙で多数をとったら、政権についたら、選挙のとき公約しないことを平気で多数の力で押しつけようというところに、大きな課題があるといわなければならぬと思うのであります」

浅沼がここまで演説した時、小林は場内を静めるためにマイクの前に立った。あとで社会党から「どうして我が党の時だけ中断させたのだ」との抗議がくるかもしれないという不安も脳裡をかすめたが、このままの状態では社会党にとってこそ不利なのだと思い直し、聴衆に語りかけた。

「会場が大変そうぞうしゅうございまして、お話が聞きたい方の耳に届かないと思います。だいたいこの会場の最前列には、新聞社の関係の方が取材においでになっているわけですけれども、これでは取材の余地がないほどそうぞうしゅうございますので、このさい静粛にお話をうかがいまして、このあと進めたいと思います」

場内の注意のほとんどすべてが激しい怒号を浴びせかけている愛国党員に向けられた。警備陣ばかりでなく、最前列に坐っていた報道陣の注意も左側の座席に集められた。中でも、仕事熱心なカメラマンは、報道記者席を離れ、さらに何かが起きるのではないかという期待から、赤尾に近寄り、傍の通路に陣取った。しかし毎日新聞の長尾は、ずぼらを決めこみ、舞台前の報道記者席を動こうとしなかった。

小林の制止で一瞬のあいだ場内に静けさが戻ったようだった。小林は、今度は浅沼に向かって、「それではお待たせいたしました。どうぞ」と告げた。

演説の終った西尾はすでに退席していたが、次の演説者である自民党総裁池田勇人は舞台の右手に坐り、成り行きを見守っていた。

浅沼は再び原稿に眼を落とし、演説を始めようとした。

そのとき、時間は午後三時四分。一国の政治を司《つかさど》る政党の党首の目前で、敵対する政党の党首が刺されるという前代未聞の事件が起きたのは、それから正確に三十秒後のことだった。

4

山口二矢が日比谷公会堂の入口に到着したのは、浅沼の演説が中断される十五分ほど前のことだった。入口から浅沼の立っている舞台までは距離にして百メートルとなかったが、そこに達するまでの間にはいくつもの難関が壁のように立ちふさがっていた。しかし、二矢は、強運としかいいようのない無数の偶然の連鎖によって、ひとつひとつ厚く重い扉を開けていくことになった。後に、家族の者が「あの子はあれをするためにだけ生まれてきたのかもしれない」と考えたとしても無理はないほど、入口から舞台の浅沼に至る筋道には多くの偶然がちりばめられていた。

二矢は、母親の眼を心配するあまり、公会堂に着くのが大幅に遅れてしまった。まずそれが彼に幸いした。

午後一時に開場され午後二時二分に演説会は開始されたが、それまでには入場者のほとんどは入ってしまい、二時半頃には来場する者もいなくなっていた。二矢が来た時は、入口で「面通し」をしていた公安のベテラン刑事たちも、見切りをつけて会場に散っていた。

公会堂に着いた二矢は、いざ入ろうとして「入場券のない方はお断わりします」と書いてある貼り紙を見て、愕然《がくぜん》とする。二矢は入場するために券が必要だということを知らなかった。どうしようか。諦《あきら》めるべきなのだろうか……。しかし、二矢は諦めきれずに、しばらくその場にたたずんでいた。

その時、入口には受付として都選管と区選管の八人の職員がいた。ひとりの係員に訊ねると、その券はすでに何日か前に、ＮＨＫで配り終えたといった。がっかりすると、その係員が上着のポケットから黙って一枚の入場券を差し出してくれた。券がなくて困惑している学生服の少年をかわいそうに思ったに違いなかった。二矢は礼をいい、その僥倖《ぎょうこう》に昂揚する気持を抑えながら、公会堂の中に入っていった。

階段をのぼり、中央にある売店の前を通りすぎ、右側の廊下から舞台に最も近い扉を開けて、客席にすべり込んだ。右側を選んだのは廊下にいる人が少なかったからというにすぎないが、このことも大きな意味を持った。会場内のすべての注意が左側に向けられていたからというばかりでなく、左袖の舞台下には警備の私服が待機していたが、右袖の下の私服はビラをまいた男を追って舞台に駆け上がったままだったからだ。

二矢はまったく注目されることなく会場内を観察することができた。

舞台の上では、眼鏡をかけた大きな体の男が演説をしていた。男の声は野次にかき消されて聞こえなかった。しかし、ライトに照らされたその紅潮した顔は、二矢にはっきりと見えた。

舞台にはビラが散乱し、四、五人の私服に引き立てられる男の姿も見えた。右側に池田勇人が坐っており、左側に司会者がいるのも確認した。

浅沼の状態と警備の状況をつかむため、二矢は普通の速度で通路を歩き、舞台から五列目の関係者席の後まで行き、そこにかがみ込んだ。すると、そこに警備の者らしい男が近寄り「そこにいては困る」と小声でいった。このような状況なら決行も可能だと判断した二矢は、男の言葉にさからわず入ってきた扉のところまで戻り、廊下に出た。

人気のない廊下のつきあたりで、ベルトに差し込んである刀を抜いた。誰にも見られないように、壁に向かい、通路を背にして、静かに鞘から刀を抜いた。刀身を丹念に調べた。そして「よしこれで刺し殺せる」と小さく口に出して自分に語りかけ、刀を鞘に収めた。ベルトを固く締め直し、刀を差し込み、再び会場の扉を開けた。

浅沼はまだ演説を続けていた。しかし、客席からは「時間だ、時間だ」という野次が飛んでいた。二矢はしばらく様子を見た上で、一番右はじの通路から舞台の直前に接近した。浅沼の演説が中断されたのはまさにその時だった。

興奮している二矢の耳には小林のアナウンスが届かなかった。「どうぞ」と浅沼に話しかけた小林の態度を見て、もう浅沼の持ち時間がなくなり、それを告げているのだろうと思い込んでしまった。早く決行しなければ機会を逸すると、二矢は焦った。だが、その誤解が二矢に躊躇《ちゅうちょ》する暇を与えず、一気に行動させる決断のバネになった。

二矢は焦りを覚えながら舞台に駆け上がる地点を必死に探した。すると、彼のかがみ込んでいる通路の突き当たりの舞台下に、ニュース映画社の機材を入れるための黒い大きな箱が置いてあるのが眼に入った。それは、二矢にとって、まさに常設の階段以上に安定した踏み台となった。

二矢は一気に駆け上がった。

《舞台に駆け上がる時、瞬間的に「やめようか」という考えが脳裡を走りましたが「やるんだ」とすぐ打ち消して走りました。

駆け上がったところは狭い舞台の袖で、そこに二台のテレビカメラがあったことは覚えておりますが、その右側か、左側か、中央を走り抜けたかは覚えておりません。

腹のバンドに差している日本刀を抜いたのはどの辺か記憶はありませんが、テレビカメラの所を一メートルぐらい走り抜けた時には刀を抜き、右手で柄を握り、左手の親指を下にして掌で柄の頭を押さえ、腹の前に刀を水平に構え、浅沼に向かって夢中になって突進しました。

浅沼の演説している所までは七メートルから十メートルはあったように思います。
「国賊！　浅沼、天誅を下す」という信念で、浅沼にぶつかるようにし、身体全体に力を入れ、刀を水平にして浅沼の左脇腹辺を何もいわないで突き刺しました。
浅沼はぶつかるようにして刺す直前、私の方を一寸《ちょっと》ふり向いたようでした》
浅沼稲次郎の、六十一歳の生涯の、その最後に見たものは、少年の、蒼《あお》ざめた、必死の顔だった。

二矢が舞台に姿を現わしてから浅沼に到達するまではほんの数秒である。だが、それにしても、左右の舞台袖に待機していた警備陣が二矢を取り押さえるのに、一瞬の空白の時間があったのは、彼らに「またビラまきか」という思いがあったためだった。二矢はその空白の中を一直線に突っ走り、体当たりを喰らわせるようにして浅沼の腹を刺した。

手応《てごた》えは充分にあった。刀を抜くと、その先に十センチくらい血がついていた。しかし、この程度の刺し方では致命傷になることはあるまい、と冷静に二矢は判断した。さらに一突きし、もう一突きしようと身構えた時、殺到した警備陣に床の上に組み伏せられた。

《浅沼は刺したところで倒れそうでしたが私が組みしかれてしまったのでその後はどうなったかわかりませんが、浅沼を刺した手応えでは殺害する目的は達せられなかったの

ではないかと、残念な気持で一杯でした》

かつて河上丈太郎を刺した戸澗真三郎《とま》の行為に対して、自分がやる時には「殺害するといった徹底した方法でやらなければならない」と思い決めたことのある二矢は、失敗したのではないかという不安を抱きながら舞台の床に転がった。

5

その時、朝日新聞記者央忠邦は、ひとりの男が突撃の姿勢で浅沼に向かってぶつかっていくのを見た。男が手に握り浅沼の体に突き出した物は、太いステッキではないかと思った。

毎日新聞のカメラマン長尾靖は、瞬間的にシャッターを切っていた。仕事熱心で小回りのきくカメラマンは左側の通路に出て、激しい野次を飛ばしビラをまいた愛国党を撮っていた。だから、その瞬間を完璧《かんぺき》なシャッターチャンスで捉えることができたカメラマンは、ずぼらを決め込んでいた長尾ら数人しかいなかった。しかも、彼には、当時は毎日新聞にしかなかった高性能の写真機があった。長尾の撮った写真のネガナンバーは十二、それが最後の一枚だった。しかし、それも会社に戻るまで写っているかどうかの自信はなかった。現像してみると、そこにはさらに突こうと短刀を水平に構える少年の姿と眼鏡がずれ手を前に出し今にも崩れ落ちそうな浅沼の姿が、舞台写真のような鮮明さで写し出されていた。この写真は毎日がUPIの通信網を持っていたところから全世界に流れることになった。ニューヨーク・タイムスは「初めて写された殺される瞬間」というキャプションを付して掲載し、やがて長尾は日本人で初めてのピュリッツァー賞を受けることになる。

その時、産経新聞記者俵孝太郎は、浅沼がよろめき数歩下がったのを見た。そして、二つ、三つと呼吸をしたあとで、走り寄る関係者の中央で崩れるように倒れる姿を見た。毎日新聞の岡本篤は、舞台右手からひとつの黒い塊《かたまり》が疾走してきたことに気がついた。その塊が若い男であり学生服の上にジャンパーを羽織っていたことは後で知るのだが、そのとき岡本の眼に飛び込んできたのは、真白い、本当に真白い男の顔だけであった。その白い顔が浅沼の顔の間近に寄り……それから岡本の記憶はすっぽり欠落している。我に返った時、岡本は舞台の上にあがり、主催者の誰かに向かって叫んでいた。そして、池田勇人の周囲にさっと人垣ができ、素早く退場したのを強烈な印象で眺めていた。

寺本丸の内署長は舞台に向かって左側の座席の、前から四列目に坐っていた。愛国党の動向に注意するためであった。男が反対側の隅から舞台に駆け上がった時、寺本はおかしいなと思った。そこには配置があるはずだった。次の瞬間、そこがまったくの空白になっていることに気がつき、体が凍りついた。しまった、と思い、やられた、と思った。男が駆け上がるのはむしろ緩慢に見えたが、走り抜けるのは速かった。男が浅沼にぶつかると同時に、寺本も舞台に突進した。総理を守らなくてはならない、寺本はそう叫んだ。

浅沼の秘書である酒井良知は、前から四列目の席で演説を聞いていた。瞬間的には何が起きたのかわからなかった。やがて浅沼の身に大変なことが起きたのだと理解し、客席から舞台に駆け上がろうとした。しかし、殺到する報道陣にはねとばされ、次には警備陣にはばまれてしまった。

秘書の壬生啓は、同じく四列目に坐っていた。だがその直前に席を離れた。ロビーの公衆電話で副議長公邸に連絡を入れていたのだ。それは明日に予定されていた朝飯会のメニューを変更してもらうための電話だった。朝飯会はいつもパンとミルクと目玉焼を食べながら行なわれていた。しかし、メンバーのあいだで、どうもそれでは腹の落ち着きが悪い、今度から味噌汁《みそしる》にしてくれないかという意見が強まり、読売新聞の宮崎吉政が申し入れをしてきたのだ。壬生が浅沼に相談すると、もちろん自分もその方がいいといった。浅沼は、朝飯会にくるようなインテリにはパンとミルクと玉子のようなハイカラなものの方がいいだろうと思い込んでいたのだ。壬生が電話をかけ終り、戻ってくると、場内は大混乱に陥っていた。

観客席にいた聴衆のひとりは、浅沼が倒れたあと、数人の右翼が壇上に駆け上がり、その中の民族社会党と名乗る男がそれまで浅沼が使っていたマイクを握り、自党の宣伝を始めるのを、腹立たしい思いで見つめていた。

司会をしていた小林利光は、一瞬、何が起こったのかわからなかった。演壇の上に置かれた大きな花瓶が死角になり、舞台を疾走する男を目撃できなかったからだ。男が浅沼に体当たりをしてから初めて腰を浮かした。その時、若い男が握った刃物がライトに光った。小林はそれを見て少し臆《おく》した。直後に警護の私服警官が殺到した。

それから小林の記憶は欠落している。気がついた時は、舞台に二つの人の塊ができていた。ひとつは池田の前で犯人を取り押さえている塊、もうひとつは浅沼を介抱している塊であった。

突然、小林は「司会者、収拾しろ！」と叫ぶ声を聞いた。我に返った彼はマイクに向かって叫んだ。

「浅沼さんが暴漢に襲われて怪我をされた模様です。しばらくそのままでお待ち下さい」

さらに、小林はNHK報道部長が幕を下ろせと叫んでいるのを耳にして、「カメラマンの方、舞台を降りて下さい。これで一時中止します」とアナウンスした。一時といったのは、その時点では完全に中止するかどうかわからなかったからだ。浅沼の傷は大したことがないようだった。ワイシャツに血はにじんでいたが、舞台にはほとんど血が流れていなかった。幕を下ろす時も、まだ続行できるかもしれない、と頭のどこかで考えていた。

だが、収拾はつきそうになかった。独断でこの会の中止を決定した。

「まことに不始末なことになりまして申し訳ありません。今日の演説会は中止いたします」

そうアナウンスしながら、小林は、このお詫《わ》びは視聴者より、会場の聴衆より、浅沼に対していっているのだ、と考えていた。

舞台の上で池田勇人の椅子の傍に付いていた秘書の伊藤昌哉は、眼の前を男が走り過ぎて行くのを見た。男の手にしているものを巻紙のようなものと理解した。陳情をするのか、あるいはまたビラをまくのか。一瞬、伊藤は男を突き飛ばそうという衝動に駆られたが、逆に一歩池田の近くに寄った。刑事たちに組みつかれた犯人が池田の方に転げ落ちてきた時、咄嗟に、護衛と共にその前に人垣を作った。幕が下ろされたあと、演説会を続けるかどうかと主催者側が訊ねてきた。やるべきだ、と伊藤は答えた。西尾と浅沼が演説して、池田だけ演説できないのは明らかに不公平だと考えたからである。

愛国党の山田十衛は、愛国党員たちがいる席から少し離れた所で浅沼の演説を聞いていた。普段は滅多に街頭行動に参加せず本部で書き物をしている山田が、その日演説会に行ってみようと思ったのも、気まぐれに近かった。愛国党員が野次を飛ばしビラをまくのを、やっているなといった傍観者的な立場で眺めていた。男が浅沼を刺した時、すぐ横に坐り山田をマークしていた顔馴染《なじ》みの刑事が「あれは誰だと思う」と訊ねてきた。わからない、と山田は答えた。刑事は「愛国党じゃないのか」と畳みかけてきた。そんなはずはない、と山田は答えた。そう答えながら、浅沼のような善人をいったい誰が襲ったのだろう、と考えつづけていた。

愛国党総裁赤尾敏は、舞台上の出来事を訝《いぶか》し気な表情で見つめていた。その日、愛国党の党員にはそれぞれの分担が決められていた。どの席からどのような野次を飛ばすか、いつどこでビラをまくか。しかし、その計画の中に浅沼襲撃はなかった。近くにいる党員が「あれは山口ではないだろうか」と小さく叫んだ。そうかもしれない、と赤尾は思った。あの子ならやりかねん、と。

浅沼警護を命ぜられていた丸の内署公安二課の土屋一紀巡査は、ビラまきの男の身体検査を終え、凶器を持っていないことにほっとしながら舞台の左袖に立ったばかりの時だった。浅沼に向かう男の姿を見て、弾けるようにぶつかっていったが一瞬遅れた。倒れた浅沼を抱え、公会堂の階段をもどかしく駆け降り、パトカー五十三号に乗り込んで病院に急がせた。

日比谷病院に到着するまでの数分間、土屋は祈りつづけたが、浅沼の顔はみるみる白くなっていった。浅沼を守ろうと体当たりした時の、犯人の激しい息遣いと妙に生温かった体温だけを虚《むな》しく思い起こしながら、土屋は浅沼の顔を見守っていた。

6

日比谷公会堂で浅沼稲次郎が山口二矢に刺されたと同じ頃、白河町のアパートの一室では浅沼の娘衣江がテレビのスイッチを入れた。

「もう少ししたらお父さんの演説が始まるから」

娘の言葉に、妻の享子も共にテレビの前に坐った。

その晩は久し振りに一家そろって夕食の卓につけることになっていた。享子は浅沼の好物である牛肉など夕食のための買物をすでに済ませていた。

テレビの画面には野球の試合が映し出されていた。別に興味もなくただ漫然と眺めていると、突然、画面下に臨時ニュースのテロップが流れた。

「浅沼社会党委員長、暴漢に刺さる」

二度繰り返された白い文字の流れを眼で追い、享子と衣江は茫然《ぼうぜん》とした。まさか浅沼が人に恨まれるはずがない。享子はそう思いながら、一方で第二回の訪中以後しつこかった右翼のいやがらせを思い出さざるをえなかった。

夜になると電話がかかってくる。出ると切れたり、あるいは脅迫したりした。深夜にも連続的に狂ったようにベルが鳴った。浅沼が眠れないことを恐れて、電話の上から何枚も座布団を重ねたりしたこともあった。

朝は朝で、アパートの近くに宣伝カーを乗りつけ、大きな音量で『軍艦マーチ』を流した。時には大勢で玄関にやってくることもあった。

「親父はいるか」

などと怒鳴りながら戸を叩く。その度に気丈な享子が追い返した。

「話があるのならね、そんな大勢で来てもしようがないから、何人か代表を決めてちょうだいよ」

「その間に親父をかくす気だろう」

「冗談いわないで、こんな狭い家でどこにかくす所があるのよ」

そんなやりとりのいくつかが思い出された。本当に浅沼は刺されたのかもしれない。享子は気を取り直し、病院にかけつけることにした。浅沼がいったいどこへ入院しているのか、テレビの臨時ニュースではわからなかったが、公会堂の近くで聞けば誰かが教えてくれるだろうと判断し、とにかく日比谷まで行ってみようと思ったのだ。

バッグに寝巻二枚と敷布と毛布をつめた。享子がそのようなものを持っていこうとしたのは、「刺さる」という言葉がほんのわずかすら「死」という事態と結びついていなかったからである。もしそれが生きるか死ぬかというほどの傷であると知っていれば、娘を留守番にしてひとりで出かけることはなかったろう。

河上丈太郎が四カ月前に肩を刺され、それが比較的軽傷だったことが、浅沼の傷も大したものではあるまいと無意識のうちに享子に思わせることになった。刺されたのなら服が汚れているだろう。早く寝巻に着換えさせてあげなくてはかわいそうだ。享子はそんな心配をしながら、家の前で小型タクシーをつかまえ、日比谷に行くよう頼んだ。

赤信号のたびに止まらなくてはならないことがもどかしくてならなかった。しかし、だからといって浅沼の傷が一刻を争うほどのものだとは、まだ思ってもいなかった。日比谷公園の前にある交番でタクシーを止め、自分が浅沼の妻であることを述べ、入院先を教えてくれるように頼んだ時、応対に出た警察官の慌てふためいた様子に、享子は初めて不吉なものを覚えた。

「今すぐ、一切の信号を無視して構わないから、真直ぐに日比谷病院に行って下さい！」

日比谷病院に到着すると人ごみをかきわけるようにして病室に入った。浅沼は静かに眠っていた。「ああ、よかった」と享子は安心した。享子には、輸血が終り麻酔でも打たれて眠っているのだろうと思えたほど、その寝顔は安らかで優しい表情をしていた。

浅沼のベッドの周りを鈴木茂三郎をはじめとする社会党の要人が黙って取り囲んでいた。そこに娘の衣江もいた。享子が家を出た直後に、警視庁から指令を受けてやってきたパトカーに乗せられ、衣江は先に到着していたのだ。そのことが再び享子を不安にした。しかし、誰も口をきかない。どうしたというのだろう。沈黙に耐え切れず、享子は思わず浅沼に呼びかけた。

「お父さん、お父さん」

それを聞いて、周囲にいる人びとが驚いた。享子が何も知らないことがわかったからだ。享子の血圧の高いことを知っているひとりが、後から背中をかかえるようにして、いった。

「落ち着かなければ駄目ですよ」

享子は小さく叫んだ。

「まさか、この顔で死んでいるわけではないでしょう！」

誰からも声は出なかった。ようやく別のひとりが涙ぐみながら口を開いた。

「委員長はもうすでに息を引き取られているのです」

享子の眼に涙が溢れてきた。浅沼の寝顔を見やると髪がきれいに整えられてあった。いったい誰がくしけずってくれたのだろう。そんなことをぼんやりと頭の片隅で考えながら、享子は涙を流しつづけた。

午後三時四十五分、社会党委員長浅沼稲次郎の死が正式に発表され、日比谷病院の三河内副院長から死因の説明がなされた。

「パトカーで運ばれた浅沼委員長は到着時、四肢先端にチアノーゼ、左前胸部に切り傷、同側胸部に刺し傷があり、血圧測定不能、心音聴取不能、自発呼吸なく、直ちに人工呼吸を行ない、いろいろの強心剤を打ったが、回復しなかった」

そして、

「到着した時、すでに死亡していたものと思われる」

と結論した。

浅沼の家に遺《のこ》された一九六〇年度版の党員手帳は、《12水　三党首　演説》の一行から空白のままとされることになった。

第六章　残された者たち

1

NHKテレビは日本シリーズの第二戦を放送していた。第一戦は一点差で大洋ホエールズが強力打線を誇る大毎オリオンズを破っていた。大洋のホームグラウンドである川崎球場には満員の観衆が集まり、再び一点差となった試合に一喜一憂していた。

三対二とリードされた大毎は八回表に絶好のチャンスを迎える。一死満塁、外野フライでも同点になるはずだった。誰の眼にも大毎のミサイル打線が爆発する寸前と思われた。しかしそこで監督の西本幸雄は意表を衝《つ》いたスクイズを命じた。ところがバントされた打球はホームベースの数メートル先でピタリと止まってしまったのだ。大洋の捕手は三塁ランナーにタッチし、一塁に転送し併殺を成立させた。一挙にチェンジとなり大毎は逆転のチャンスを逃した。この一打が、その試合を決め、シリーズの流れを決めることになる。西本はこのたったひとつの作戦により、オーナーの永田雅一に監督の座を追われる。理不尽な追放ではあったが、永田ばかりでなくテレビを見ていた者の多くの眼にも作戦ミスと映らなくもなかった。

ＮＨＫのテレビに「特別ニュース」という白いテロップが流れたのは、この一打の直後だった。プロスポーツの運命的な一瞬の余韻を味わっている視聴者の眼に、「浅沼社会党委員長、暴漢に刺さる」という文字が、続いて飛び込んできた。それが三時二十分、事件が発生してから十五分後のことである。

浅沼の妹である登志は、ちょうどその時、買物に出ていた。夫の正彦は三宅島神着《かみつき》小学校で校長をつとめ、登志も教員として共に働いていたが、その日は学校の創立記念日で休校だった。登志は、東京の親類に預かってもらい両国高校に通わせている娘に、何か送ってやろうと思い農協のマーケットに行ったのだった。そこで浅沼が刺されたというニュースを聞いた。しかし登志は信じなかった。安保のあとだから何かが起こることに不思議はないが、兄に限ってそんなことが起きるわけがない。何かの間違いだろう。登志はそこを出て、近くにある菓子屋に寄った。女主人に「ひどいことが……」と気の毒そうに語りかけられて初めて少し不安になった。通りに出ると、三宅島にテングサ採りに来ている朝鮮人のひとりが「大変なことになりましたね」といいながら走り寄ってきた。

登志は一挙に事態を呑み込まざるをえなかった。夢中で坂を駆け上り、家に向かった。家の前には何人かがすでに集まり、出迎えをしていた。しかしそれは登志ではなく、むしろ、母親のひさを待ち構えているものだった。

ひさは神着から少し離れた所にある親類の家にテレビを見に行っていた。三宅島にはまだテレビがさほど入っていなかった。浅沼の実家にもラジオしかなかった。ひさは稲次郎の晴れ舞台をテレビで見たいと望んだのだ。昼から親類の家に行き、演説会の中継を待ちかまえていたひさの前に映し出されたのは、その晴れ舞台で暴漢に襲われ崩れ落ちる息子の姿だった。

しかし、親類の家から神着の家に帰ってきたひさは毅然《きぜん》としていた。浅沼が病院に運ばれたという報が入り、やがて死亡という報が入っても涙を流さなかった。

取材のため朝日新聞のプロペラ機が飛来したが、視界が悪く着陸できなかった。次の日にやってきた新聞記者の質問に対し、八十一歳になるひさは背筋を伸ばして答えた。

「稲次郎が私より先に死んだのは口惜《くや》しいが、多くの貧しい人のために自分の主義を主張しつづけて倒れたのだから本望だろう」

中村忠彦は弟の亮三とテレビを見ていた。そこに浅沼が刺さるという臨時ニュースが流れた。その瞬間、亮三が小さく叫んだ。

「山口、どうして！」

ニュースでは犯人についても、犯行の詳細についても、いっさい触れられていなかった。忠彦は不審に思い弟に訊《たず》ねた。

「山口君がどうしたというんだ」

亮三は放心したように、

「あの犯人は山口なんだ……」

と呟《つぶや》いた。

亮三は二矢《おとや》にとって玉川学園での数少ない友人のひとりだった。それには父親の忠相が二矢の父親と成城学園の同級生だったということも影響していないことはなかった。

事件の十日前、亮三は二矢と会った。亮三は二矢の決意を知っていた。亮三はその決意を変えさせようとしたのだ。二人には共通の夢があった。二人でブラジルに渡り、牧場を開こうということだった。二人の共通の知人がすでにブラジルに渡っていた。いつか彼の後を追って二人でブラジルに行こう、と約束していた。亮三は数時間をかけ、二矢を説得しようとした。そしてついに二矢を翻意させることができた。と、少なくとも、亮三には思えたのだ。事件を知って「山口、どうして」と叫んだ亮三は、そのあとに「夢を捨てた」といいたかったのかもしれない。のちに、その四年後に早逝する亮三を思い出すたびに、兄の忠彦はそう考えるようになる。

防共挺身隊の福田進はラジオで事件を知った。即座に犯人は二矢だと判断した。他のどの右翼団体を見渡しても、このようなことをする「少年」はいそうになかった。福田は急いで受話器を取り上げると、鳩居堂《きゅうきょどう》の二階にある全アジア反共青年連盟の事務所にダイアルを回した。吉村が出ると、福田は怒鳴りつけるようにいった。

「おまえたち、早くこっちに飛んでこい！」

吉村も中堂も事件についてまだ何も知っていなかった。二矢が浅沼を刺したらしいという福田の言葉に二人は驚愕《きょうがく》した。だが、その驚きの中にも二人の間では微妙な差異があった。吉村は「やはり」と思い、中堂は「まさか」と思った。

「そっちを始末して、タクシーでも何でもつかまえて逃げろ！」

福田は大声をあげた。二矢の身許《みもと》はすぐ割れるに違いない。二矢が所属する全アジア反共青年連盟にも数時間とたたないうちに捜査の手が伸びるだろう。家宅捜索ばかりでなく逮捕すらされるかもしれない。ほんの些細《ささい》な書類から容疑をかけられ、締め上げられ、共犯とされるかもしれない。普段は警察と右翼は友好的な関係にあるが、ひとたび警察の面子《メンツ》がかかれば何をするかわからない存在だ、ということを彼らはよく理解していた。自分たちの身を守るために右翼を虫けらのように扱いさえする。まず逃げてゆっくりと状況を見極めてから姿を現わしても遅くはない。彼らは右翼としての長い経験からそう判断した。

吉村は福田に情けなさそうにいった。

「タクシー代がないんだよ」

「馬鹿、そんなのはこっちで払うから、早くしろ！」

二人は急いで書類、パンフレットを焼き、銀座の表通りに飛び出た。タクシーを拾うか拾わないうちに、パトカーが次々と鳩居堂の前に横づけされた。

石川勲はテレビで事件を知った。臨時ニュースで浅沼が襲われるシーンを見て、

「あっ、山口だ」

と思わず叫んでしまった。

石川は玉川学園での同級生だった。それを聞いて、父親が「本当か」と質《ただ》した。間違いなかった。数カ月前にも、NHKテレビの『日本の素顔』で愛国党の一員として道場のような所で教育勅語を読んでいる二矢の姿を見かけたことがあった。「あいつ、学校にも来ないであんなことをしているのか」とその時は思ったものだった。「同級生の山口二矢に違いない」と答えると、父親は慌《あわ》てた。石川の父親は朝日新聞の多摩支局で記者をしていたのだ。その日は偶然「明け番」で家にいた。父親は支局長に浅沼事件の犯人の身許が割れたことを電話で伝え、支局長はそれを本社に流した。

翌日の朝日新聞には、他のどの新聞より早く、二矢の玉川学園時代の様子が報じられることになった。「あだなは〝右翼野郎〟」という記事がそれだった。中に同級生のひとりとして石川の談話も挿入された。

「それにしてもあんなひどいことをやるとは思わなかった。どちらかというと内気で目立たない方だった。あまり人と口をきかず、天気の日でも長靴をはいたりして変わったところはあった。成績は悪くないという程度だったが、社会科の時間などに先生のいう

ことに対してよく〝それはおかしい〟と食い下がり、理屈っぽい感じだった。政治的にどんなに世間と違った意見を持っていたとしても、あんなむごい方法に訴えるのは間違いだ。他にいくらでもそれを表明する方法はあるはずだ」

後に石川勲は特種《とくだね》賞として朝日新聞から立派な純白のセーターをもらう。友人たちが羨《うらや》むほど素晴らしいものだったが、せがまれて彼らに貸すたびに、怪我をしたり、喧嘩《けんか》をしたりして血だらけになって戻ってくる。石川は気味が悪くなり、ついには捨てざるをえなくなった。


札幌の柏中学教諭石田伸一は、職員室の片隅に置かれたテレビで、同僚たちと日本シリーズ第二戦を見ていた。臨時ニュースが流れ、犯行シーンのフィルムが流されても、その犯人が自分の教え子であるなどとは、考えも及ばなかった。「ひどいことをする奴がいるもんだ」と口ぐちに同僚と言い合っていた。そこにNHKから電話が入った。犯人は山口二矢というあなたのかつての教え子である。いま取材班がそちらに急行しているので、どうか取材に応じてほしい、というのであった。石田は何かの間違いだろうといった。

「同じ山口だとしても二矢じゃなく、兄さんの方ではないんでしょうか」

いや確かに山口二矢だと電話の相手はいう。しかし石田には信じられなかった。フィルムに映っていた犯人の姿は、顔かたちがはっきりしていなかったが、細身の比較的長身の男であることは明らかだった。石田にはクラスで前から二番目の小柄な「めんこい」二矢しか記憶に残っていなかった。

「もしも二矢じゃなかったら困るので取材には応じられません」

石田は断わったが、電話の相手もそれくらいで引き退《さが》りはしなかった。何度目かの電話で、それでは山口二矢の父親に直接訊いてほしいといい、電話を廻してつないだ。何回か話をしたことのある二矢の父親が電話の向こうで、あれは私の次男がやったのだ、といった。そこで初めて石田は二矢が犯人なのかもしれないと思うようになった。

それ以後、石田は新聞や週刊誌の取材の嵐に巻き込まれる。そして「あんなことをやるような子ではない」という発言が、いつの間にか「あんなことをやるような要素を持っていた」と恣意《しい》的に変形されて使われるたびに、胸が痛むようになる。

浅沼事件の犯人が山口二矢だということを知って、保護司の上村吉太郎は絶望した。三十四年暮、東京家庭裁判所は二矢を保護観察処分にすることに決定した。書類には次のように記入された。

《少年の性格と環境に鑑《かんが》み、この際少年を保護処分に処し、相当期間観察保護する者をつけて、非行性の矯正、再非行の防止をはかる必要があるものと認める。

〔保護期間〕三十四年十二月二十一日〜三十八年二月二十一日
〔心身の内容〕純情ではあるが、即行的、右翼的気風がある。また軽薄で見栄坊。

〈保護観察上の問題点〉暴力的に走る傾向があるので、再び同じ犯罪を繰り返す心配もある》

処分を受けた二矢は、愛国党本部が浅草にあるところから、浅草公園内にある花屋敷の入口で茶店を経営している保護司、上村吉太郎の手に委《ゆだ》ねられた。初めの頃は二矢の強烈な右翼思想に手を焼いた上村も、保護観察を続けていくうちに、彼の中にある素直さが見えてくるようになった。月に一回、保護司は東京保護観察所に報告書を提出しなくてはならない。上村の二矢に関する報告書は、このように激しい気性の少年を矯正することは自分の手に余るといった意味のものから、普通のまっとうな生活に戻すことができそうだという希望に溢《あふ》れた内容のものに変化しつつあった。「保護司に何ができる」という態度だった二矢が、「血気にはやらないでまず地道に勉強してくれ」という上村の言葉を黙って聞くようになった。上村はそれを「更生のきざし」と受け取り、そう報告したこともあった。その二矢が殺人を犯してしまったのだ……。

保護司という仕事は職業ではないのだ。保護司ひとりに要観察少年三人から四人が割り当てられる。その報酬としては、ひとりにつき百五十円ほどの実費弁償金を支払われるだけなのだ。情熱と自信がなければ一日すらつとまらぬ仕事である。上村は、最も更生に期待を抱いていた二矢がこのような大事件を起こしてしまったということに、深く傷ついた。彼は自信を喪《うしな》い、その日のうちに、東京保護観察所の島田善治所長へ辞任を申し出た。

朔生《さくお》は二矢と共用の子供部屋で試験勉強をつづけていた。何気なくスイッチを入れたラジオから、浅沼襲わるというニュースが流れてきた。瞬間的に、二矢だ、と思った。そして、昼間の二矢の様子が思い出された。いつもと違って出がけに部屋をのぞいて行った深い意味がそこでやっとわかったように思えた。朔生はそのことを母親に伝えた。しかし君子は信じようとしなかった。二矢がそんなことをするはずはない、といい張った。

「右翼にだって、二矢以外に若い人がいるはずだわ」

山口晋平が事件について知ったのは、外出先から六本木の防衛庁に戻って、しばらくしてのことだった。

晋平は自衛隊陸上幕僚監部で隊内雑誌「修親」を編集発行していた。その日は新たに刷り上がった「修親」を携え、隊外の著名人の家を廻る日にあたっていた。一軒一軒、隊のジープで訪れ、直接自分の手で渡す。そのようにしているうちに、自衛隊を理解してくれ、また時がくれば執筆をしてもらえるかもしれない、という望みがあった。文官である晋平に制服を着る機会はさして多くなかったが、月に一度のこの日だけは一佐の制服を身につけ訪問することにしていた。制服を着用するとしないでは相手の応対の仕方が違った。「修親」は山口の個人雑誌ではないのか、と隊内からの批判が出るくらい好き勝手な編集をしていたが、隊内ばかりでなく隊外との接点となるように、晋平はそれなりの努力もしていた。事実、そのようにして執筆依頼が成功する例がないではなかった。徳川夢声の家も必ず配って廻る重要な一軒だったが、一年間とりわけ何もいわずに配りつづけていると、ある日むこうから訊ねてきた。

「あなたは一年間ずっと自衛隊の雑誌を配ってくださるが、何か私に御用があるんでしょうか」

晋平がいつかチャンスがあったらこの雑誌にも書いていただきたいと思っていると答えると、それでは来月書きましょうと即座にいってくれた。

十月十二日のその日は、晋平にとって嬉《うれ》しい日だった。武者小路実篤の家に行き、志賀直哉の家に寄ると本人がわざわざ応対に出てくれた。辰野隆の家にも廻り原稿を依頼すると快く引き受けてくれたのだ。

晋平が編集室に戻って十分ほどして、妻から電話がかかってきた。社会党の浅沼さんが刺されたが、その犯人はどうやら二矢らしい。晋平は信じなかった。そんな馬鹿な話はない、と叱《しか》りつけた。

「いま浅沼さんをやったところで何の意味もない。そんなことくらいわからない二矢じゃない」

だが、念のためにNHKにいる知人の春日由三に電話を入れた。信頼できる人に確かめてみようと思ったのだ。

「浅沼さんが刺されたというのは本当ですか」

「本当です。浅沼さんは亡くなりました」

と春日はいった。

「その犯人が私の息子ではないかというんですが、そんなことはあるでしょうか」

すると、春日は驚き、

「そりゃあ大変なことだ。電話を切ってすぐ調べます」

といった。間もなく折り返し春日から電話がかかった。

「何だかよくわからないんだが、どうやらヤマグチフタヤという少年らしい」

晋平はしばし沈黙し、そして答えた。

「それなら私の息子に違いありません……」

そこに幕僚長からすぐ部屋にくるよう指示が入った。待ち構えていた幕僚長は心底から困惑しているようだった。

「君の息子が浅沼さんを殺した犯人らしい。今日はこれで帰った方がいいだろう。ただしここで新聞記者にはつかまらないように気をつけてくれ」

部屋を出ようとした時、記者たちが殺到してきた。雑誌を扱っている関係から顔見知りの記者も少なくなかったが、誰もすれ違う晋平に気がつかなかった。それは珍しく制服を着ていたからであった。晋平は制服姿に助けられ、新聞記者の囲みを抜けて、家に急いだ。

晋平が家に戻ると、かつて部下だったことのある自衛隊員のひとりが、執務時間中にもかかわらず駆けつけていた。そして、君子と朔生を報道陣の手から守ってくれていた。逃げ隠れするつもりはなかった晋平は、居間で押し寄せた記者団のインタヴューを受けた。

君子の姪《めい》にあたる尾関佐保子は、事件を聞いてすぐに駆けつけたひとりだった。君子や朔生と共に居間の隣で息をひそめてインタヴューに聞き入っていた。応答は静かに進んでいたが、

「御子息の右翼的行動をどう思うか」

という問いに対して、

「極端なことはよくないが左の思想より右の方がよいと思っていた」

と晋平が答えた時だけは、かなり騒然とした。

その騒ぎを耳にして、それまで必死に耐えようとしていた君子の緊張の糸はぷつりと切れてしまったようだった。君子は声を殺して泣き伏した。そして、

「こんなことをしたのだから、死んでくれればいい……」

と呻《うめ》くようにいうのを、佐保子は言葉もなくただ聞いていなければならなかった。

夜、東北帝大時代の友人、井上童友が妻を伴って訪れた。

「君は新聞記者に吊《つる》し上げられても仕方がないが、奥さんと朔生君はかわいそうだ。二

人はぼくが引き受ける」

そう告げると、二人を自分の連れのように仕立て、記者につかまらぬよう彼らの包囲を巧みに避けて自宅に引き取っていった。

2

翌日の朝刊は、ほとんど全頁《ページ》が浅沼刺殺事件の記事で埋められていた。政治面と社会面のトップには最大級の活字が黒く躍っていた。

「浅沼氏刺殺、政局に衝撃」

「政府苦境、社党反撃へ」

「憎むべし！　公然のテロ——私は見た」

「血に染む胸の造花」

そして、殺人の瞬間の生々しい写真が大きく添えられていた。とりわけ毎日新聞の長尾靖が撮った写真は、その一瞬を完璧に捉えていた。

兜町《かぶとちょう》の証券取引所では浅沼刺殺事件に嫌気をさし株価が急落した。一時はダウ十六円四十銭安の瞬間もあった。

経団連会長の石坂泰三は、事件に対する感想を述べる途中で「犯人があのような事件を起こした気持もわからないでもない」と口を滑らせ、批難を浴びることになる。だが、石坂をはじめとする財界主流が真に恐れたのは、社会党が、「弔い合戦」として総選挙において巻き返しをはかり、国民も同情してそれを助けるようなことになれば、池田内閣ひいては自民党政権が劣勢に立たされるかもしれないということであった。

財界では、この事件が起きる前には、社会党への献金をもはや中止すべきだという強硬論も出ていた。しかし、経団連本部で、副会長の植村甲午郎は、苦々しげに、「これで財界は社会党への献金を続けなくてはならないだろう」と語らなければならなかった。

事件の翌日、東京虎ノ門の霞山会館には、早くも右翼十三団体の中心人物を始めとする百人が集まって、「愛国者時局懇談会」という会がもたれた。主催者は治安確立同志会の高津大太郎だった。

まず赤尾敏が口を切った。

「マスコミが右翼の暴力というんで、この可憐《かれん》なる少年愛国者である山口君の行動を、袋叩《ふくろだた》きにしておるのであります。私は、山口さんのおやりになったことが、これは立派なことであると、日本民族の血の叫びであり、日本生命の発露であり、天地正大の気が時によって煥発《かんぱつ》するという、このひとつのあらわれだと思います。山口さんは私のところに一年ちかくおりましたが、非常に無邪気な、純情な、まったく何と申しますか、まったくウブな少年愛国者という言葉にふさわしい人だったんです。私のところにおる頃から、共産党はもちろん大嫌いだが、社会党が共産党のネコをかぶったものだ、日本を滅ぼすところの勢力だ、これは自分たちが生命がけで、国家の正義力となって自己犠牲をするよりほかない、と純情に思いつめていたようです」

　この事件に対して右翼がどう対応すべきかを議論することが目的だったが、会は議論より二矢を讃美することで終始した。

「山口君のお父さんは陸上自衛隊の一佐、昔でいえば大佐です。公務員であるところから進退伺いを出すとか聞いていますが、そんな必要はない。われわれは山口君のお父さんに対して感謝し激励する。断じてやめる必要はない。あなたが立派だから、こういう子供さんが生まれた。日本人として敬意を表するから、現職に留まって子供さんの養育に当たっていただきたい」

　という意見も出された。そして、二矢は「日ならずして」出てくることができるだろうが、その日を早めるために努力するということが確認された。最後に二矢の「美挙を讃え、健康を祝って」全員で乾杯がなされた。その時、参加者の口からは「乾杯！」という言葉と共に、「おめでとう！」という言葉が交わされた。

　翌十四日、港区芝白金にある治安確立同志会の事務局には「山口君救援対策本部」が設置された。

　昭和二十三年、日本共産党書記長徳田球一は、佐賀市公会堂で講演中、ダイナマイトを詰めた手製の手榴弾《てりゅうだん》を投げつけられ、一週間の傷を負ったことがあった。その主謀者であり、「日本人にして日本人に非ざる野坂・志賀・徳田の如き奴輩に……我天に代りて誅《ちゅう》す」という斬奸状《ざんかんじょう》を書いた古賀一郎は、NHKテレビのインタヴューに答えて、「私は山口にくらべると勇気がなかったと思います」と語った。

大東文化大学は新聞紙上に「社会党委員長浅沼稲次郎氏刺殺の山口二矢は本大学、学生委員と自称しておりますが、同人は本大学の学生ではありませんので、ここに通告いたします」と「急告」を出した。

一方、玉川学園は二矢がかつて在籍したことを隠したり恥じたりするようなことをしなかった。小原国芳は事件後も二矢を自分の大切な生徒とみなし、山口夫妻をその両親として以前と少しも変わらぬ暖かい遇し方をした。

3

事件の翌日、村上信彦の家にいきなり刑事が上がり込んできた。その時、信彦は書斎で原稿を書いていた。あまりの非礼に腹を立てた信彦は、机に向かったまま振り向かなかった。ひと区切り書き終えて、初めて刑事と対面した。ひとりが横柄に訊ねた。

「二矢の持っていたノートを調べると、その中にあんたの名がよく出てくる。いったいどんな関係なんです」

信彦はぶっきら棒に返事した。

「叔父ですよ」

その答えは刑事には意外なものであったらしく、意気をそがれたようだった。形だけ捜索すると、書斎にある大杉栄全集などを指して「昔ならこんな本を持ってるだけでひっぱられましたね」などといいながら、引き揚げていった。

村上信彦が二矢の叔父であることが知られると、新聞や週刊誌のインタヴューばかりでなく、月刊誌への執筆の依頼が殺到した。村上は書くまいと決め、すべての原稿依頼を断わった。しかし、ひとり「婦人公論」の女性編集者だけは容易に諦《あきら》めず、八王子の村上の家にまで押しかけ粘った。三度目に村上が音《ね》を上げた。そしてついに「考える葦《あし》と感ずる葦」という長い文章を書かされることになってしまった。内容は雑誌のうたい文句のように「浅沼事件の犯人山口二矢の叔父であり進歩的陣営にある筆者が、甥を導き得なかった悔恨に耐えて綴《つづ》った」ものであった。二矢と晋平に対する否定が基調となってはいたが、近親の者しか知りようのない微細な挿話を伝えることで、二人のための好意的な弁明となっている部分もなくはなかった。

《こんどの事件で痛烈に感じたことは、二矢の父、山口晋平氏の態度である。彼の言動はまるで第三者のそれであって、とうてい常識では判断できない。私はあえて浅沼稲次郎氏とは言わない。何の何兵衛でもよい。いやしくも一人の人間の生命を、思想が反するからという理由で凶器で殺害した子供の父親として、どうして平然としていられるのか。遺族の人たちの嘆きと怒りのまえに、どうして申訳なかったという言葉が出ないのか。なぜ世間をお騒がせしてすまなかったと詫びる気持になれないのか。このことに関連して、また防衛庁を辞職する弁のなかでも、氏はことごとに自分は自由主義の時代に育った、自由主義者だと語っている。たしかに親が子の責任をとれぬばあいもある。しかし責任をとれぬことと、責任を感ずることとは両立するであろう。私はテロリズムをにくまぬ自由主義者を想像できぬし、子供の教育に責任を感じない自由主義者を考えることもできない。

私は永年、氏とつきあってきたが、子供と打ちとけて語りあう姿を見たことがない。反対に、命令と一喝《いっかつ》で片づける場面はたびたびみた。一喝主義が彼の家庭教育であったと思う。どこの子供にも反抗期というものがあるが、兄の朔生にしても弟の二矢にしても反抗期らしいもののみられないのが特徴である。そうした子供らしい自由な芽は刈り取られていた。口数の少い、自己表現のないこの子供たちの抑圧心理が、どのようにゆがめられて外部に奔出する危険があるかは想像できる。これは子供に対するばあいだけでなく、晋平氏は通常私たちの間で理解するいみの議論のしにくい人である。議論は意見の相違から生れるものだから、火花を散らすこともあるが、ケンカではない。だから私たちはさまざまの問題で議論することを好む。しかし晋平氏は意見の相違を語り合うことを好まない。じぶんの固執した意見をもち、その境界線から一歩も他人を入れようとしない。と同時に他人の意見にも入り込もうとしない。我は我、人は人なりである。

私は一度なにかの議論で深入りしかけ、「もうそこまで」と手を上げて制せられたことがあるが、それ以来、思想的な話はお互いにタブーになった。

これが大人同士ならば意見にふれぬつきあいですむ。親子となれば接触する問題はいくらでもあるから、結果として彼の独断を押しつけることになるであろう。その無数の積み重なりを私は想像する。そしてそれが、不満や不平を吐露できない、鬱屈《うっくつ》した、問答無用型の性格を形成したのだと私は考える。

だが真実は一枚の紙の表ではない。私は山口晋平氏が世話好きの情の厚い人だったことを偽ることはできない。いま氏は嵐の中に立たされているが、個人的に彼の世話になった人はたくさんいるだろうと思う。おそらく若い自衛隊員にもいるのではないか。私の姉が老衰した母の最後を自分の手でみとりたいと言い、この我儘《わがまま》だけは通さしてくれとたのんだとき、夫の晋平氏は快くそれをみとめた。そのとき朔生と二矢の意見もきいているが、兄弟ともによろこんで賛成した。そのために晋平氏はいちばん日当りのいい部屋を妻の母に提供し、じぶんは狭い部屋を書斎代りにした。今年の二月に母が死ぬまで、一家の理解と好意とに支えられて姉は気兼ねなく看病することができた。山口晋平氏は、物の分別もつかなくなった世話のやける半病人の妻の老母に、これだけの寛大さと善意を、義理や名分でなく心から最後まで示したのである。

二矢や朔生もそうだ。広からぬ家のなかで祖母にいやな顔を見せるどころか、やさしい暖い心づかいをしめした。歩くときに手を取って支えたり、姿が見えなくなったときには顔色を変えて探しまわった。台風の水害のときには腰まで水に浸って祖母を背負い、遠い安全地帯まで運んだ。こうしたことは、二矢の無邪気さや動物好きとも関連している。そしてまたこれらのことは、誇張なく事実なのである。山口一家のものは、現在の社会にザラにみられる冷たい個人主義者と違って、むしろ人情味豊かな、正義感の強い、暖い心情の持主であった。もちろんこのことは今回の事件と差引勘定のつく問題ではない。ただ事実を事実として語ることは私の義務である》

事件当夜、家宅捜索を受けた晋平は、係官の紳士的な態度にむしろ驚いていた。捜索の対象を二矢の部屋だけに限定し、居間や夫婦の寝室に立ち入るようなことをしなかった。

翌日、任意の出頭を求められ警視庁で取調べを受けた。

取調べをしたのは公安の警部補だった。はじめに、二矢が生まれた場所を訊ねた。

「下谷の入谷です」

すると警部補は不思議そうな顔をした。

「当人は谷中初音町で生まれたといっていましたが」

そういえば二矢が生まれたのは谷中初音町だった。それにしても、どうしてそのようなつまらないことを入谷は所帯を持っていた町だった。そこにある産院で生まれたからだ。

を二矢は知っていたのだろう、と晋平は奇妙に思った。

取調べは問題もなく順調に進められていった。午後になって、晋平は警部補に訊ねた。

「夕方までには終るでしょうか」

「なぜです」

警部補が興味深そうに反問した。

「入学式なのです」

「誰の？」

「私の入学式があるんです」

「あなたの？」

そういって、警部補はいっている意味がわからないという顔つきをした。

夕方から晋平の入学式があるというのは事実だった。工学院の夜間部に願書を出し、試験を受け、それに合格していた。晋平は二年後に停年退職を控えていた。しかし、その時ですらまだ五十二歳にすぎない。遊んで暮すことは経済的にも精神的にも不可能である。とすればもう一度あらたに職業を選択しなくてはならない。晋平は停年になるまでの二年間で建築について学びたいと思ったのだ。工学院の建築科を受け合格した。そして、その日が入学式の日だった。

「どうしても出なければいけませんか」

警部補が呆《あき》れたようにいった。わずかだが「この子供の大事な時に……」という批難の調子が含まれていた。

だが、晋平には取調べより入学式の方が数倍大切だった。自分のしたことなら取調べも仕方がないが、子供のことにすぎないのだから明日でもよいはずだ。しかしこのような考え方は警部補には理解しがたいものだった。

結局、晋平は入学式を断念するが、マスコミの取材者ばかりでなく捜査係官にも、風変わりな人物という評価が晋平に下されることになる。


日本国内で最も大きな傷を負ったのは、ある意味で自衛隊だといえた。犯人が自衛隊幹部の息子であったということが、報道では次第に強調されるようになった。翌月の十一月一日で自衛隊は満十周年を迎える矢先だった。「日陰者」から少しずつその存在を認めてもらえるようになってきていた。国民の間にある程度の信頼感が生まれはじめていた。それがたったひとりの「幹部の息子の極右少年」によって粉々に打ちくだかれてしまったのだ。杉田陸上幕僚長をはじめとする自衛隊の高官が受けた衝撃は深かった。そして彼らは、傷を最小のものとするためにも、犯人の父である山口一佐が責任を感じ、即座に辞表を提出してくれることを望んだ。

しかし、晋平は、どんなことがあっても、自衛隊を辞めまいと考えていた。自分の生き方の根幹をなしていた個人主義に徹すれば、あくまでも子供は子供であり親は親なのだ。戦前、岩倉具視《ともみ》の曾孫が共産党のある事件に関わったことがあった。するとその兄が宮内庁を辞めたものだ。なんと馬鹿なことをするのか、と晋平はその時そう感じた。

事件の翌朝、騒がせたことの詫《わ》びをいうために幹部の席を歩いたが、辞めるというひとことを決して口に出さなかった。それを期待されているという空気は痛いほど感じられたが、辞表を出す気にはなれなかった。

富士の裾野で演習中の友人が戦闘服のまま呼び寄せられた。彼は晋平の小学校時代の友人でもあった。ここは男らしく辞めた方がいい、という彼の忠告を聞きながら、晋平はそれが自衛隊の総意であるのだろうと納得した。自衛隊もマスコミも世間も、みな自分が「震え、おののき、恐れ入って」責任を取ることを望んでいる、ということが理解できた。しかし、封建時代でもあるまいし、「罪、九族に及ぶ」などということがあってよいはずはない。晋平は必死に自己の生き方を守ろうとした。だが、その彼が、ついに事件の二日後に辞表を提出したのは、妻と息子を預かってくれている友人の妻の「やっぱり晋平さん、自衛隊は辞めるんでしょ」という言葉が、胸に深く突き刺さってきたからであった。自分に最も好意的な人ですら、自衛隊を辞めることを望んでいる……。そのことが晋平には自分の生き方を頑強に守り通す気力を失わせる、決定的な一撃となった。

晋平が自分でも意外なほど周囲に対して粘り強く闘えなかったもうひとつの理由は、若い頃に芝居で生きることを断念して以来、心の奥深いところでこれからの人生は余生にすぎないという諦めがあったためである。どのような職業についたとしてもそれは仮の仕事にすぎないという思いがあった。自衛隊という職場に未練はなかった。だが、事件の二日後に辞表を提出した時、晋平は自分に残されていた小さな夢までが消え去ったことを痛感しなくてはならなかった。小さな夢、それは自衛隊を停年で退職した暁には、細々と食べていく道さえ確保できたらもう一度芝居の世界に戻ろう、というものだった。昔のように一座を組織するなどという大それたことは考えていなかった。日本には中年から老年にかけての役者が極めて少ない。かつての芝居仲間を頼り、役者として使ってもらおうと考えたのだ。最初は台詞《せりふ》をもらえなくとも、しばらく舞台に立つことができればきっと昔の勘は戻ってくる。晋平には自信があった。だが、事件がこの夢を粉々に打ち砕いた。いや、むしろ、晋平が断念したのだ。

「芝居ではなく、お化けでも見るようにテロリストの親父を見に来られたんじゃ堪《たま》らん」

そう思ったからである。

4

浅沼の死は自民党の執行部に強い衝撃を与えた。池田内閣による倍増ブームが湧《わ》き起こり、安保後の危機を乗り越え、圧勝するかに見えていたこの選挙に、暗雲が垂れ込めたという印象を抱いたのだ。

自民党幹事長の益谷秀次《しゅうじ》が党声明を発表して、哀悼の意を表わし事件の糾明を誓ったが、執行部の動揺は副幹事長大橋武夫の「これ以上まずい事態はない。せっかくここまで順調にやってきた池田内閣なのに……」という愚痴に端的に表われていた。

池田の秘書伊藤昌哉は、事件後すぐに池田を官邸に帰し、総理の代理として日比谷病院に赴いた。現場に居合わせた衝撃で事件の重大さがわからなかったが、社会党ばかりでなく自民党にとってこそ大変なことなのだという囁《ささや》きを耳元で聞いて愕然とし、「この衝撃からくる国民の怒りはどこへ行くのだろう」と考えるようになった。官房長官の大平正芳をはじめとする政府首脳は、国家公安委員長、警察庁長官、警視総監らの警備責任者の辞任を早くすべきだとしたが、池田が容易に承知しなかった。山崎巌国家公安委員長が、それもひとりだけで辞任したのもその翌日の午後になってからであった。国民の怒りをかわすにはあまりにも遅く拙《まず》い対応だと伊藤は思う。

事件から五日後の十七日から第三十六回臨時国会が召集されることになっていた。池田の周辺は池田にこの冒頭で浅沼追悼演説をすることを求めた。池田も承諾し、その草稿を伊藤に書かせることにした。

伊藤にとってそれは西日本新聞をやめて秘書になって以来はじめてといってよいほどの大仕事だった。新聞の切り抜きのようなつまらぬ仕事しかさせてもらえなかった頃から二年余にして、ようやくある種の信頼関係が池田との間にできつつあった。その信頼に応《こた》えるべく、受け身に廻った政府にとって起死回生となる名演説を書こう、と伊藤は決意する。

伊藤は社会党担当記者から取材もし、資料も集めた。『私の履歴書』を読むと、その中に田所輝明が浅沼をうたった詩の一節が引用されてあった。これだ、と思った。演説の中心部分にその詩を据えることにした。二度繰り返させたかったが、議院運営委員会の理事たちの「詩は省いた方がいい、あまりにも型破りだから」という反対にあい、一度だけということになった。

十八日、午後一時七分、衆議院本会議が開会された。浅沼の議席には黒枠の写真と白菊の花束が飾られていた。衆議院議長清瀬一郎が弔詞贈呈をはかり、承認されたのちその弔詞を朗読した。次いで池田が登壇し、

「日本社会党中央執行委員長、議員浅沼稲次郎君は、去る十二日、日比谷公会堂での演説のさなか、暴漢の凶刃に倒れられました」

と追悼演説を始めた。

「君は、また大衆のために奉仕することを、その政治的信条としておられました。文字どおり東奔西走、比類なき雄弁と情熱をもって、直接国民大衆に訴えつづけられたのであります。

沼は演説百姓よ

よごれた服にボロカバン

きょうは本所の公会堂

あすは京都の辻の寺

これは大正末期、日労党結成当時、浅沼君の友人がうたったものであります。委員長となってからも、この演説百姓の精神は、いささかも衰えをみせませんでした。全国各地で演説をおこなう君の姿は、いまなおわれわれの眼底にほうふつたるものがあります」

議場は静まり返り、婦人議員の中にはハンカチを使う者もいた。マスコミもこの演説を好意的に扱ってくれた。後に池田は、

「あの演説は、五億円か十億円の価値があった」

と上機嫌で伊藤にいった。

民社党の衝撃の深さは自民党以上だった。浅沼の死を福島の遊説先で聞いた書記長曾《そ》禰《ね》益《えき》は「しまった」と叫んだ。今まで議会主義を危うくする加害者という立場であった社会党が、浅沼の劇的な死によって、一挙に同情すべき被害者の立場を獲得してしまった。日本人の情緒的な性格からすると社会党に圧倒的な同情が集まり、そのあおりを受けて、民社党は苦戦するに違いない、と思えたのだ。

西尾末広は、日比谷公会堂から乗った自動車の中でニュースを聞いた。西尾もまた、そこで曾禰とまったく同じ言葉を呟いていた。

東京一区の社会党の議席は空白になった。それは、もし麻生良方が浅沼に反逆するこ

とがなかったら、彼に転がり込んできた座であった。

麻生は社会党を脱党し民社に走ってから浅沼と一度だけ顔を合わせたことがあった。浅沼が委員長になった直後、麻生は民社党の本部に呼ばれ、西村栄一から次の総選挙で東京一区から出馬するよう申し渡された。それはつまり浅沼と闘えということと同じであった。

それからしばらくして麻生は友人の結婚式場で浅沼に会ったのだ。その時、「君は、俺の選挙区から出るそうだな」と浅沼がいつになく鋭くいった。麻生は故意の快活を装って答えた。

「いや、委員長、あなたはもう、日本社会党の大委員長だ。落ちるはずがない。いずれにしても、この選挙で革新が多数にならなければ、政権はとれません。ぼくが出ても一度で通るとは思いませんが、しかし、将来ぼくも議席を持ったら、いつかいったように、社会、民社の連立政権をつくりましょう。そうなったら、浅沼総理の下で、ぼくだって内閣官房長官くらいやりますよ」

浅沼はそれに対しては何もいわず、「しっかりやれ」とだけいうと、麻生の傍から離れていった。

麻生は事件当日も事前運動に走り廻っていた。浅沼の死を聞いたのは神楽坂《かぐらざか》にある彼の小さな事務所においてであった。麻生は家に帰り、母親を伴い、浅沼の通夜に出かけた。浅沼にあれだけ心配をかけながら裏切って民社に走った奴という批難の視線を、麻生はその席で痛烈に感じざるをえなかった。

浅沼の議席を誰が埋めるかについてはいくつかの考え方があった。江田三郎が参議院から鞍替《くらが》えするということも考えられなくはなかった。しかし、そうすることは次期委員長の座をなかば約束するものであるという反対意見もあって、その案はつぶされた。結局、出るべきではないと主張しつづけていた享子が、周囲に説得され浅沼の身替わりで立つことになった。その決意を明らかにした時、享子は「今でもなお出るべきではないという考えを持っているんですよ。でも、あんまりひどい世の中なんですもの」といい、さらに「良方さんさえ、裏切っていなければ……」と呟いた。

享子が立候補することになった時、秘書の壬生は「麻生は降りるべきだ」と思った。単なる人脈ばかりでなく、政治資金のルートまで開拓してもらった人の、身替わりに立つ夫人にまで闘いを挑むのは人の道を踏みはずしている、と思った。それは社会党と民社党という「党の論理」としては、承認されないかもしれないが、ひとりの人間としては可能なはずだ、と思ったのだ。

しかし、麻生は民社党の公認候補として東京一区から立った。選挙戦は想像以上に苦しいものだった。

「浅沼さんは私の子供の時に抱っこをしてくれて、いわば父親がわりのような人だった。政治的な考え方が異なり、やむをえず袂《たもと》を分かつことになったが、ほんとの浅沼さんの遺志は私が継ぎたい」

演説会では常にそう語ったが、「裏切り者」としての麻生を選挙民は容易に許してくれようとしなかった。選挙カーを乗り入れようとすると、下町の主婦たちにスクラムを組まれ阻止されるというような目にあった。

東京一区には定員四に対し二十二名が立候補したが、その選挙結果は麻生にとって残酷なものだった。

「安井誠一郎（自新）当一三八、三三二
浅沼　享子（社新）当一〇七、九七四
田中　栄一（自前）当　九〇、六五三
原　　彪（社前）当　八四、六五一
麻生　良方（民新）次　五五、六五五
聴濤　克巳（共元）　　一九、七九五」

麻生ばかりでなく、民社党の候補は次々と落ちていった。衆議院にあった民社党四十の議席は、選挙が終った時点で、十七にまで減ったのである。

しかし、浅沼の死によって圧倒的な影響を受けていたのは社会党のはずであった。だがこの時、社会党員の多くには浅沼の死の意味がわかっていなかった。

この頃、江田三郎と清水谷の議員会館で二人だけの生活を送っていた東大生の江田五月は、その日映画館で大島渚の『日本の夜と霧』を見ていた。併映されていた一本のフィルムが終り、ロビーに出てみると、そこに設置されているテレビで犬養道子ら数人がテロルについて語っていた。誰かやられたなと思い、テレビに見入っていたが、やがてそれが浅沼であることがわかり、慌てて映画館を出た。その時、五月は「この事件は社会党にとって良かったのではないか」と思う。浅沼は右派の出身であり社会党の委員長としてはふさわしくない。池田の「寛容と忍耐」によって攻撃の鋒先《ほこさき》をかわされそうだった社会党が、このような劇的な死によって人気が高まれば、日本の政治状況にとってはよいことだ、と考えた。だが、後に、彼はかつてこのような人命より政治的効果を重視する思考方法を持っていたことを、痛みをもって思い出さざるをえなくなる。だが、社会党員の中にも、彼と同じように考える者は少なくなかった。

事件の翌日、九段会館で開かれた社会党の臨時党大会で、書記長の江田三郎は「総選挙と党の勝利と前進のために」と題された方針案を提案した。この中にこそ、それ以後の党の混乱と分裂の火元たる構造改革論が盛り込まれていたのである。そこでは、生活向上・反独占・中立の三つの柱と、その具体的な諸要求が掲げられたあとで、こう主張されていた。

≪この三つの体系化された要求は、現在の資本主義経済の枠内で実施されうる変革であり、また日本の保守党が自らとりあげえない独占的経済構造に対する国民による制限の問題である。従ってこれらの要求はわれわれが政権に参加する以前においても、保守政権にたいし、政策転換の要求として、強大な大衆運動を背景に迫らなければならない変

革である》

ここに盛られた思想は、主として貴島正道、加藤宣幸、森永栄悦の三人の書記局員によって持ち込まれたものだった。それぞれ微妙に異なる思想を持ちながら、社会党を革新したいという志の上では一致していた三人が、労農派理論に替わりうる、現代に対応できる理論として着目したのが、イタリア共産党をその源流とする構造改革論だった。彼らは日本共産党系の構革派が出した『講座現代マルクス主義』三巻を貪《むさぼ》るように読み、とりわけその代表的論客である佐藤昇に強く惹《ひ》かれた。彼らは佐藤を介して日共系構革派と関わりを持つ。その中には上田耕一郎、不破哲三の兄弟もいた。貴島ら三人は、現マル派と呼ばれる日共系構革派と共同で研究会を持つようになった。やがて現マル派が雑誌「現代の理論」を発刊するに至り、日共中央は構革理論に異端の烙印《らくいん》を押す。上田と不破は自己批判して構革理論を放棄した。そして逆に、佐藤昇を徹底的に断罪することで、身の潔白を証明しようとした。

日共中央からの圧迫は現マル派をさらに社会党に近づけた。

貴島ら三人に党内における強力な政治力があったわけではない。だが彼らは社会党の未来と構革理論の未来を江田三郎と成田知巳の二人に託した。二人はよく理解し、構革理論の強力な支持者になってくれた。

浅沼が委員長になった時、鈴木派から書記長を出すことになった。鈴木派内の序列からいえば佐々木更三の番のはずだった。しかし貴島らは強引に江田を擁立することで、江田書記長を実現してしまった。構革派は、ここで佐々木更三という手強《てごわ》い敵をひとり作ってしまう。

　江田が書記長に決定した時、加藤宣幸は江田の妻から「あなたたちを一生うらみますよ」といわれたことが、強く耳に残った。確かに、このことによって、江田三郎は党内抗争の一方の旗頭たることを余儀なくされた。

　江田が臨時党大会で提案した構革理論による方針案は、満場一致で可決された。だが、この満場一致にはある危うさがあった。

《大会提出原案は、浅沼委員長存命中の中央執行委員会で決定されていた。どさくさまぎれに大会へもちこまれたわけではないが、この大会が異常な状況でもたれたため、じゅうぶん党内論争ができなかったのは事実である》

　江田三郎は後にこのように感想を述べ、さらにそれは「不幸な出発」であったと結論しなくてはならなかった。

　やがて総選挙が終ると同時に、構革論は党内左派から集中攻撃を受ける。向坂《さきさか》逸郎、太田薫、佐々木更三がその急先鋒《きゆうせんぽう》だった。彼らは構革論を改良主義と断罪した。佐々木の批判に私怨《しえん》がなかったはずはない。それは浅沼亡きあとの委員長代行に選ばれた江田三郎が、三党首テレビ討論などによって急速にスター化していったこととも無縁ではない。

　左派の攻撃に対抗するため、構革派も多数派工作を始めざるをえなくなる。やがて有《う》象無象《ぞうむぞう》の右派系議員のなだれ込みを許した構革派は、単なる右派集団と化していく。江田と成田との間に亀裂が入り、ついには構革派は崩壊への道を辿ることになる。

皮肉なことに、社会党における顕教としての構革理論が破産した時、転向したはずの上田・不破兄弟が主導権を握った日共に密教としての構革理論が定着することになるのである。

だが、浅沼が死んだ翌日の、臨時党大会の満場一致の熱烈な拍手の中に、構革理論のこのような悲惨な運命を見ることは、貴島にも加藤にも森永にもできなかった。

ましてや、古い時代の社会主義の遺物にすぎないと断定していた浅沼のような人物が、実はひとつの党派にとって「戦略」や「戦術」よりもある意味では重要な「魂」そのものとして、いかに重要な存在であったかなどと考えるようになるとは、少なくとも加藤宣幸には、思いもよらぬことだった。


事件の二日後、浅沼の遺体は東京都の瑞江《みずえ》火葬場で荼毗《だび》にふされた。この一件数百円という安価な焼場は、浅沼が東京都議の時代に彼自身が尽力して作らせたものだった。

建設者同盟時代からの仲間である三宅正一は、河上丈太郎と二人で骨を拾いながら、カメラやテレビが取材しないような地味な所には来ようとしない左派の連中の冷たさを、腹立たしく思っていた。浅沼は左派にかつがれたのではなく、ただ利用されていただけにすぎないのではあるまいか、とも思った。

　事件の一週間後に浅沼の社会党葬が行なわれた。式は『葬送行進曲』で始められ、全員で『同志はたおれぬ』を合唱し、ついで故人への黙禱《もくとう》を捧《ささ》げる、という順序で進められていった。やがて各界知名人の挨拶《あいさつ》が続き、会場は偉大、憤怒、決意といった言葉で溢れ返った。

　草野心平が贈った詩を、女優の望月優子が朗読した。

「一九六〇年十月十二日。
沼さんは倒れた。でない、倒された。
一本の刃で突如。
そして何百何千もの凶器が息をひそめて
何かを待ちかまえているかのような不安と
恐怖のいまは時代だ」

第七章　最後の晩餐

1

逮捕された二矢は丸の内署から警視庁に移送された。丸の内署の通用門はその二矢の姿を見ようと集まった野次馬と報道陣で厚い人垣ができた。ジャンパーと学生服を脱がされ、ワイシャツと黒いズボンだけになった二矢は、係官に押し込まれるようにしてジープに乗る時も、顔を隠そうとしなかった。報道陣のフラッシュがたかれると、好奇心に満ちた表情で、どこからの光なのか眼で探した。ジープの中でも、係官に肩をつかまれながら、不思議そうに車外の大騒ぎを眺めていた。

警視庁に入った二矢は、その夜十時近くまで取調べを受けた。

二矢は素直に動機を述べた。係官はその供述を半分信じ半分信じなかった。信じなかった残りの半分とは、彼にその動機を与え、使嗾《しそう》した人物の供述である。だが、二矢は共犯を暗示するどのような言葉も、注意深く選び使わなかった。自分ひとりでやったことだ、と主張した。

事件から三日後の十月十五日、東京地検公安部は東京地裁に二矢の拘置請求を行ない、殺人罪容疑で十日間の拘置が認められた。

取調べは厳しく続けられた。二矢はあらゆる質問に正確に答えた。泣いたり喚《わめ》いたり、あるいは臆《おく》したり、ふてくされて黙秘したりということが一切なかった。

取調べに当たった公安二課の安蔵警部と中村警部補は、十七歳の少年のその冷静さに内心では舌を巻いていた。はじめは右翼特有の虚勢に違いないと思っていた。しかし、二矢の落ち着いた態度はついに最後まで変わることがなかった。

取調べがない時はひとりで坐禅を組んでいた。

移送されてきたばかりの一時期、二矢は雑居房に入れられていた。同房の者は、朝、誰よりも早く目をさまし、自分の使った寝具の後始末をきちんとし、身仕度を整え、それからおもむろに皇居の方角に向かい、正坐し、深く頭を下げて遥拝する少年に、眼を見張らされた。

興奮し、緊張していたのはむしろ係官の方だった。

時折、取調べの途中で、差し入れの果物を食べさせてやることがあった。リンゴなど係官が皮をむいて二矢に与えた。そのような場合、ひとりが二矢に背を向け、果物ナイフを見せないような気の遣い方をした。殺人を犯したことによって昂《たか》ぶっている神経をさらに刺激しないためである。

ある時、二矢がいった。

「このリンゴ、少し虫が喰っているのでナイフを貸してくれませんか」

その少し前に、房内で容疑者が自殺してしまうという事件が起きたばかりであった。係官は狼狽《ろうばい》して、「いや駄目だ、それは駄目だ。リンゴをこっちに寄こしなさい。とってあげるから」と、思わず大声で叫んでしまった。すると二矢が笑いながらいった。

「心配しなくても平気ですよ、死のうと思えばいつだって死ねるんですから」


取調べの過程で、二矢がノートに書き残した和歌について、しつこく追及されたことがあった。

事件当日、家を出る時に手にしたノートと教科書は、舞台に駆け上がる際、上衣のポケットに押し込んでおいたのだが、刑事たちに取り押さえられた瞬間に床に散乱してしまった。その中の一冊に、知人や右翼団体などの住所録を兼ねた雑記帳が混っていた。そこに何首かの和歌のようなものが記されてあった。

「辞世の句のようなものを書いたことがあるか」

取調官が訊ねた。

「ありませんが、前にも申し上げたように十月二、四、六、七の四日間、明治神宮を参拝した折、決行のことなどについて思索し、自分の気持を歌に託しておこうと考えて作り、自宅に帰ってノートに書いてみましたが、自分の気持を適切に表わすことができないうえ字が下手なので書いてみただけに終りました」

ノートには二つの歌が残されてあった。

国ノ為神州男子晴レヤカニ
ホホエミ行カン死出ノ旅路ニ

大君ニ仕エマツレル若人ハ
今モ昔モ心変ラジ

だが、これらの歌は二矢自身の手になるものではなかった。二矢はこのような歌を作るのに充分な素養を持っていなかった。歌は人から与えられたものだった。

事件の数カ月前のことだった。二矢は吉村法俊に共に起《た》ってくれと迫ったことがある。吉村は拒絶したが、その折に自作の歌のいくつかを二矢に贈った。共に起たぬことへの弁明でもあり、ひとり起とうとはやっている少年へのはなむけでもあった。二矢はその歌が気に入り、ノートに筆写した。

しかし、取調べに際しては、そのような事情を語るわけにはいかなかった。もしこの歌が吉村の作であることがわかれば、事件に関しても二矢の背後で何らかの指示を与えていたと疑われかねない。それは吉村に迷惑が及ぶという懸念ばかりでなく、二矢自身の自尊心が許さなかった。二矢はその歌を自作のものであるという嘘をつき通した。後にこの二首が二矢の辞世として流布《るふ》されるようになるのは、そのためである。ノートには完成されたこの二首以外にも、形を成していない二、三の断片が書きつけられてあった。

ワレ思ウ何ガ為ニゾ人々ガ
オノレヲマゲテ生キルノカ

生キルタメ何デ出来ヨウ
オノレヲマゲテ人ニヘツラウ

つたなくはあったがこの断片にこそ、二矢の真情はこめられていた。

面会はすべてに許されなかった。赤尾敏や宮川清澄らの右翼はもちろん、父親の晋平にも許されなかった。母親の君子、兄の朔生らも通ったが、起訴されるまでは、とついに面会禁止は解除されなかった。外界から完全に遮断されて、二矢は連日の取調べを受けた。顔を合わせるのは係官だけだった。

事件後、二矢に会うことを許された唯一の人物は、弁護士の林勝彦であった。

東京大森に住む林は、事件の四日後、防共挺身隊の福田進から巻紙の依頼状を受けた。

林は二矢を知っていた。福田の裁判のいくつかの弁護を引き受けたことのある林は、その法廷に傍聴しにきていた二矢を何度か見かけていた。言葉を交わしたことはなかったが、その稚い顔立ち《おさな》には強い印象が残っていた。

事件を知り、犯人の名を聞いた時、林は「やはりやったのか」と思った。なぜ「やはり」なのか、自分でも正確にはわからなかったが、とにかくそう思ったことは間違いなかった。

福田からの依頼を受けた林は、その日の夕方、二矢に会うため警視庁に向かった。夕方というのは捜査当局の希望だった。一日の取調べが終ってからにしてほしい、というのである。時間もできたら短くしてくれないか、といった。共犯関係の口封じを恐れたのだ。

地下の接見室で待っていると二矢がひとりで入ってきた。

通常の面会と異なり、弁護士と被疑者の接見には、係官といえども立ち会うことが許されない。林は、金網ごしに、二矢と二人だけで四十分あまりじっくりと話をした。

二矢が知りたがったのは、浅沼が本当に死んだのかということだった。事件の翌日に係官から知らされてはいたが信じ切れなかったのだ。林の口から浅沼の死を聞き、初めて安堵《あんど》した様子を見せた。

一方、林がまず二矢に訊ねたかったのは、自分が弁護することを彼もまた望むかということだった。福田から依頼されたとはいえ、当人の希望には沿っていないかもしれない、と考えたからだ。自薦他薦を含め、この事件に対する弁護士の売り込みは激しかった。こちらで弁護士はつけるから、といった善意と売名の混り合った申し出をする右翼も何人かいた。

林が訊ねると、二矢はにこりとしながらいった。

「先生の弁護は何度も見て知っています。今度やったら、自分も先生に頼もうと思っていたくらいなんです」

林は安心して、弁護活動に必要ないくつかの質問をした。だが、その日は第一回目の時である。細かいことはまた次の機会に訊けばよい、林はそう思い、さほど深くは突っ込んで訊かなかった。

二矢の言葉遣いは丁寧で、態度は驚くほど静かなものだった。あれほどの事件を起こした少年が、よくこれほどまでに落ち着いていられるものだ。林も係官と同じような不思議な思いを抱いた。

「やったことは自分ひとりのことです。責任を回避しようと思いません」

その言葉を聞いて、二矢は正々堂々と法廷で自己を主張するつもりなのだな、と林は判断した。

当時、十七歳の少年による殺人事件が他にも何件か起きていた。十七歳では死刑にならないということが社会問題になりつつあったが、現時点では死刑にならないことは間違いなかった。林はそのような意味をこめて、

「心配しなくてもいい。ともかく大丈夫だから」

と励ました。すると、二矢は透きとおるような表情で、気負った様子もなくこう答えた。

「自分は覚悟を決めておりますから」

林は、少年を励まそうとして、逆に少年から叱咤《しった》され、激励されている自分を感じた。その時、林には「覚悟を決めている」ということの真の意味はわかっていない。ただ静かに罰を受けるつもりなのだなという程度に理解していた。しかしそれでも、二矢の言葉には「懦夫《だふ》をして立たしむるような強い励ましがこめられている」ように思えたのである。

捜査本部は容易に共犯説を棄《す》て切れなかった。

背後関係を糾明せよという強い世論が、捜査当局に共犯を割り出さねばならないという十字架を背負わせた。

赤尾敏、杉本広義に任意の出頭が求められ、姿を隠した吉村法俊、中堂利夫の行方が追及された。

杉本は事件を小淵沢《こぶちざわ》の駅で顔見知りの農夫によって知らされた。外出から帰ったばかりの時だった。杉本は「なんと馬鹿なことを……」と呟いた。「浅沼なぞという小物と、どうして人生を交換しなければならないのだ」と思ったのだ。二矢にとってはもっと大事なことがこれから待っているはずだった。

使嗾したのではないかという警視庁の取調べに対し、杉本は断言した。

「起つべき時がくれば、私自身が起つ。少年をあやつって殺させるという卑怯《ひきょう》な方法は絶対に取らない。殺すべき人物は私が刺し殺す」

福田が用意してくれた川崎の隠れ家を離れ、吉村と中堂は事件から四日後に警視庁へ出頭した。二人は共犯関係を全面的に否定したが、別件により吉村が二十日、中堂が二十九日に逮捕された。これとは別に、福田と赤尾も別件で逮捕され、厳しい取調べを受けた。しかし、共犯を裏付ける証拠は何ひとつ出てこなかった。

それでもなお、警視庁は二矢の単独犯行と断定することを恐れた。十七歳の右翼少年にこのような事件をひとりで完遂できるはずがない、という世間の思い込みに縛られたのだ。

二矢に対して何度も反復尋問を試みた。だがその度に同じ答えが返ってきた。細部が少し変わることはあっても、その大筋に決定的な矛盾が生じるというほどの変化ではなかった。捜査本部全体の空気は次第に単独犯説に傾いていった。

十一月二日、事件から三週間後、二矢は身柄を警視庁から練馬の少年鑑別所に移されることになった。東京地検の捜査が一段落し、単独犯行としか考えられないという結論を得て「刑事処分相当」の意見付きで家庭裁判所に送られることになったからである。

この日、供述調書を作成するため、二矢は最後の尋問を受けた。

「君の人生観はどのようなものか」

「私の人生観は大義に生きることです。人間必ずや死というものが訪れるものであります。その時、富や権力を信義に恥ずるような方法で得たよりも、たとえ富や権力を得なくても、自己の信念に基づいて生きてきた人生である方が、より有意義であると信じています。自分の信念に基づいて行なった行動が、たとえ現在の社会で受け入れられないものでも、またいかに罰せられようとも、私は悩むところも恥ずるところもないと存じます」

「君が崇拝している人物は誰か」

「大東亜戦争で国のため子孫のため、富や権力を求めず黙って死んで行った特攻隊の若い青年に対し、尊敬しております」

「君が本件を起こすに際して、環境の整理だとか被服を改めるようなことをしたか」

「男子が大事を決行する時は自分の環境を整理し、下着を替えてその場にのぞむことは昔の武士の物語などに出ていたので知っていましたが、十月六、七日頃家人に気付かれないように自分の机の抽出《ひきだし》に入っている紙屑《かみくず》などを整理し、七日小林委員長の自宅へ行って面会を求めて刺殺しようとした際、下着は全部洗濯したものに替えていきましたが、転居していて決行できませんでした。

十月十二日浅沼委員長を刺殺する際は当日の朝八時半頃新聞を見て立会演説会に浅沼が出席することを知って、決行を思い立ったので、実行にのみ心がゆき下着などの着換えは忘れてしまいました」

「君は浅沼委員長など左翼の指導者を殺害することについて、人からいわれたり相談したことはないか」

「このたび浅沼委員長を刺殺したことはまったく自分ひとりの信念で決行したことで他人からいわれたり、あるいは相談したことは絶対にありません」

「愛国党にいた当時、左翼の指導者を倒すような話はなかったか」

「私が入党して脱党する間、何時《いつ》だったか記憶にありませんが、赤尾先生、吉村、中堂さん他党員が『左翼を倒さなければならない、浅沼や野坂、小林を殺さなければだめだ』など話しており、私もよく口にしましたがこの話は本当に殺すというものではなく、右翼が二人以上集まればいつもこのような話など出ることで本心から左翼の指導者を殺そうと思って言っているかどうかは疑わしく、実行のともなわない話でした。

本年四月頃、前に申し上げた通り本当に私が左翼の指導者を倒さなければならないと考えるようになってからは、そういう過激的な話は意識的にしないように心がけました。愛国党脱党後は吉村、中堂さんと行動を共にしましたが、当時安保闘争が激化していましたから、左翼は怪《け》しからん位の話はいたしましたが、決行について何かいわれたり、相談したことはありません」

「本件に対する現在の心境はどうか」

「浅沼委員長を倒すことは日本のため、国民のためになることであると堅く信じ殺害したのでありますから、やった行為については法に触れることではありますが私としてはこれ以外に方法がないと思い決行し、成功したのでありますから、今何も悔いる処はありません。しかし現在浅沼委員長はもはや故人となった人ですから、生前の罪悪を追及する考えは毛頭なく唯故人の冥福を祈る気持であります。また浅沼委員長の家族に対しては経済的生活は安定しているであろうが、いかなる父、夫であっても情愛にかわりなく、殺害されたことによって悲しい想いで生活をし、迷惑をかけたことは事実でありますので、心から家族の方に申し訳ないと思っています」

午後、二矢は少年鑑別所に向かった。毎日のように取り調べた中村が、移送にも付き合った。二時十分、一行は鑑別所に到着した。中村はそこで引き返したが、二矢のいつにない晴れやかな表情が印象的だった。快活に手を振って中村を送ってくれた。

二矢はまず入所室で裸にされた。パンツだけを残して、すべて鑑別所で決められた衣服に着換えるためである。季節はもう冬だった。黒いサージに金ボタンがついた、学生服のような上下の制服を着ることになっていた。

そこで簡単な健康診断と面接を受ける。二矢には何の異常も発見できなかった。

所長の鰭崎轍は、その日ちょうど法務省に行っていて不在だった。その替わりに、次長の上島清が入所の心得について二矢に話した。

鑑別所とは一種の診断センターである。入所してきた者の心身両面にわたる資料を作成する。それを家裁に送り、家裁は調査官の資料とつき合わせて、判断の材料にするのだ。練馬では入所後の三日間は完全に安静にさせることにしていた。三日後に字を書かせるといったメンタルテストを開始する。

「なんでも教官に相談して、素直に生活するように。三日間はいわれるままにしなさい」

上島がいうと、直立不動の姿勢で聞いていた二矢は、力強い声で返事した。

「はい、お世話になります」

態度には病的なものも頑《かたく》なものも共になかった。「これはAランクだな」と上島は思った。Aランク、つまり所内における成績並びに素行の優良者である。

二矢は東寮と呼ばれる単独室だけの棟に入った。一階に廊下をはさんで十室ずつ二十室、上下二階で四十室ほどある。二矢は二階の第一号室に入れられた。そこは教官控室の隣であった。

二矢が入った第一号室は、他の部屋と同じように三畳ほどの空間に、ベッドと便器と洗面台が備えつけてあるだけの殺伐とした部屋だった。壁は薄よごれた暗灰色のコンクリートがむき出しになっている。そこに注意書が貼《は》られてある。

《一、先生《せんせい》からおきてもよいという許《ゆる》しのあるまで床《とこ》の中《なか》にねていること

一、先生から質問《しつもん》されたことだけこたえること

一、どんな細《こま》かいことでも先生の指図《さしず》にしたがうこと》

あとは、前に入っていた者が作ったらしい、手書きのカレンダーがあるだけだった。

三時四十五分、二矢は夕食をとった。警視庁で差し入れられたすしを特に許されて鑑

別所に持ってきていたが、それをきれいに平らげ、さらに鑑別所の夕食である麦飯とカレー汁をほとんど食べた。鑑別所の夕食が四時と早いのは、それが職員が六時に帰るために逆算して出てきた時間だからである。

単独室での食事は、便器にふたをしてそれを椅子とし、洗面用の流しにふたをしてそれを卓とし、それらを使ってひとりで寂しくとる。二矢の最後の晩餐《ばんさん》も、やはり便器の上でとられたのだった。

2

その日、山口晋平は深夜に目を覚ましてしまった。何気なく枕元にあるラジオのスイッチを入れた。ニュースが流れた。はじめの部分は聞き流していたために断片的にしかキャッチできなかった。

「……十七歳は……の少年鑑別所で二日午後……自殺を図ったが、午後……死亡しました。只今のニュースは毎日新聞の臨時特報でありました」

時計を見ると午後零時を少し過ぎていた。晋平はその深夜の臨時ニュースが気にかかった。二矢は警視庁にいるのだから鑑別所で誰が死のうと関係ないはずだ、と晋平は思おうとした。彼はその日の身柄移送を知らなかったのだ。

しかし一方で、日本に何百万人といるだろう同じ十七歳の中で、今いったい誰が死ねば臨時ニュースとして流されるだろうか、と思わざるをえなかった。盗みを働いた少年が自殺したといって、臨時ニュースになることはあるまい。とすれば……。

晋平の頭の中で、二矢の死が次第に確かなものとして膨れ上がってきた。自分の知らない間に警視庁から鑑別所に移されたとも考えられる。

その頃、晋平と君子はマスコミの攻撃を逃れるため、網島に身を隠していた。成城高校時代の友人、中村忠相が経営する東京園という温泉の一室を借りて暮していた。事件の翌日、中村から電話がかかってきた。「役に立つことがあったらいってくれ」というのだった。晋平は中村の好意に甘え、網島に行った。中村は使用人に気づかせないため、彼らが誰であるということを告げず、単なる客として扱った。中村が山口に貸し与えたのは、かつて無名時代の三橋美智也が民謡師範として暮していた部屋であった。誰にも知られず、久し振りに静かな日々を取り戻せそうだった。その矢先のことであった。

「知らせ」かな、と晋平は思った。彼は自分を合理主義者だと信じていた。夢枕などというものを見たこともなく、信じてもいなかった。その気性は二矢もよく知っていた。だから、と晋平は考えたのだ。どうせ親父は夢枕なぞに立っても信じまい、ラジオで聞かせれば信じるだろうからちょっと目を覚まさせてやれ……と二矢は「知らせ」を送ってきたのではあるまいか。

そこまで思いが至り、晋平は息子の死をほとんど信じた。

練馬の鑑別所の内部は、夜だというのに大混乱をしていた。騒ぎは八時三十一分に玉井保司、佐子寿の二人の教官が、東寮二階の第一号室をのぞいた時から始まった。

鑑別所では午後八時から全収容者の点呼を行なう。その日、鑑別所には男子三百十七人、女子五十一人の合計三百六十八人が中央、東、西、北の四寮に分かれて収容されていた。それを七人の教官が順に点検して回らなくてはならない。いつもたっぷり三十分以上かかってしまう。

教官たちも二矢への監視は注意深く行なっていた。通常、巡視は三十分ごとに行なわれるが、この日は二矢に関してだけはいくらかその間隔を縮めて見回ることにしていた。異状がないとはいえ重要事件の犯人である。だが、部屋の中の二矢は、おとなしく教官にいわれた通り「安静」にしていた。七時五十五分、須賀浩一教官が巡視した時も、二矢はベッドの中で休んでいた。

教官たちが八時からの総点検、一斉点呼を続け、玉井と佐子が東寮の二階第一号室を点呼しようとした時、部屋の中で天井からぶらさがっている二矢を発見したのだ。シーツを細長く裂き、それをよって八十センチほどのヒモにしたもので首を吊っていた。二人が慌てて床に下ろすと、二矢の体にはまだ温もりがあった。ひとりが人工呼吸を施し、ひとりが連絡に走った。

法務省から鑑別所内の官舎に戻っていた所長の鰭崎は、慌ただしい電話に呼び出され、東寮に駆けつけた。二矢には人工呼吸が続けられていた。医者でもある鰭崎は、二矢に十数本のカンフル注射を打った。だが、ついに二矢の心臓は動かなかった。

先発した晋平と、中村忠相の息子に付き添われた君子が練馬の少年鑑別所に到着したのは午前四時を過ぎた頃だった。早朝とはいえ、まだ暗かった。

案内された部屋は、晋平が想像していたよりも明るかった。そこに、二矢の遺体は学生服を着せられ、白布を被《かぶ》せられて横たわっていた。教官のひとりが白布を取った。青い顔をしているな、と晋平は思った。そう思ってから、そうだ死んでいるのだった、死んでいるのだから当然のことなのだ、と思い直した。あまりにも穏やかな顔をしているので一瞬死んでいることを忘れてしまったのだ。

ただ唇の荒れだけはひどかった。警視庁での日々が、やはり胃を痛めるようなものであったのだろうか、と晋平は二矢を哀れに思った。

君子は泣いていた。二矢が事件を起こした夜、「こんなことを仕出かしたのだから死んでくれればいい」と呟いて、君子は泣いた。だが今、二矢の遺体を眼の前にして、君子は激しく自分を呪《のろ》っていた。あんなことをいわなければよかった。私があんなことを思ったから死んでしまったのだ、私が二矢を殺したようなものだ……。

晋平は二矢が死んだ部屋に案内された。君子は見たくないといって二矢の傍に留まった。

「シーツを二つに裂いて、この電灯の金具にひっかけたのです」

鰭崎が説明した。

部屋には天井に埋め込まれた裸電球があった。そしてそれは、割られて危険なことに使われないように細い鋳物製の金網で覆われている。そこにヒモの片方をかけ、ベッドの上に寝具を丸め、それを踏み台にして、飛んだのである。しかし、その金網が人ひとりの体重を支えられるほど頑丈な造りであるとはとても見えなかった。自分なら信じて飛びはしなかったろう。晋平はそう思った。

遺書はなかった。ただコンクリートの壁には、白い文字で記された二つの言葉が、鮮やかに残っていた。翌朝使うために支給された粉歯磨を水に溶き、人さし指を筆にして一字一字丹念に書き記したに違いなかった。

《七生報国

天皇陛下万才》

自分は後生など信じない。国に報ゆることの大切さはよく知っているつもりだが、たった一度の、たったひとつのこの生命を、そう簡単に投げ出すわけにはいかない。自分は二矢と違う。しかし、と晋平は壁の文字を見つめながら思ってもいた。

文字が躍《おど》っているのは急いで書いたためなのだろうか。いや、そうではない。この悪筆だけは、自分ゆずりのものなのだ、と。

終章　伝説、再び

分裂の危機にさらされ、しかもなお抗争と混乱が果てしなく続く社会党の、その「改革」についての記事が、新聞に載らない日がなかった昭和五十二年秋のある日、東京の広尾で外科を開業している梅ヶ枝満明のもとに、ひとりの若い男が訪れた。

病気の治療ではなく、話を聞きたいというのだった。何やら厄介な用件のようだったが、尊敬する先輩、中村忠相の紹介というのでは断われなかった。

医師はその男を診察室に通し、どのような用件なのか、と訊ねた。

「実は、かつて先生が診療したことのある二人の患者さんについて、少しお訊きしたいのです」

それはできない、と即座に医師は答えた。みだりに患者の病状や加療の細部を他人に話すことは許されていない。それはモラルの問題というばかりでなく、医師法などによって法的にも拘束されているのだ。

「いや、病状をお訊きしたいのではないのです。それはすでに知っているし、また関心もありません。知りたいのは、その二人を間違いなく診《み》たことがあるのか、という一点だけなのです」

その程度の確認なら問題はなかった。

「名前は？」

「ひとりは山口晋平さんといいます」

医師は納得した。山口晋平についてなら、中村に紹介されてきた人物がその病状を知っていても不思議はない。山口は中村の紹介で彼のもとに来るようになっていたからだ。

一年以上も前のことだ。友人を診てやってくれないか、と中村から頼まれた。

山口という旧制成城高校時代の友人が高血圧で、精神的に今にも死にそうなほどひどくなってしまった。病院に通っているが少しもよくならない、何とかしてやってくれないか。

医師の専門は整形外科だったが、その患者を治療するのは簡単なように思え、中村の依頼を快く引き受けた。いろいろな話から、初老にさしかかった男性に特有の神経性の高血圧であろう、と推定したのだ。

約束の日に現われた山口は、血圧計で自ら計った数時間ごとのデータを一覧表にして持ってきた。それを見て、医師はますます自分の推論に自信を持った。

好きな酒とテニスを禁じられストレスが蓄積した上に、血圧降下剤のために心身ともに参っていた。そんなことをしていれば、誰でも血圧は上がりかねない。山口の眼の前でその一覧表を破り棄て、明日から酒を呑んでもいい、テニスもしてよろしい、降下剤は必要ない、と自信をもって告げると、何週間もしないうちに快方に向かっていた。

その山口が、時折、診療の合間に死んだ息子の話をすることがあった。

自分の信念に従って生き、死んでいったのだから、親としては何もいうことはない……。山口はそんなふうにいい、それで親は満足しなくてはいけないのでしょう、と寂しくいったりした。

「山口さんは確かに私の患者さんです。でもそれはあなたも、中村さんから聞いているでしょう？」

「ええ、中村さんからも、山口さんからも」

「山口さんにも会っているんですか」

「御当人の口から、去年はひどい目にあって他の病院でいまにも殺されかねないところを先生に助けてもらった、と聞いているんです」

「それだけ知っているんなら、何も私のところに来る必要はないじゃありませんか」

医師が少し強い語調でいうと、男はせき込むようにいった。

「いや、その山口さんを診て、いわば危機を救ったお医者さんが、不思議なことに、かつて掌に刀疵《かたなきず》を持つある刑事の治療をしたことがある。そのことを確かめたかったんです。先生は本当にそのような刑事を診たことがあるんですか」

もうひとりとは彼のことだったのか、と医師は合点した。この話もあるいは中村にしたことがあるのかもしれない。おそらく、男は中村に聞いたのだろう。

あれは大学で学園紛争が盛んな頃だった。自分がまだ開業せず、港区にある西原病院に勤めていた頃だったから、昭和四十四、五年だったのではないだろうか。「七〇年安保」を目前にして、学生たちの火炎壜闘争はエスカレートし、デモといえばいつも大荒れに荒れていた。

ある日、暴れまわる学生を追いかけて、地下鉄の線路まで突進していったというひとりの刑事が、足を負傷して救急指定病院である西原病院に担ぎ込まれた。梅ヶ枝が診てみると、完全に骨折していた。すぐ手術をし、しばらく入院させることにした。それがいつだったかの正確な記憶は残っていないが、ある時その刑事が笑いながら掌を眼の前に突き出したことがあった。そして、今から十年前の安保の年にも負傷しましてね、といった。その掌には細長い一本の疵痕《きずあと》が走っていた。問わず語りに話したところによれば、それは刀による疵であるらしかった。

掌に刀疵のある刑事は、浅沼稲次郎が日比谷公会堂で刺された時、とっさに犯人の山口二矢に飛びかかり、素手で刀を摑《つか》み、奪い取ったのだ、と医師に話した。掌に疵は残ったが、その功により警視総監賞を貰《もら》うことができたともいった……。

中村に紹介されて医師のもとにきた山口晋平は、その二矢の父だった。テロリストの少年を取り押さえた刑事とその少年の父が、巡り巡って同じ医師のもとに治療にくる。男が「不思議なことに」といったのは、そういうことを指しているに違いなかった。

「確かに、その刑事さんも私は診た覚えがあります……」

「やはり本当ですか」

男の声は弾んでいた。

「……しかし、それを確かめて、あなたはどうしようというのですか」

今度は医師が訊ねる番だった。

「先生が二人を診たということを確かめたあとで、ぜひその刑事さんに会って訊きたいことがあったんです。先生はその刑事さんの名前を覚えていらっしゃいませんか？」

もう七、八年も前のことだ。ほとんど記憶がなかった。

「医者というのは奇妙な習性のもので、患部は記憶しても患者は忘れてしまう。私の専門は整形外科だが、骨折のレントゲン写真一枚見れば、その時の手術の状況から治り具合まで思い出すのに、外で会っても顔や名前はなかなか思い出すことができないんです。その刑事さんについても、顔や名は覚えていない」

男は落胆したようだった。

「会って何を訊きたかったんですか」

医師は訊ねた。少し興味を惹かれたのだ。

「ひとつの伝説があるんです。右翼の間でどうやら広汎《こうはん》に信じられているらしい、ひとつの伝説が……」

男は、刑事の疵にまつわる「伝説」を話してきかせた。山口二矢が浅沼を狙《ねら》い、その第三撃を加えようと短刀を構えた時、刃を素手で摑んだ刑事がいた。あえて刀を引けば、刑事の手はバラバラになってしまう。二矢は迷った末、一瞬ののちに短刀から手を離した……。

「それが本当なのかどうか、当事者の口から聞いてみたいのです。ぼくには、あの状況の中で、そのようなことができたとはどうしても思えないんです。右翼の人はその伝説によって二矢を神格化しようとしているのでしょうけれど。つまり、それほど二矢は人格的に完成されていたのだという……」

医師はその話を聞きながら、テレビで見たことのある刺殺のシーンを思い起こそうとしていた。あの年、自分は卒業の一年前という忙しい時期を山に登ることだけですごしていた。安保闘争というものに背を向け、ひたすら山にだけ情熱を燃やしつづけた。樺美智子が死んだ日も山にいた。しかし、そのような自分にも、浅沼が殺された日に見たテレビは、やはり衝撃的だった。突然、画面に姿を現わした少年が、浅沼の巨体に突っ込んでいく。激しく揺れる画像、混乱、そして大勢の男たちに押さえ込まれる少年……。しかし、それらのシーンのどこにも、男のいうような伝説が入り込む隙間《すきま》などありえないように思えた。

その時、医師はあることを思い出し、ハッとした。そして、それがどのような意味を持つかに思い至り、さらに驚いた。少し考えたあとで、医師は話しはじめた。

「掌のことを私たち外科医はノーマンズ・ランドと呼んでいます」

男は怪訝《けげん》そうな表情を浮かべた。いきなり何をいいだすのか、不審に思っているようだった。医師は構わず続けた。

「誰のものでもない土地、神も侵してはならない部分というわけです。進化していくプロセスで人間の手は並の動物と比べ非常に発達した。とりわけ掌は微妙な感覚を持つ特別に進化した部分になりました。ここを切ったり、縫ったりする時はよほど慎重にしなくてはならないんです。そうしないと些細なことでも、ひきつれたり、筋が癒着したり、実に厄介なことになる……」

男にも、医師が何をいいたいのか朧気《おぼろげ》ながらわかってきた。

「……小さな疵でもかなりはっきりと残る。深い疵なら、何らかの深刻なトラブルが起こりえます。まして、刀を握り、その刀を思い切り引き抜かれたとしたら、筋はバラバラになり、たいへんなことになるでしょう。ところが……」

「その刑事さんの掌の疵はたいしたことがなかったというんですか」

「そうなんです。顔も名も覚えていませんが、その疵だけははっきり覚えています。それは掌に一本の細い線のような痕が残っているだけの疵でした……」

男は、医院の鈍く輝く金属製の扉を閉めた時、その翌日が十七歳で死んだ山口二矢の、十七回目の命日であることに、初めて気がついた。

あとがきⅠ

山口二矢について書いてみたい、とながく思いつづけてきた。しかし、不意に歴史の表舞台に姿を現わし、言葉少なに走り去ってしまったこの夭折者《ようせつ》を、どのようにしたら描くことができるのか、私にはわからなかった。だが、脇役にすぎないと思っていた浅沼稲次郎の存在が、次第に大きく見えるようになって、初めてその「かたち」が具体的なものとして浮かんできた。

確かに浅沼稲次郎は偉大な人物というのではなかったかもしれない。しかし、浅沼の、よろめき崩れ落ちそうになりながらも決して歩むことをやめなかった愚直な一生には、山口二矢のような明確で直線的な生涯とは異なる、人生の深い哀しみといったものが漂っている。

ひたすら歩むことでようやく辿り着いた晴れの舞台で、六十一歳の野党政治家は、生き急ぎ死に急ぎ閃光のように駆け抜けてきた十七歳のテロリストと、激しく交錯する。その一瞬を描き切ることさえできれば、と私は思った。

『テロルの決算』は、私にとって初めての長篇である。そしてこれは、偶然のことからノンフィクションのライターとなった私が二十代の七年間に続けてきた悪戦苦闘の、ひとつの「決算」になってほしいという願望を抱きつつ取り組んできた仕事でもあった。

年齢が作品にとって特別な意味を持つことは、あるいはないのかもしれない。しかし、五年前であったら、これは山口二矢だけの、透明なガラス細工のような物語になっていただろう。少なくとも、浅沼稲次郎の、低いくぐもった声が私に届くことはなかったに違いない。そして、これが五年後であったなら、二矢の声はついに私に聴き取りがたいものになっていたかもしれないのだ。五年前でも五年後でもない今、『テロルの決算』は山口二矢と浅沼稲次郎の物語として、どうにか完成した。

これは、「文藝春秋」誌上に三回にわたって分載された原稿を、ただ単に量を倍ちかくに増やすというだけではなく、可能な限り根底から書き改めようとしたものである。たったひとりだけのマラソン・レースにも似て、精神的にも肉体的にもかなりきつい作業だったが、長篇の最後の一行を記すという新たなる喜びを味わうこともできた。どうやらゴールまで到達できたのは、文藝春秋の茂木一男氏と新井信氏の力に負うところが大きい。

一橋大学の学生である根本誠一郎君は、資料の整理というごく面倒な仕事を手伝ってくれた。共に、新聞の縮刷版から膨大な量のコピーをとるため、夜遅くまで複写機にへばりついていた日々がなつかしくもある。数カ月ですべてが終ると思い、陽気に無駄口を叩きながらコピーしていたその時点から、この「あとがき」に至るまで、優に一年が過ぎた。その間に、私の二十代は終っていた。

一九七八年九月

沢木耕太郎

あとがきⅡ

1

現実の出来事に本当の意味での終りが訪れることはない。映画のように、一篇の最後に《完》とか《END》と字幕が出るとそれですべてが終る、というわけにはいかないのだ。当事者が生きているかぎり、いやその人びとが死んでからも、現実はその続篇とでもいうべき物語を持とうとする。そしてそれは、「浅沼稲次郎刺殺事件」も例外ではありえなかった。山口二矢《おとや》の自死ですべてが終ることなく、現実はさまざまの《それから》の物語を生み出していった。事件の全体を描こうとしたこの『テロルの決算』でも、私は可能なかぎりそれらの挿話を掬い上げようと努力した。しかし、拾い集めることは出来たものの、全体の流れから弾き出され、どうしても作品の中に組み込めなかったものがいくつかあった。中でもとりわけ心が残るのは、行為する者が必然的に引き受けなければならない栄光と悲惨、すなわち行為というものが持つ煌《きら》めきと虚しさを、二つながらに映し出しているかのごとき次のような挿話を、物語の内部に取りこめなかったことである。

それは一応の取材が終り、第一稿とでもいうべき雑誌用の原稿が書き上がり、浅沼未亡人に御礼の挨拶にうかがった折のことだった。出版社で刷り上がったばかりの雑誌を一冊受け取り、近くの和菓子屋でささやかな手土産を用意し、未亡人がひとりでお住まいになっている白河町のアパートにうかがったのだ。

浅沼稲次郎や山口二矢についての取りとめのない話をしたあとで、私たちの話題は中国に関してのものに移っていった。私は未亡人に、現在の雪崩を打ったような中国礼讃の気運をどう思うか、と訊ねてみた。そのような質問をした私の気持のどこかには、日中ばかりでなく、米中和解にまで進んでしまったここ数年の事態を、内心いささか苦々しく思っているにちがいない、という予断がなくもなかった。しかし未亡人の答えは予想外のものだった。それは大変よいことだと思う、と答えたのだ。本当だろうか、それは心からの言葉だろうか、と私は疑問に思った。夫が結果として命を縮めることになるほど激しく論難し、またその意見を熱烈に支持したはずの中国が、当の相手であるアメリカとさっさと手を結んでしまった。未亡人はそれを心外なことと思っていないのだろうか。私が重ねて訊ねると、未亡人は含むところのない見事な率直さでこう答えた。

――私は中国を三回訪問したが、そのたびに中国の素晴らしさを見せつけられてきた。中国の指導者は素晴らしく、中国の民衆も素晴らしかった。この素晴らしい国が、時代と共に少しずつ動いていったとしても、それは別に心配することではなく、むしろ当然のことといえるのではないだろうか……。

私はそれを聞いて、あるいは浅沼稲次郎が生きていたとしてもまったく同じことを言ったかもしれないと思い、密かに納得して質問を切り上げた。ところが、未亡人がそれに続けて述べた言葉に、私は愕然とさせられてしまったのだ。

――私は一九七〇年にも中国を訪問した。浅沼没後十周年の記念集会を開くからぜひ来ていただきたい、と中国側から強く招請されたからだ。私が着くと、周恩来をはじめとする中国側の首脳は実に暖かく迎え入れてくれ、集会は盛大に催された。日本ではすでに遠くに追いやられてしまった浅沼の死を、中国では十年たっても忘れないでいてくれた……。

だが、一九七〇年といえば、米中和解への地ならしが急速に進展していた時期である。マービン・カルブとバーナード・カルブの筆になる『キッシンジャーの道』によれば、その年の国慶節の日に、毛沢東はアメリカ人であるエドガー・スノウに「革命を継続している国、中国は、活気のある保守主義の国アメリカから学ぶことができる」と語りかけたという。事実、翌年の七月にはキッシンジャーが北京入りを果たし、国交正常化へ向けての第一歩が踏み出されることになるのだ。

浅沼稲次郎の「中国と日本は、アメリカ帝国主義についておたがいは共同の敵とみなしてたたかわなければならないと思います」という言葉を、ほとんど無意味なものと化す計画を推しすすめながら、浅沼その人を顕彰する集会を開く。そこに中国の冷徹さを見出すか、浅沼未亡人のように篤実さを見出すかは、その人によって異なるだろう。しかし、少なくともあの時の浅沼の行為は、だから結局、あの時の山口二矢の行為は、国際政治の前にはまったく無効だったとだけはいえる。

私は未亡人の話に茫然としながら、しかしその残酷な挿話によってこそ、二人の行為の虚しさと、それゆえの純一な煌めきを際立たせることができるのかもしれない、と思ったりしていた。

それから数カ月、私は第二稿、第三稿と書き直しを繰り返したが、ついにこの挿話を全九章の作品の中に組み込むことはできなかった。あるいはそれに成功していれば、『テロルの決算』も、もう少し奥行のある物語になっていたのかもしれない。だが、ひとつの作品はその作者に見合った身の丈しか持つことはできないものという。だとすれば、やはりこの『テロルの決算』こそ、四年前の私の背丈を正確に映し出すものだったということになる。

2

四年前、単行本の『テロルの決算』が出版されると、あなたはどうして山口二矢を書こうとしたのか、と人からよく訊ねられることになった。『テロルの決算』は、必ずしも山口二矢の、山口二矢だけの物語ではなかったはずだが、あなたはなぜ浅沼稲次郎を書こうとしたのかとは訊かれなかった。

しかしそれも無理のないことかもしれなかった。この長篇のノンフィクションにおいて、わずかながら人の興味を惹くところがあったとすれば、それはまず山口二矢という右翼のテロリストを物語の中心に据えて描こうとした、という点にあっただろうからだ。いや、読み手の受け止め方ばかりでなく、書き手としての私にとっても、この物語を書こうとした契機の最初のものは、山口二矢という存在にあった。だから私は、《なぜ山口二矢を》と問われるたびに、言葉を探し探ししながらどうにか答えようとした。

声を持たぬ者の声を聴こうとする。それがノンフィクションの書き手のひとつの役割だとするなら、虐げられた者たち、少数派たらざるをえなかった者たち、歴史に置き去りにされた者たちを描こうとすることは、ある意味で当然のことといえる。しかしなぜ、無差別殺人の犯人や公金横領の犯人、あるいは婦女暴行や幼児誘拐の犯人たちには向けられる《理解しよう》というまなざしが、ひとり右翼のテロリストに及ばないのだろう。私には、そのような硬直したヒューマニズムに対する、ささやかな義憤がないこともなかった……。

あるいは、こうも答えたりした。

十七歳の少年が計画的に人を殺すなどということがありえるはずはない。まして政治的なテロルを、しかもたったひとりで行なうことなど考えられない。きっと背後で糸を引いていた人物がいるにちがいない。山口二矢はその誰かに踊らされていた人形にすぎないのだ。――私には、このような見方の底に隠されている他者への傲慢さと、その裏返しの脆弱さが我慢ならなかった。それは山口二矢という十七歳ばかりでなく、同時に私の十七歳に対する冒瀆ではないか、いやすべての十七歳への冒瀆ではないか、と思えた。あなたは十七歳の時、人ひとりを殺したいと思ったことはないのか。少なくとも、私にはあった……。

さまざまに答えながら、そしてどれも嘘ではなかったが、まだ本当のことを喋れていないという、かすかな苛立ちが私にないわけではなかった。もっと直截《ちょくせつ》な言葉で表現できるはずなのに、どうしてもそれが喉元から出てこない、というもどかしさがあった。

いま思えば、私に『テロルの決算』を書かせた最大の動因は、私自身の、夭折者《ようせつ》への「執着」に近いまでの関心にあったような気がする。当時も、夭折という語にこそモチーフを明らかにする鍵がひそんでいると考えないでもなかったが、答えはその周辺をぐるぐる回るだけで、なぜか私自身の「執着」という一点にだけは向かわなかった。

しかし、その当時、私が質問に対して的確な答えを提出できなかったのは、必ずしも私に率直さが欠けていたからというだけでもないように思える。むしろ、『テロルの決算』を書き進めていくうちに、私の内部に微妙な変化が起こり、そのため私の夭折者への関心のあり様が、深いところで変容しはじめたということの結果だったような気がするのだ。それは具体的には、山口二矢の物語を書くつもりが、終ってみると山口二矢と浅沼稲次郎の二人の物語になっていたというところに明瞭にあらわれていたが、より象徴的には、私の山口二矢への思いが、《彼は十七歳で死ねた》から《彼は十七歳で死んだ》へと変化していったというところにも、かすかにではあるが見え隠れしていたはずのものだった。私は『テロルの決算』を書くことで、《死ねた》という世界から《死んだ》という世界に足を踏み入れたのかもしれない。だが、その頃の私には、それがはっきりと見えていなかった。そうでなければ、質問に答えて、私にとって『テロルの決算』はすでに遠い、なぜなら私の内部で或る種の結着がついてしまったから、などという太平楽を述べることはできなかったはずだ。

私の「内部」とやらで、結着がついたものなど実はひとつもありはしなかったのだ。なぜあれほどまでに夭折者に執着したのか、なぜそれにもかかわらず《死んだ》という世界に抜け出てきてしまったのか、なぜそのことが今になって激しく気にかかるのか……。私は、私自身を検証するためにも、もう一度、この『テロルの決算』を読み返す必要があるのかもしれない。

3

浅沼未亡人は、去年三月、心筋梗塞で七十六歳の生涯を閉じた。山口二矢は、もし生きていれば、来年で四十になるはずである。

一九八二年四月

沢木耕太郎

あとがきⅢ

この『テロルの決算』の取材では、実にさまざまなタイプの人と出会うことになった。たとえば、政治的には右から左まで、年齢的には十代から九十代まで、居住する地域においては北海道から九州まで、というように。

中でも、私に強い印象を与えてくれたひとりに中村忠相がいる。中村忠相は、二矢の父である山口晋平の旧制高校時代の友人で、「東京園」という温泉センターを東横線の綱島駅の近くで経営している人だった。山口二矢が日比谷公会堂で浅沼稲次郎刺殺事件を引き起こすと、山口一家はマスコミの執拗な「攻撃」に悩まされることになる。そのとき、ひそかに救いの手を差し伸べたのが中村忠相だった。自分はテロリズムを容認しない。しかし、友人とその家族が困っている以上、助けないわけにはいかない、と。中村忠相は、「役に立つことがあったらいってくれ」と電話を掛け、その申し出を受けた山口夫妻は緊急避難というかたちで「東京園」の一室に「隠れ住む」ことになった。

私は、取材の過程で、山口晋平に中村忠相を紹介してもらい、その中村忠相の口利きで医師の梅ケ枝満明と会うことができていた。梅ケ枝満明と会えなければ、『テロルの決算』の最終章はまったく異なるものになっていただろう。しかし、私にとって中村忠相がとりわけ印象的だったのは、そうした取材上の便宜を図ってくれたからというだけが理由ではなかった。中村忠相という存在そのものが魅力的だったのだ。

中村忠相は、五十代のときに、旅先の旅館の階段から落下して脊髄に損傷を受け、以来、何十年もベッドの上で寝たきりの状態になっていた。私が初めて訪ねたときも、東京広尾の日赤医療センターの個室で横たわったままだった。いや、二矢の事件を受けて、「役に立つことがあったらいってくれ」という電話を山口晋平のもとに掛けたのも、すでに生涯治癒することはないだろうという絶望的な宣告を受けて寝たきりの状態になったあとのことだった。

しかし、その中村忠相は、ベッドの上で無数の本を読み、テレビの番組を見、訪ねてくる人の話を聞き、あるいは議論をし、あふれるばかりの好奇心を「全開」にして生きていた。その生き方を反映して、見晴らしのいい高層階にある中村忠相の病室は、いつも看護師や見舞い客の笑い声であふれていた。

私は『テロルの決算』の取材が終わってからも、ときおりその病室を見舞うようになった。

そこでは、やがて知り合うことになる中村家の子息たちの話や山口家の人々の「現況」というような話から始まって、国際情勢や教育問題、さらには中村忠相がベッドの上でずっと考えつづけているという「新しい国歌」についてといったようなものに至るまで、ありとあらゆることが語られたものだった。中村忠相は話を聞くこと、そして話をすることが好きだった。

あるときなど、今度来るときに何か持ってきてほしいものはありませんかと訊ねると、こう答えたものだった。

「話がおもしろい女の子をひとり調達してきてほしい」

私は、「女の子」という年齢ではないにしても、間違いなく「話がおもしろい」女優の友人に、三十分ほど相手をしてくれるよう頼んだ。二人で病室を訪ねると、中村忠相はその女優とさまざまなことについて一時間以上も話し込み、最後には、今度は車椅子に乗ってこの近くのおいしいレストランで食事をしようという約束までするほどだった。

もちろん、それが「話の勢い」というものだということは中村忠相にもよくわかっていただろう。しかし、少なくとも、その一時間余りを楽しく過ごしてくれたことは間違いないようだった。私たちが帰ろうとすると、いつになく改まった口調で言ったものだった。

「ありがとう。いい記念になったよ」

やがて、私は、見舞いに行く日を大晦日と決めるようになった。寝たきりであるにもかかわらず中村忠相の交友関係は広く、いつ見舞いに行ってもいろいろな人が病室にいる。しかし、その千客万来の病室もさすがに大晦日には見舞い客がいないだろうと思い、その日の夕方に行くことにしたのだ。

それが大晦日に行くことにして何度目のときのことだったかはわからない。ただ、その日も、高い階にある病室の窓から見える西の空に、大きく真っ赤な太陽が沈もうとしていたことはよく覚えている。

いつものように、あれこれとおしゃべりをしたあとで、少し話が途切れる時間が生まれた。夕陽を眺めながら、しばらくそれぞれの思いの中に入っていたあとで、私がふと訊ねるでもなく口に出した言葉があった。

「生きていたら……どうだったでしょう……」

すると、それが誰のことかと聞き返そうともせず、中村忠相が言った。

「そう……楽しいこともあったかもしれないな」

これまで、山口晋平をはじめとして山口家の人々のことについてはさまざまに話をしたが、なぜか山口二矢のことだけは互いに口にしなかった。

ところが、このとき、私は自分でも意識しないまま山口二矢についてのことを口にし、中村忠相もまたそれを自然に受け止め、応えてくれたのだ。

「そう……楽しいこともあったかもしれないな」

私は中村忠相のその言葉を前にしてふと立ち止まった。

もし、山口二矢が生きていたら、やはり「楽しいこともあった」のだろうか……。

だが、いくら想像しようとしても、山口二矢が、三十代、四十代と齢を取っていく姿を想像することはできなかった。

確かに、夭折した者には、それ以上の生を想像させないというところがある。自死であれ、事故死であれ、病死であれ、若くして死んだ者には、それが彼らの寿命だったのではないかと思わせるようなところがあるのだ。しかし、他の夭折者の多くは、山口二矢ほど鋭く「もし生きていたら」という仮定を撥《は》ねつけはしない。生きていればもうひとつの人生が存在したのではないかと想像させる余地をいくらかは残しているものなのだ。

どうして、山口二矢だけが「もし生きていたら」という仮定を弾き返してしまうのだろう……。

と、そこまで考えたとき、いや、と思った。山口二矢と同じようにそうした仮定を受けつけない夭折者がもうひとりいた、と。

実は、私には、山口二矢の写真を見るたびに思い出す顔があるのだ。それは、二十三歳の若さで死んだボクサーの大場政夫の顔である。

大場政夫は、一九七三年一月、チャチャイ・チオノイとの世界タイトルマッチで奇跡的な逆転勝利を収めた三週間後、首都高速でシボレー・コルベットを運転中に大型トラックと激突、死亡した。

私たちが知っている山口二矢の顔は、毎日新聞のカメラマンである長尾靖が撮り、ピュリツァー賞を取ることになる、日比谷公会堂における有名な現場写真の中のものである。山口二矢は胸の前で刀を構え、メガネがずり落ちた浅沼稲次郎に向かってさらに一撃を加えようとしている。

その写真の中の山口二矢の印象は、切れ長な目をした細面の顔立ちの若者というものである。そして、大場政夫もまた、山口二矢と同じように、切れ長の一重の瞼に細面の顔立ちをしているのだ。

日本には「白面」という言葉があり、そこには、色の白さと同時に年齢の若さという意味が含まれているが、山口二矢も、大場政夫も、その「白面」というにふさわしい顔立ちによって私の内部で重なり合う。

しかし、そのときまで、どうして山口二矢の写真を見るたびに大場政夫の顔を思い浮かべてしまうのかよくわからなかった。ただ単に顔立ちが似ているというだけが理由とは思えなかったからだ。

ところが、中村忠相の「楽しいこともあったかもしれないな」という言葉が、私に、大場政夫を「手塩にかけて」育てたマネージャーである長野ハルの言葉を思い出させてくれたのだ。かつて彼女は、こんな風に語っていたことがあった。

「大場には引退してからがもうひとつの人生なのよと言いつづけていた。それから楽しいときが待っているのよと……」

だが、それを聞いたとき、私は「楽しいとき」を迎えている三十代、四十代の大場政夫の姿を思い浮かべることができずに戸惑ったものだった。思えば、大場政夫もまた、山口二矢と同じように、「もし生きていたら」という仮定を鋭く撥ね返してしまう夭折者のひとりだったのだ。

なぜ、彼らは「もし生きていたら」という仮定を撥ね返してしまうのだろう?

もしかしたら、それはこういうことなのかもしれない。

山口二矢は、日比谷公会堂の壇上に駆け上がり、持っていた刀で浅沼稲次郎を刺し殺した。それは、彼が望んだことを完璧に具現化した瞬間だった。山口二矢は、十七歳のそのとき、完璧な瞬間を味わい、完璧な時間を生きた。

そして、大場政夫もまた、日大講堂に設けられたリングの上で完璧な瞬間を味わい、完璧な時間を生きた。第一ラウンド、大場政夫はチャチャイ・チオノイの強烈なロングフックによってダウンさせられる。しかし、鼻血を流し、右足が痙攣《けいれん》するというダメージを受けながら立ち上がると、逆に第十二ラウンドにおいて三度ダウンを奪って仕留めるという、見ている者が震えるような試合をやってのけたのだ。

彼らが、私たちに、「もし生きていたら」という仮定を許さないのは、彼らが生きた「完璧な瞬間」が、人生の読点ではなく、句点に匹敵するものだったからなのではないだろうか。「、」ではなく、「。」だった。

若くして「完璧な時間」を味わった者が、その直後に死んでいくとき、つまり、物語にピリオドが打たれるように死が用意されるとき、私たちには、それが宿命以外のなにものでもなかったかのように思えてきてしまう。そのように生き、そのように死ぬしかなかったのではないか、つまり、その先の生は初めから存在していなかったのではないかというように……。

そのとき、私はひとつ理解することがあった。

私は、少年時代から夭折した者に惹かれつづけていた。しかし、私が何人かの夭折者に心を動かされていたのは、必ずしも彼らが「若くして死んだ」からではなく、彼らが「完璧な瞬間」を味わったことがあるからだったのではないか。私は幼い頃から「完璧な瞬間」という幻を追いかけていたのであり、その象徴が「夭折」ということだったのではないか。なぜなら、「完璧な瞬間」は、間近の死によってさらに完璧なものになるからだ。私にとって重要だったのは、「若くして死ぬ」ということではなく、「完璧な瞬間」を味わうということだった……。

私は、そうした錯綜した思いを中村忠相に伝えようとして、口をつぐんだ。彼の何十年にもわたるベッドの上の困難な生は、「完璧な瞬間」を味わって死ぬという、山口二矢や大場政夫の直線的な生とは対極にあるものだったということに気がついたからだ。

たぶん、若くして死ぬことのなかった私たちの生は、山口二矢や大場政夫の直線的で短い生と、中村忠相の長く困難な生との間に漂っているのだろう。
しかし、私は大晦日の夕陽がゆっくり沈んでいくのを眺めながらこうも思っていた。私の内部には、依然として「完璧な瞬間」の幻を追い求める衝動が蠢《うごめ》いているような気がする。私にとって、それが、いったいどのような「場」に存在するのか、まったくわからないにもかかわらず。

沢木耕太郎

二〇〇八年九月

主要参考文献

『わが言論斗争録』　浅沼稲次郎　社会思潮社
『私の履歴書』　日本経済新聞社編　日本経済新聞社
『驀進』　浅沼追悼出版編集委員会編　日本社会党
『浅沼稲次郎』　大曲直　至誠堂
『革命への挽歌』　麻生良方　講談社
『無産党十字街』　田所輝明　先進社
『濁流に泳ぐ』　麻生久　社会思潮社
『幾山河を越えて』　三宅正一　恒文社
『三多摩社会運動史』　中村高一　都政研究会
『ある社会主義者の半生』　鈴木茂三郎　文藝春秋新社
『寒村自伝』　荒畑寒村　筑摩書房
『西尾末広の政治覚書』　西尾末広　毎日新聞社
『私のメモワール』　曾禰益　日刊工業新聞社
『越し方けわし』　伊藤卯四郎　議事堂通信社
『私の日本改造構想』　江田三郎　読売新聞社
『出発のためのメモランダム』　江田五月　毎日新聞社
『日本社会党の三十年』　月刊社会党編集部　社会新報
『日本の社会民主主義政党』　高橋彦博　法政大学出版局

『大空に会わん』　山口晋平　私家版
『大右翼史』　荒原朴水　大日本一誠会出版局
『右翼左翼』　荒原朴水監修　大日本国民党
『証言・昭和維新運動』　赤尾敏他　島津書房
『天皇絶対論とその影響』　谷口雅春編著　光明思想普及会
『右翼事典』　社会問題研究会編　双葉社
『日本右翼の研究』　木下半治　現代評論社
『日本の右翼』　奈古浦太郎　三一書房
『日本の右翼』　猪野健治　日新報道出版部
『日本のテロリスト』　室伏哲郎　弘文堂
『安保・１９６０』　臼井吉見編　筑摩書房
『昭和経済史への証言』　安藤良雄編　毎日新聞社
『現代史を創る人びと』　中村隆英他編　毎日新聞社
『転向』　思想の科学研究会編　平凡社
『近衛内閣』　風見章　日本出版協同株式会社
『池田勇人その生と死』　伊藤昌哉　至誠堂
『新編現代中国論』　竹内好　筑摩書房
『政界二十五年』　宮崎吉政　読売新聞社

単行本　一九七八年九月　文藝春秋刊

本書は一九八二年九月に刊行された文春文庫『テロルの決算』の新装版です。新装版化に当たっては、小社刊「沢木耕太郎ノンフィクション」Ⅶ所収のテキストを底本としました。

文春文庫

テロルの決算《けつさん》

定価はカバーに
表示してあります

2008年11月10日　新装版第1刷
2015年1月15日　第5刷

著者　沢木耕太郎《さわきこうたろう》
発行者　羽鳥好之
発行所　株式会社　文藝春秋

東京都千代田区紀尾井町3-23　〒102-8008
TEL 03・3265・1211
文藝春秋ホームページ　http://www.bunshun.co.jp
落丁、乱丁本は、お手数ですが小社製作部宛お送り下さい。送料小社負担でお取替致します。

印刷・凸版印刷　製本・加藤製本　Printed in Japan
ISBN978-4-16-720914-8

（　）内は解説者。品切の節はご容赦下さい。

沢木耕太郎
敗れざる者たち
クレイになれなかった男・カシアス内藤、栄光の背番号3によって消えた三塁手、自殺したマラソンの星・円谷幸吉など、勝負の世界に青春を賭けた者たちのロマンを描く。（松本健一）
さ-2-2

沢木耕太郎
危機の宰相
安保闘争の終わった物憂い倦怠感の中、日本を真っ赤に燃え立たせる次のテーマ「所得倍増」をみつけた池田勇人、下村治、田村敏雄。三人の敗者たちの再生のドラマ。（下村恭民）
さ-2-13

沢木耕太郎
テロルの決算
十七歳のテロリストは舞台へ駆け上がり、冷たい刃を老政治家にむけた。大宅壮一ノンフィクション賞受賞の傑作を、初版から三十年後、終止符とも言える「あとがき」を加え新装刊行。
さ-2-14

沢木耕太郎
イルカと墜落
アマゾンの奥地で遭遇したピンクのイルカとひとつの事故。「死者はもとより重傷者さえ出なかったのは奇跡」といわれた惨事の中、「死」と向かい合ったブラジルへの旅。（国分　拓）
さ-2-15

沢木耕太郎　編
右か、左か
心に残る物語——日本文学秀作選
芥川龍之介、山本周五郎から小川洋子、村上春樹まで、人生における「選択」をテーマに沢木耕太郎が選んだ13篇を収める。文春文庫創刊35周年記念特別企画アンソロジーシリーズの最終巻。
さ-2-16

沢木耕太郎
若き実力者たち
小沢征爾、市川海老蔵（現・団十郎）、唐十郎、尾崎将司……。70年前後に登場し時代の先端を走り続けた12人をデビュー間もない著者が描き、新たな人物ノンフィクションを確立した傑作。
さ-2-17

沢木耕太郎
貧乏だけど贅沢
人はなぜ旅をするのか？　井上陽水、阿川弘之、群ようこ、高倉健など、全地球を駆けめぐる豪華な十人と、旅における「贅沢な時間」をめぐって語り合う。著者初の対談集。（此経啓助）
さ-2-18

（　）内は解説者。品切の節はご容赦下さい。

青木新門
納棺夫日記
増補改訂版

〈納棺夫〉とは、永らく冠婚葬祭会社で死者を棺に納める仕事に従事した著者の造語である。「生」と「死」を静かに語る、読み継がれるべき刮目の書。（序文・吉村 昭　解説・高 史明）

あ-28-1

青木新門
寺田周明 写真
転生回廊
聖地カイラス巡礼

チベット仏教における宗教の聖地・カイラス。アカデミー賞映画「おくりびと」の原点となる『納棺夫日記』で生と死に対する深い洞察を記した著者は、カイラス山までの巡礼でなにを思ったか。

あ-28-2

吾妻博勝
新宿 歌舞伎町
マフィアの棲む街

売春クラブ、殺し屋、麻薬・拳銃密売、現金強奪――。東アジア・中東・南米と、あらゆる地下犯罪組織が入り乱れる新宿歌舞伎町に、気鋭のライターが潜入取材した迫真のルポ。（馳 星周）

あ-34-1

井口俊英
告白

大和銀行巨額損失事件！ 米司法当局に逮捕されたトレーダーが獄中で綴った全真相。出所した著者の百枚の書き下ろし「その後の私」をえて堂々の文庫化。日本金融業の墓碑銘――。

い-40-1

石丸元章
SPEED スピード

覚醒剤で、人間はどう狂うか？ コカイン、ハシシ、スピード、LSD……。取材ライターの立場から薬物中毒者へと転落した著者の、三年間の明るく壮絶なドラッグ体験記。（高橋源一郎）

い-46-1

稲泉 連
仕事漂流
就職氷河期世代の「働き方」

働くこと=生きること。――選択肢が消えていく。常に不安だから走り続けるしかない……。就職氷河期に仕事に就いた八人の、「働くこと」を巡るそれぞれの葛藤。（中原 淳）

い-65-2

碇《いかり》 義朗
「夢の超特急」、走る！
新幹線を作った男たち

昭和三十九年十月一日、新幹線「ひかり」は東京駅をスタートした。二十世紀最大のプロジェクトと言われた一大事業に果敢に挑み、成功させた男たちの姿を描く感動のノンフィクション。

い-68-1

（　）内は解説者。品切の節はご容赦下さい。

石井光太
物乞う仏陀
アジアの路上で物乞いをする子供や障害者たち。彼らは日々、何を考えて生きているのか。インド、タイ、ネパール、カンボジア、ミャンマーなどを巡り、その実相を伝える。大宅賞候補作。
い-73-1

泉　慶子
人妻裏物語
専業主婦のいけない昼下がり
夫の知らない専業主婦の隠し事、覗いてみませんか？　デイトレ破産、高層マンションのカースト制など現代ならではの悲劇も。転勤族主婦が見聞きした人妻のリアルを赤裸々レポート！
い-82-1

石井妙子
日本の血脈
『文藝春秋』連載時から大きな反響を呼んだノンフィクション。政財界、芸能界、皇室など、注目の人士の家系をたどり、末裔ですら知りえなかった過去を掘り起こす。文庫オリジナル版。
い-88-1

上前淳一郎
複合大噴火
一七八三年、日本と欧州でほぼ同時に火山の大噴火が起き、大きな社会変動をもたらした。この事実は何を意味するのか？　現代の災害対策に鋭い問いを投げかける警告の書。（三上岳彦）
う-2-47

上野正彦
死体は語る
もの言わぬ死体は、決して嘘を言わない――。変死体を扱って三十余年の元監察医が綴る、数々のミステリアスな事件の真相。ドラマ化もされた法医学入門の大ベストセラー。（夏樹静子）
う-12-1

魚住　昭
特捜検察の闇
東京地検特捜部と住管機構――。二つの絶対正義と対峙した二人の異色の弁護士を描いた傑作ノンフィクション。検察の〝裏金疑惑〟を描く新章「内部告発」を追加！（中嶋博行）
う-15-1

上原　隆
胸の中《うち》にて鳴る音あり
介護地獄に苦しむ元キックボクサー、ネット喫茶でたったひとり新年を迎える男。普通の人々の普通の生のなかの瞬間をあるがままに描く21篇のコラム・ノンフィクション。（呉　智英）
う-27-1

（　）内は解説者。品切の節はご容赦下さい。

上原善広
日本の路地を旅する
中上健次はそこを「路地」と呼んだ。自身の出身地から中上健次の故郷まで日本全国五百以上の被差別部落を訪ね歩いた十三年間の記録。大宅壮一ノンフィクション賞受賞。（西村賢太）
う-29-1

奥野修司
ねじれた絆《きずな》
赤ちゃん取り違え事件の十七年
小学校入学直前の血液検査で、出生時に取り違えられたことが発覚。娘を交換しなければならなくなった二つの家族の絆、十七年の物語。文庫版書きおろし新章「若夏《うりずん》」を追加。（柳田邦男）
お-28-1

奥野修司
ナツコ　沖縄密貿易の女王
米軍占領下の沖縄は、密貿易と闇商売が横行する不思議な自由を謳歌していた。そこに君臨した謎の女性、ナツコ。誰もがナツコに憧れていた。大宅賞に輝く力作。（与那原　恵）
お-28-2

大崎善生
ドナウよ、静かに流れよ
ドナウ川で日本人の男女が心中――。偶然目にした新聞記事から、三十三歳の指揮者と十九歳の女子大生の出会いと葛藤、夢と挫折の足跡を辿った、感動のノンフィクション。（川本三郎）
お-39-1

小原　誠
探偵裏事件ファイル
不倫、愛憎、夜逃げ、盗聴…闇世界のすべて
小説やテレビの中の探偵は知っていても、その仕事の中身を実際に知る人は少ない。現役ベテラン探偵が男女の愛憎事件から失踪人やストーカー調査まで、具体例を豊富に実態を明かす。
お-52-1

大月京子
ラブホテル裏物語
女性従業員が見た「密室の中の愛」

浴槽にぶちまけられた納豆、ベッドの脇に首輪をつけてたたずむ中年男性、入れ歯の忘れ物……。ラブホテル女性従業員が見てきた仰天カップルの実態と、裏稼業のじーんとくる話満載。

お-54-1

小野登志郎
怒羅権　ドラゴン
新宿歌舞伎町マフィア最新ファイル
中国残留孤児2世、3世を中心に組織された愚連隊「怒羅権」。彼らは、日本の裏社会に深く静かに根を下ろしている。アウトローたちの野心と挫折を渾身の筆で描く。（城戸久枝）
お-61-1

（　）内は解説者。品切の節はご容赦下さい。

AV女優
永沢光雄

バブル崩壊でAVへ。留学資金を稼ぐため。これがAVだっていう作品を作りたい。エリートコースから跳び出したお嬢様。三度父親が替わった少女……この時代を生きる少女たちの記録。

な-38-1

声をなくして
永沢光雄

名インタビュー集『AV女優』の著者は、四十三歳の時、ガンで声を失った。明るく壮絶な闘病、そして夫婦愛。死に至るまでの克明な記録に「妻のあとがき」を併録。（末井　昭）

な-38-3

ナース裏物語　白衣の天使たちのホンネ
中野有紀子

医者や患者のセクハラから院内不純異性交遊、救命救急の闇、安心できる病院、医者の選び方まで、総合病院勤務の現役ナースが白衣の天使の素顔をありのままに綴るノンフィクション。

な-60-1

脱北、逃避行
野口孝行

捕まれば、死の送還が待っている！　北朝鮮からの脱出を認めぬ中国の監視の目をかいくぐれ。成功と失敗、そして中国での投獄。脱北者支援に身を投じた著者が見た現実。（五味洋治）

の-18-1

リアスの海辺から　森は海の恋人
畠山重篤

牡蠣・帆立を養殖する三陸の漁民が、ザビエル像が首にかけた帆立貝に導かれ、同じリアス式海岸のあるスペインに「森は海の恋人」の原点を追い求める「帆立貝」紀行。（木村尚三郎）

は-24-1

鉄で海がよみがえる
畠山重篤

磯焼けした「死の海」が世界中で問題になるいま、鉄を使った海洋再生研究が熱い。漁師の経験知と最先端の科学が融合する！　3・11後の環境問題に多大な示唆を与える希望の書。（長沼　毅）

は-24-3

ニッポン貧困最前線　ケースワーカーと呼ばれる人々
久田　恵

ニッポンの貧困は、いまどうなっているのか？　貧困層と直接向き合って福祉事務所で働く、ケースワーカーたちの悩み、怒り、喜びを通して、生活保護の実態に肉薄する。（関川夏央）

ひ-6-3

（　）内は解説者。品切の節はご容赦下さい。

日垣　隆
裁判官に気をつけろ！
日本の裁判って、裁判官って、どうなっているの？　どうかしている「バカタレ判決」に鋭く切り込む告発の書。現行の司法制度に裁判員制度を導入する「愚」について、著者の怒りが炸裂！

ひ-12-7

藤原新也
渋谷
おねがいわたしをさがして。モデル募集に応募してきた一人の少女の言葉がきっかけだった。自分を肯定できない少女たちとその母親との愛と憎しみ――。「渋谷」に象徴される現代の縮図。

ふ-10-6

福島香織
潜入ルポ　中国の女
エイズ売春婦から大富豪まで
中国共産党が隠蔽するタブーに果敢に挑戦。日本人女性ジャーナリストが凝視・直視・驚嘆・取材した「中国女」の全て。「苦界」で生きる女はこんなにも強くなれるのか？　（金　美齢）
ふ-37-1

三山　喬
ホームレス歌人のいた冬
朝日歌壇に忽然と現われ、多くの共感を巻き起こしたが、誰との接触も拒否したまま消えた〈ホームレス〉投稿歌人、公田耕一。姿を求めてドヤ街をさまよい歩いた記録。　（小倉千加子）
み-46-1

村上春樹
約束された場所で
underground 2
癒しを求めた彼らが、なぜ救いのない無差別殺人に行き着いたのか。オウム信者、元信者へのインタビューと河合隼雄氏との対話によって、現代の心の闇を明らかにするノンフィクション。
む-5-4

森　絵都
君と一緒に生きよう
捨て犬、野良犬、迷い犬。人と犬の出会いは、時に幸福をよび起こし、時に悲劇をひき起こす。はかない命を救うために奔走する人々を通じて、命の声に耳を傾けた傑作ノンフィクション。

も-20-5

森　功
泥のカネ
裏金王・水谷功と権力者の饗宴
ダーティ・マネーの臭いがする所には水谷功の影がある。「平成の政商」と呼ばれた男は小沢一郎裁判のキーマンでもあった。裏金に群がった政治家、闇社会、芸能人の面々を暴き出す。
も-26-1

（　）内は解説者。品切の節はご容赦下さい。

柳田邦男
恐怖の2時間18分
冷却水停止、炉心圧力上昇、燃料棒損傷。1979年スリーマイル島の原発事故。安全なはずのシステムはなぜ崩壊したのか。徹底的な取材で原発事故の本質を明かした迫真のドキュメント。

や-1-5

柳田邦男
空白の天気図
昭和二十年九月、原爆により行政も通信も壊滅していた広島を超大型の枕崎台風が襲った。二重災害の悲劇と広島気象台員の苦闘の全貌を掘り起こした傑作ノンフィクション！（鎌田　實）
や-1-20

山崎朋子
サンダカン八番娼館
近代日本の底辺に生きた女性たち〝からゆきさん〟をたずね、その胸底に秘めてきた異国での体験を丹念に取材した大宅賞受賞作。『サンダカンの墓』も収録する「底辺女性史」の決定版。

や-4-8

吉村　昭
三陸海岸大津波
明治二十九年、昭和八年、昭和三十五年。三陸沿岸は三たび大津波に襲われ、人々に悲劇をもたらした。前兆、被害、救援の様子を、体験者の貴重な証言をもとに再現した震撼の書。（髙山文彦）
よ-1-40

吉村　昭
関東大震災
一九二三年九月一日、正午の激震によって京浜地帯は一瞬にして地獄となった。朝鮮人虐殺などの陰惨な事件によって悲劇は増幅される。未曾有のパニックを克明に再現した問題作。

よ-1-41

横田増生
ユニクロ帝国の光と影
大型旗艦店を続々開き、世界に覇を唱えるユニクロ。だがその経営哲学は謎に包まれている。創業者・柳井正の栄光と蹉跌とは。グローバルな取材で炙り出す本当の柳井正とユニクロ。

よ-32-1

渡辺一史
こんな夜更けにバナナかよ
筋ジス・鹿野靖明とボランティアたち
自分のことを自分でできない生き方には、尊厳がないのだろうか？　介護・福祉の現場で読み継がれてきた大宅壮一ノンフィクション賞・講談社ノンフィクション賞受賞作。（山田太一）
わ-18-1